Editora Charme

DE LA VEGA
é uma série spin-off do
livro Namorado Por Acaso

AMANTE POR Acaso

DE LA VEGA - Livro 1

ALINE SANT'ANA

Este livro é um trabalho de ficção. Todos os nomes, personagens, locais e incidentes são produtos da imaginação das autoras. Qualquer semelhança com pessoas reais, coisas, vivas ou mortas, locais ou eventos é mera coincidência.

1ª Edição 2022.

Produção Editorial: Editora Charme
Capa e diagramação: Veronica Goes
Modelo da capa e miolo: Planet Leonel
Fotografo do modelo da capa: Liquid Portrait
Imagem microfone: Matthew Tower
Imagem miolo: Adobe Stock
Preparação de texto: Daniela Toledo
Preparação da introdução: Monique D'Orazio
Revisão: Equipe Charme

FICHA CATALOGRÁFICA ELABORADA POR
Bibliotecária: Priscila Gomes Cruz CRB-8/8207

S237a Sant' Ana, Aline

Amante por Acaso/ Aline Sant' Ana; Produção editorial: Editora Charme;
Revisão: Equipe Charme; Capa e diagramação: Verônica Góes;
Preparação do texto: Daniela Toledo;
Preparação da introdução: Monique D'Orazio. –
Campinas, SP: Editora Charme, 2022.
344 p. il.

ISBN: 978-65-5933-074-4

1. Romance Brasileiro | 2. Ficção Brasileira - I. Sant' Ana, Aline.
II. Editora Charme. III. Equipe Charme. IV. Góes, Verônica.
V. Toledo, Daniela. VI. D'Orazio, Monique. VII. Título.

CDD – B869.35

Editora Charme

loja.editoracharme.com.br
www.editoracharme.com.br

Editora Charme
DE LA VEGA
é uma série spin-off do
livro Namorado Por Acaso
AMANTE POR Acaso
DE LA VEGA - Livro 1
ALINE SANT'ANA

Olá, garota dos sonhos.

Como você está se sentindo hoje?
Espero que muito bem, porque eu finalmente estou aqui.
Não que eu não estivesse ao seu lado durante todo esse tempo.
Ah, não fica com vergonha, vai.
A gente pode até fingir que é um segredo. O nosso segredo.
Mas eu vi quantas vezes você se tocou pensando em mim.
Váriaaaaas vezes.
Eu já conheço o seu cheiro, o seu gosto... consigo sentir.
É claro que sou uma experiência diferente.
Eu te causo uma emoção parecida com um pouco de paixão, talvez?
Um cara que não é nada como os outros. Eu sei que os homens nunca foram capazes de cuidar tão bem de você como eu.
Eu sou diferente, porque tô pronto pra viver isso ao seu lado.
Uma vez, duas vezes... temos 344 formas de fantasiarmos juntos.
Mas, vem cá. Me conta...
Quer tomar um banho? Aceita uma massagem?
Nãããão... por que você está tensa?
Estou pensando que um vinho pra relaxar seria a melhor escolha.
Não fica nervosa.
Você me conhece.
Não somos estranhos.
Então, se entrega pra mim.
Fica à meia-luz, tira a roupa, coloca os fones de ouvido.
Começa a me imaginar.
Você sente a minha respiração no seu ouvido?
Estou encostado no seu corpo, te preparando pra mim.
Está na hora de você conhecer o seu verdadeiro amante.
Eu nunca fui por acaso.
A partir de hoje: seu.

Secret

Capítulo 01

Você nem sabe que eu existo
Então você nunca saberá
O que perdeu.
Cymo feat Muntu — Never

Natalia

Em poucas horas, a sua vida pode mudar drasticamente. A verdade? É que achamos que os momentos mais importantes são por acaso, e não o destino.

— O que de pior pode acontecer em um voo, Alonso? — zombei do meu ex-namorado.

— Uma turbulência?

Lancei um olhar sobre o ombro para ele, o sorriso morrendo em meu rosto.

— Você está com medo? — sussurrei.

— Não.

— Então foi um pressentimento? Você *sonhou*? — Minha voz subiu um tom. — Sério, Alonso?!

Ele abriu um sorriso preguiçoso.

— Eu só estou mexendo com você.

Não, isso não era nada engraçado. *Dios!*

Namoramos por poucos meses até percebermos que éramos mais colegas do que qualquer outra coisa. O problema era que já tínhamos ganhado duas passagens para Portugal antes de terminarmos o relacionamento. Pois é, havíamos participado de um sorteio e ganhado a viagem. Iríamos perder a oportunidade? Jamais. Apesar de termos viajado como ex-namorados, até que foi bem... legal.

— Odeio coisas desse tipo e você sabe — murmurei.

— Desculpa, *amor*.

Agora, a viagem tinha chegado ao fim, assim como tudo entre nós. Eu estava me mudando para Madrid, e Alonso voltaria de trem para a minha cidade, Valência. Provavelmente, Alonso nunca mais iria me ligar e a gente fingiria que o namoro não havia passado de um surto.

— Em qual assento você está mesmo? — ele perguntou, e eu continuei andando.

— No 27-A.

— Estou no 25-C. É no meio. — Alonso passou a mão nos cabelos castanho-claros e cacheados, jogando-os para longe do rosto. — Nem vamos ficar perto um do outro.

— É, voo de escala é isso. — Bufei. — Está lotado.

— É melhor a gente se apressar.

— Sim — concordei. Meus olhos percorreram os números até parar na fila 27. Alonso se acomodou no seu assento, enquanto eu observava o número do meu e deslizava os olhos para a janela.

Meu lugar estava vazio.

Mas o assento do corredor, o 27-B, tinha...

Pisquei.

— *Por mis cojones!* — uma voz soou.

— *Dios*... — uma senhora reclamou.

— Não, eu estou falando sério. O problema é que acabamos de voltar de um casamento e vocês já estão enchendo a *mierda* do nosso saco. — O homem do assento da frente riu, uma risada muito deliciosa. — Eu estou de férias, tia Hilda.

— O Diego e o Hugo casaram, agora só faltam vocês — a senhora do outro assento alfinetou. — E férias de quê?

— Férias do trabalho — ele explicou.

— Ninguém aqui vai se comprometer, mãe — o homem que estava sentado no 26-B garantiu. — Até reforçamos o pacto de que não vamos ceder no casório do Hugo. E, além disso, faz horas que a gente está nesse avião. Dá para a gente só relaxar um pouco?

Mas o 27-B...

O homem era tão obscenamente sexy que eu não tinha certeza se ele era real.

Sua atenção se fixou em mim como se não entendesse o meu impasse.

— A poltrona 27-A é a minha. — Abri um sorriso de desculpas.

O homem inclinou a cabeça para o lado.

Ele era mesmo de verdade?

Respondendo à minha pergunta, o 27-B se levantou, comprovando que não era uma figura holográfica, mas sim alguém de carne e osso. *Como?* Precisei prender a respiração por um momento, porque seu perfume viajou por todos os lugares. Hortelã. Couro. Masculinidade.

Minha pulsação ficou alterada, enquanto meu cérebro dava uma leve *pane*.

Sua altura pareceu ocupar cada metro quadrado, junto ao seu cheiro. O homem mais chocante que eu já havia conhecido me fez sentir pequena com os meus 1,71m. Sua pele era bronzeada, e o cabelo castanho-escuro era liso e com um corte tão despojado que a franja caía na ponta do nariz. Seu nariz não era bonito, grande e com uma pequena falha na base, talvez fosse o único traço daquele rosto que o tornava um pouco mais real; sem dúvida já tinha sido quebrado. Mas o olhar obscuro, ônix, as sobrancelhas, a barba... e *todo* o resto.

O momento se rompeu, porque o desconhecido indicou a poltrona com a mão.

— Obrigada — respondi, me aproximando e, em seguida, me acomodando.

Fechei os olhos.

Dios, por quê? Eu estava muito malvestida. Um moletom velho, uma calça jeans um número maior do que eu usava, uma sandália qualquer e o cabelo castanho e ondulado; um verdadeiro caos.

Mas não é sempre assim? Quanto mais desinteressada você está sobre sua aparência, maior é a chance de um modelo internacional da Calvin Klein aparecer bem na sua frente.

— Vocês são muito imaturos. Já passaram dos 30 e ficam aí, achando que está tudo bem só curtirem a vida. — Ouvi a voz de outra senhora.

— *Mierda*... — o homem ao meu lado sussurrou.

— Vamos só ignorar, certo? — o 26-A perguntou.

— Sim — o 26-B respondeu.

— Aí, quando estiverem mais velhos e sem o pique que têm agora — um homem adicionou —, quero ver arrumarem uma mulher que queira vocês.

Sério, a família *inteira* deles estava no avião?

Não que eu quisesse ouvir tudo sobre eles, mas estavam voltando de um casamento. Os três homens eram solteiros. Irmãos, talvez? Não, um deles chamou a sra. Hilda de tia e o outro de mãe. Primos? Os dois da frente com certeza. Qual era a ligação deles com o que estava ao meu lado? Eu não tive a chance de olhar direito para os rostos dos homens da fila 26, porque fiquei ocupada demais encarando o 27-B.

Seu braço, que era do tamanho da minha coxa, estava tocando o meu. Me senti espremida entre a janela e um jogador de futebol americano.

Respirei fundo e tentei relaxar.

Peguei o celular, mas a conversa paralela continuou. Os mais velhos cobravam que os três tomassem um jeito na vida e evoluíssem como Diego e Hugo, seja lá quem fossem. Espremi os lábios para não rir. Mas era isso. Eu já tinha invadido demais a privacidade daquela família.

Enquanto colocava os fones de ouvido e escolhia uma música qualquer da playlist, recebi uma mensagem no grupo com meus dois melhores amigos.

Pablo: *Bebé, já sentou essa sua bunda linda e gostosa no avião?*

Daniel: *Espero que tenha se livrado do ex.*

Eu: *Ele veio comigo. Vai pegar um trem de Madrid para Valência. E, sim, já estou no avião. As pessoas ainda estão entrando e já está lotado.*

Pablo: *Ele nunca te fez gozar, Nat. Pensa que é livramento.*

Daniel: *Ela nem gostava dele, meu querido marido. Relaxa.*

Pablo: *É verdade hahaha ;)*

***Eu:** Estou sentada ao lado do homem mais sexy que já conheci.*

***Pablo:** O EX??? Ele nem é tudo isso.*

***Eu:** Não, Pablo! É o do assento 27-B e é um desconhecido.*

***Daniel:** Pegou o telefone?*

***Eu:** Eu só ouvi ele falar mierda uma vez.*

***Pablo:** Que bom, são os melhores. Os caladinhos são sucesso. Você transa e aproveita sem precisar trocar informações. Vai lá no banheiro brincar de serviço de bordo com ele.*

***Eu:** Às vezes me pergunto por que falo as coisas para vocês.*

***Daniel:** Tira uma foto dele!*

***Pablo:** Não esquece de desabilitar o flash! Hahaha! Imagina o mico!*

***Eu:** Como?*

***Pablo:** Selfie. Só que na hora de tirar a foto, você escorrega para o lado. Entendeu?*

***Daniel:** E cai no colo dele. ;)*

***Pablo:** Hahaha*

Tudo bem, era uma situação extrema. Homens bonitos demais merecem ser fotografados, ainda mais se você sabe que nunca mais os verá na vida.

Dei uma olhadinha de canto de olho...

Ele era muito gostoso. Era *extremamente* bonito. Não tinha nem um tiquinho de gordura corporal naquele físico, até suas coxas eram imensas, mal cabiam na calça jeans, e eu tinha certeza de que ele estava incomodado com o espaço, porque parecia espremido demais. Seus joelhos se abriram, um deles tocando a minha perna, pois sua altura e porte não cabiam numa caixa de fósforos.

Como se estivesse tentando relaxar, seus olhos estavam fechados. Era a minha deixa.

Ergui o celular, fingindo que estava tirando uma selfie. Eu o admirei pela tela do aparelho e fiquei um tempo perdida na linha daquele maxilar e nos lábios...

Foco, Natalia.

Tirei a foto, meu coração batendo na garganta. Prendi a respiração enquanto verificava se estava tudo certo.

Não, ele não tinha visto.

Olhei para a foto e... *Ah, droga.* Aparecia só uma parte daquele rosto e do pescoço largo. Ele virou a cara bem na hora. Enviei mesmo assim.

Pablo: *UAU! Quero lamber esse pescoço.*

Daniel: *Ah, tesoro. Por Dios... faz uma rapidinha com esse hombre.*

Eu: *Super fácil. Oi, gostoso. Me deixa transar com você?*

Pablo: *Você sabe ser mais criativa que isso.*

Eu: *A propósito, a família dele inteira está no avião. Pelo visto, o Hugo e o Diego já estão casados. E agora existe uma cobrança para os três homens casarem também. Três homens gostosos aqui, não só um.*

Pablo: *SURUBAAAAA!*

Daniel: *Manda aí o áudio da fofoca.*

Tirei os fones de ouvido e percebi que a conversa ainda continuava.

— Mas o que acontece com vocês três que não conseguem arrumar uma namorada?

— Ah, a gente consegue, mãe. A gente só não quer.

Eu não conseguia ver o rosto do 26-B, mas podia jurar que ele estava sorrindo.

— É só pegação, tia Hilda — o 26-A disse.

— Muita dor de cabeça. Ninguém tem tempo aqui — o homem do meu lado completou, como se já estivesse ficando sem paciência.

Você enviou um áudio.

Pablo: *Que fofoca boa! Eu daria tudo para estar nesse avião e já começar a apoiar a tia Hilda. Hum, esses homens têm uma voz deliciosa. Mas o último que falou, qual deles é?*

Eu: *É bem o que está ao meu lado.*

Daniel: *TIVE UMA IDEIA!*

Pablo: *Qual?*

Daniel: *Amor, manda O ÁUDIO para a Nat. Ela precisa de inspiração.*

Eu: *Que áudio?*

Pablo: *É para você curtir a viagem.*

Eu: *Não sei se confio em vocês.*

Daniel: *Confia ;)*

Pablo enviou um áudio.

Eu: *30 MINUTOS? É um mantra???*

Daniel: *Ô se é! Escuta de fone.*

Pablo: *Mantra hahaha*

Daniel: *Vou parar de falar besteira antes que você bloqueie a gente. Boa viagem, tesoro. Estaremos aqui com uma faixa cor-de-rosa com o seu nome. Mal podemos esperar para ter você em Madrid para seeeeempre!*

Pablo: *Te amamos, bebé. Você vai ter os vizinhos mais loucos do mundo.*

Eu: *Droga, amo vocês. MADRID! VOCÊS! Era tudo o que eu queria. E nunca vou poder agradecer tudo o que fizeram por mim. A mudança para o apartamento novo, as minhas roupas, todas as minhas bagunças… isso foi tudo vocês.*

Daniel: *Estaremos sempre aqui.*

Pablo: *Agora faz o download do áudio, ativa o modo avião e vai no banheiro com o 27-B.*

Eu: *Daqui a pouco estarei com vocês.*

Fiz o download do áudio, ativei o modo avião e coloquei os fones de ouvido. Me recostei confortavelmente no assento, me esquecendo um pouco da viagem para Portugal, de Alonso. Do homem monumental que estava dividindo aquele espaço apertado da classe econômica comigo e da família desesperada por mais um casamento.

Fechei as pálpebras, ouvi uma música ao fundo e, então, o som de uma porta se fechando.

— *Oi, garota dos sonhos...* — um homem sussurrou, em um inglês perfeito.

Ao fundo, eu era capaz de ouvir o som da música abafada e a respiração ofegante do desconhecido que parecia que tinha chegado com pressa.

Ele se sentou em uma cadeira, e ela rangeu.

— *Vamos conversar um pouco.* — Que timbre. Era grave. Grave demais. Sua respiração se alterou e sua voz pareceu rir enquanto ele se remexia na cadeira. — *Primeiro, eu quero toda a sua atenção.*

Sem que pudesse me conter, eu já estava assentindo para aquilo. Era alguma mensagem motivacional? Audiolivro? Ou podcast?

— *Esse homem que você arrumou para chamar de seu... ele é legal, não é? Imagino que ele te faça sorrir, te faça feliz em algum momento, te dê quase tudo de que você precisa.* — O homem voltou a rir. Sua voz desceu um tom. — *Até entendo por que você gosta dele. Ele é especial. Mas quer ouvir uma verdade?*

Senti a energia daquilo mudando drasticamente. Na pausa que ele fez, no som da sua respiração, na maneira como ele se remexeu. A música ainda tocava ao fundo, quase como se ele tivesse me levado para o canto de uma festa, em uma sala fechada.

— *Esse cara jamais vai te fazer gozar como eu faço.* — A risada saiu grave.

Espera...

O quê?

Capítulo 02

Mas eu sei que não há ninguém como eu
É isso que eu sou
Inesquecível.
Giulia Be — Inolvidable

Natalia

Todos os pelos do meu corpo se arrepiaram em alerta. PERIGO. Foi o que o meu cérebro gritou enquanto meu dedo pausava o áudio. Pablo e Daniel sempre foram muito abertos no relacionamento deles, mas aquilo, aquele *homem,* o que era isso?

Precisei colocar o cinto, porque o avião começaria a decolagem e, em algum momento, bati o cotovelo no gostoso do 27-B, mas a minha cabeça estava a mil. Acho que pedi desculpas, mas de repente eu já não sabia mais o que estava fazendo.

Senti os olhos do meu vizinho de poltrona em mim.

Mas, sinceramente, eu não ligava.

Eu precisava continuar ouvindo o que quer que fosse aquilo.

— *Mas me deixa tranquilizar você, garota dos sonhos. Está tudo bem gostar da minha voz. Sentir o meu timbre viajando pelo seu corpo como se te tocasse, como se eu estivesse aí com você.*

Não, eu não tinha frieza emocional alguma para ouvir isso. Mas não conseguia parar. A voz do homem era um pecado. E aquilo estava saindo do sensual e indo direto para o perigosamente sexual em questão de segundos.

— *Não se sinta culpada por desejar um homem que pode estar do outro lado do país, do mundo.*

Meus lábios se entreabriram. O jogo de respiração que ele fazia, a maneira como o áudio era bem-produzido, me fez apertar uma coxa na outra. O som dançava ao redor da minha cabeça, indo do ouvido direito para o esquerdo.

— *Não se sinta culpada por se tocar pensando em mim.*

Espera, espera, espera... eu estava em público!

— *Eu também quero você.* — A voz sussurrante e deliciosa viajou na minha mente. — *Estamos seguros aqui. Eu entro na sua cabeça e te faço imaginar. Você entra na minha e me permite te sentir. Agora, você está aqui comigo. E não com ele, não é?*

Eu não ia conseguir ouvir isso. Mas eu precisava.

— *Você consegue me imaginar?* — Escutei a sua língua estalando no céu da boca.

Meu clitóris pulsou.

E foi então que tudo deu errado.

Minha coordenação motora se perdeu em algum momento daquilo tudo, porque o avião acelerou para levantar voo. O celular não só deslizou dos meus dedos, como também, de alguma maneira, criou asas e voou na altura da minha cara. Eu vi o celular pulando de um lado para o outro, dançando nas minhas mãos, enquanto eu tentava pegá-lo a sei-lá-quantos-quilômetros-por-hora. De repente, o malabarismo chegou ao fim, porque o aparelho caiu com um baque bem no colo do 27-B.

Despencou em cima do *pênis* dele enquanto o avião se estabilizava.

O homem chegou a se encolher por um segundo.

Mas eu não estava preocupada com o seu pênis, porque percebi que o cabo do fone de ouvido tinha se desconectado do celular.

Meu coração foi de zero a cem. Fiquei surda. Acho que o meu cérebro teve pena de mim, porque, de repente, eu já não conseguia ouvir mais nada. Uma crise de pânico, vergonha e humilhação me engoliu inteira. A sensação era cem mil vezes pior do que se eu estivesse pelada em público.

Os olhos do 27-B cruzaram com os meus, as sobrancelhas arqueadas, como se questionasse se eu era louca.

Moço, eu juro que não sou assim. Tenho 31 anos, sou uma mulher muito sensata, com uma carreira maravilhosa, tenho uma mãe muito corajosa que mora no Canadá e um padrasto digno de filme de romance. Sério. E um cacto que se chama O Cacto.

Arregalei os olhos, fiquei paralisada, olhando para o homem e me perguntando se ele já tinha percebido o que *infierno* eu estava escutando.

— E-eu vou só...

Abaixei a mão para pegar o celular o mais rápido que pude, no mesmo segundo que ele.

Até me lembrar de que o celular estava acomodado bem maravilhosamente sobre o seu pênis. No desespero de não ser tocado por uma estranha, o 27-B se inclinou. Nossas testas se chocaram com tanta força que precisei piscar por causa da dor que atravessou a minha alma. O 27-B, lindo e inabalável, só jogou aquele cabelo obsceno para trás e me entregou o celular.

Foi só quando senti o celular nos dedos que percebi que o meu smartphone tinha sido sagaz o suficiente para pausar o áudio sozinho.

— *Mujer,* você está meio agitada hoje... — o 27-B grunhiu.

Eu vou matar o Daniel e o Pablo. Bem lentamente.

— Desculpa, eu só... estava ouvindo um... podcast polêmico. E não tenho culpa se você tem um pau magnético.

— Pau magnético? — Ele *quase* sorriu. Seus olhos escorregaram para a minha boca, e eu ouvi sua família conversando ao fundo, ainda sobre o casamento dos sonhos.

Meu corpo, que já estava aceso por causa daquele áudio desgraçado, começou a se incendiar pela maneira como o 27-B estava me olhando. Não com um interesse discreto, muito menos algo óbvio demais. Era uma linha tão tênue, como se ele quisesse me fazer entender que havia algo de interessante em mim.

— Hã... — Eu não soube o que responder.

O 27-B manteve a conexão naquele olhar, subindo da minha boca para os meus olhos, que eram uma mistura de dourado e verde, gastando longos segundos ali.

Então, o 27-B virou o rosto. Ele se recostou na poltrona, fechando as pálpebras e cruzando os braços na altura do peito.

É, não foi uma boa primeira impressão, sem dúvida. Mas eu nunca mais iria ver o 27-B mesmo. Estava tudo certo.

Aliás, quanto tempo ia durar essa viagem?

Duas décadas? *Madre de Dios.*

Não tive coragem de ouvir o resto do áudio para não correr o risco de... você sabe. Então, foquei na paisagem, observando o avião passear sobre as nuvens como se não pesasse nada. Tão leve, tão livre, como eu me sentia.

Era bom demais começar a viver um sonho.

Sair de Valência tinha sido um marco. Quando aceitei viajar para Portugal com o Alonso, os meus móveis e todos os meus itens pessoais já estavam em Madrid. Assim que fechei a porta e entreguei a chave, eu já sabia que nunca mais voltaria para Valência. Amava a cidade e fazia parte do meu passado, mas o meu futuro estava em Madrid. Consegui o emprego que eu sempre quis, finalmente poderia trabalhar com o que havia estudado ao longo dos anos e me dedicado.

Teria apenas tempo de me adaptar em Madrid, o pouco que eu conseguiria, e já estaria no meu emprego novo, com um salário razoável — não era o melhor do mundo —, mas, ainda assim, eu faria o que amava.

Eu tinha fé na mulher que havia me tornado. Apesar de ser só um pouquinho atrapalhada, o meu lado extrovertido me cobrava esse preço, e eu era extremamente focada. Por minha carreira ser tão importante, difícil e necessitar de muita dedicação, os homens ficavam em segundo plano. Eu não era desinteressada, mas também não estava disponível. Queria me firmar primeiro, conseguir pagar as contas, me adaptar. Era esse o meu foco agora e nada iria me tirar disso.

— Eu só sei que enquanto vocês três não tomarem jeito na vida, a tia-avó Angelita jamais vai descansar em paz! — a senhora, acho que Hilda, disse.

— Mãe, você vai mesmo passar o resto do voo falando sobre isso?

— Só estou dizendo...

O 27-B deu uma cutucada de leve no meu cotovelo, e eu percebi que os nossos braços estavam tentando duelar por um espaço impossível para os dois. Ainda mais porque o cara era um armário. Me virei para ele, e os olhos semicerrados me encararam de volta, como se vissem algo divertido em mim. Estavam esticados nos cantos, sorrindo, enquanto sua boca permanecia firme.

— Você quer o espaço? — ele perguntou, erguendo uma sobrancelha.

— Seria gentil da sua parte.

— Seria gentil... — ele sussurrou. — Ok, 27-A. E o que eu faço com o *meu* braço?

Ah, ele me apelidou também!

— Sei lá. — Dei de ombros. — Estamos na classe econômica.

— Ainda vamos voar por um tempo. Precisamos resolver.

— Você quer viajar de mãos dadas? — ofereci, brincando.

Ele pareceu ponderar por um segundo e a diversão em seu rosto desapareceu.

— Você está falando sério?

— Não, *Dios*. Eu tiro o meu braço — resmunguei.

— Eu vou deixar o espaço para você.

— Muito obrig...

Ele me ignorou e foi a sua vez de colocar os fones de ouvido. Levou os dois braços para cima do encosto, cruzando os antebraços atrás da cabeça, e os bíceps e todos os músculos quase rasgaram a camiseta preta. Ele só esqueceu que, com isso, ele continuou ocupando meu espaço. Seu cotovelo praticamente batendo na minha cabeça. *Minha cadeira*! Ok, vou respirar e não vou reclamar. Preciso aproveitar, certo? Até porque... que *hombre* lindo e cheiroso.

Como ele conseguia ficar ainda mais bonito só por existir e respirar?

Fiquei um tempo o observando quando vi a atenção do 27-B ir direto para a poltrona do Alonso. Curiosa, tentei ver o meu ex. Mas não havia como fazer isso de onde eu estava. Só vi uma parte da sua cabeça para lá e para cá, enquanto ele conversava com alguém. O 27-B não tinha percebido que eu também estava olhando para ele e, como se não acreditasse, balançou a cabeça e voltou a fechar as pálpebras.

O que o Alonso estava fazendo?

Bem, eu deveria relaxar ou cochilar, não é? Fechei os olhos e levou um tempo para que eu apagasse.

Assim que abri os olhos, o 27-B ainda estava ao meu lado. Mas o avião estava quase vazio. Pisquei, pensando que tinha me perdido no tempo. Fui me levantando, mas o desconhecido me parou, colocando o braço na frente da minha barriga.

— Espera só mais um pouco, 27-A. — *Por que ele estava me segurando?* — Só mais um pouco... — pediu, como se estivesse vendo algo que eu não via.

Mais algumas pessoas passaram e então o 27-B se levantou. Aquele homem imenso mal cabia no corredor do avião, os ombros largos brigando com a camisa, uma certa fúria passando por seu rosto enquanto ele bufava como um touro.

Ele foi direto até o Alonso no momento em que meu ex se levantou da poltrona. E quando pensei que a minha vida não poderia ficar mais louca nesse avião, o 27-B parou em frente ao Alonso e começou a encará-lo.

O 27-B tinha um sorriso tão diabólico no rosto que...

— Eu vou ser breve. — Sua voz engrossou. Não havia nada melódico, só rouquidão e ferocidade.

O que está rolando? Eles se conhecem?

— Você entrou nesse avião chamando a 27-A de amor e fazendo piada idiota. Pode acreditar, eu ouvi a *mierda* toda. Então, *cabrón*. Me fala por que *carajos* você estava dando em cima de outra mulher por duas horas? Não, esquece. Nem precisa explicar. É só falta de caráter mesmo.

Ele deu dois tapas leves no ombro do Alonso, e o meu ex trincou o maxilar, sem mover um músculo sequer. Então, se afastou do Alonso e me encarou como se estivesse duas décadas na minha frente em experiência.

— E você, 27-A, é linda demais para estar com um cara que não te valoriza. — Seus olhos escorregaram por mim e, pela primeira e última vez, vi um sorriso completo se formar na sua boca.

Problema. Perigo. Queda brusca. Vendaval. Ciclone. Todos os tipos de sinais apareceram na minha cabeça, enquanto o mundo ficava pausado para me mostrar aquele momento. Foi como se eu o estivesse vendo pela primeira vez. E ele era exatamente isso. Uma pessoa que eu estava vendo por um segundo, mas que já parecia me afetar. O tipo de homem que você sabe que te atingiria se ficasse mais de vinte e quatro horas com você.

Seu sorriso branco, de dentes certinhos, que começava a se elevar do canto esquerdo da boca e subia devagar para o direito fez meus joelhos vacilarem. Seus olhos se divertiam.

— Toda vez que esquecer isso, olhe a foto que tirou da gente. — Ele umedeceu os lábios. — Até a próxima vida. — Virou as costas e foi embora.

— Ele é louco? Devo denunciá-lo? — Alonso perguntou.

Engoli em seco, lembrando a mim mesma de respirar. Ele sabia da foto. Ele me leu inteira. Meus interesses, meus desejos. É o tipo de coisa que... *quem é esse homem?*

— Foi só um mal-entendido.

— Cara estranho do *carajo*...

É, é, *sim*, eu quis concordar. Estranho e perigoso para a sanidade de qualquer mulher.

Capítulo 03

Um dia estarei me apaixonando sem cautela
Mas, por ora, estou apenas assistindo às pessoas.
Conan Gray — People Watching

Natalia

Primeiras impressões são importantes, mas a minha racionalidade me segurou antes que eu pudesse ficar mais abalada por aquilo. Eu ficava fascinada por homens bonitos. Ok, culpada. Era o máximo que eu me permitia. Decidi que o certo seria deletar da minha cabeça todos os acontecimentos do avião e fingir que nada tinha acontecido. Aliás, que diferença faria se eu lembrasse?

— Você vai mesmo me proibir de falar do 27-B? — Pablo se inclinou na bancada da minha cozinha. Seus olhos escuros brilharam para mim. Sério, Pablo e Daniel eram lindíssimos, eu já deveria estar acostumada com esse tipo de beleza fora do comum.

— Assunto proibido. Vamos falar de trabalho. — Comecei a circular pela cozinha, guardando as compras que fizemos.

Eles me buscaram no aeroporto, surtaram por uns trinta minutos por causa do 27-B quando o viram sair com os outros dois homens perfeitos que o acompanhavam, mas depois o mundo voltou a girar. Fomos ao mercado, e eu comecei a me preparar para a minha nova vida. Meu apartamento estava lotado de balões cor-de-rosa.

— Que insuportável você, Natalia. — Daniel se sentou na bancada, jogando o cabelo ruivo para longe dos olhos claros. Ele sorriu e nos serviu o vinho.

O 27-B era só um homem gostoso e inalcançável me defendendo de algo que nem tinha cabimento. É algo que acontece todos os dias, não é? Não, sei que não, mas eu nunca mais o veria.

— Por que ele te afetou tanto, *bebé*? — Pablo indagou, se inclinando mais em minha direção.

— Você ainda pergunta, amor? — Daniel riu. — O cara era exuberante.

— Não, mas não foi só isso. — Pablo estreitou os olhos para mim. A pele negra e os olhos cor de mel me paralisaram por um segundo. Seu sorriso de gato que pegou o canário me desestruturou.

Decidi ir até a geladeira.

— Ele te instigou... Deixe-me adivinhar. Foi porque o 27-B se fechou em algum momento. Foi o desafio? Ele não caiu aos seus pés como a maioria dos homens? Mas então finalizou te elogiando e te tirando da zona de conforto?

— Odeio quando você começa a fazer exatamente isso que está fazendo agora.

Ele relaxou e sorriu.

Pablo era orientador educacional de uma escola de Ensino Médio. Ele era o melhor em ler os adolescentes e ajudá-los a tomarem um rumo na vida. Daniel era professor de Inglês da mesma escola. Eu achava tão lindo que eles trabalhassem juntos. Conhecia esses dois desde os quinze anos, nos separamos quando eles se mudaram para Madrid, mas eu sempre os tive na minha vida.

— Vou abraçar uma das carreiras mais desafiadoras do mundo e não posso lidar com um homem agora. Foi ótimo eu não o ter corrigido, dito que eu e o Alonso não tínhamos nada. Foi ótimo eu não ter pedido o número do 27-B.

— Pode confessar, você está um pouco arrependida — Pablo sussurrou.

— Ai, eu estou! *Mierda*. Mas já passou. Eu não tenho tempo.

— Você está certa, Natalia — Daniel concordou, erguendo a sobrancelha para mim. Ele bebeu um gole do vinho, e Pablo se sentou ao lado dele. — Você está indisponível, e ele é problema mesmo.

— É um problemão — Pablo ponderou. — Mas é *gostoso*...

Uma súbita lembrança me veio à mente.

— Vocês! — acusei, apontando para eles enquanto me sentava e apoiava os cotovelos na bancada. — *O que foi aquele áudio?* Por culpa de vocês, o meu celular caiu no *pênis* do 27-B!

Daniel e Pablo começaram a gargalhar.

— O áudio! — Daniel voltou a rir, não se aguentando. Ele se debruçou na bancada com tudo. — Ah, Nat. Não era para você ficar tão chocada!

— Como eu não ficaria? O que é aquilo? Quem é aquele cara? — perguntei, curiosa.

Pablo olhou para Daniel quando o momento da risada passou, os dois sustentando o sorriso no rosto.

— Ficou interessada? — Pablo instigou.

— Vocês sabem que sou curiosa. — Fiz uma pausa. — São amigos dele?

— Não. — Daniel pareceu mais misterioso do que costumava ser. — Não, com certeza não somos.

— Vocês vão ficar fazendo suspense? Falem logo. — Os dois ficaram só me encarando, e eu respirei fundo. — Pablo e Daniel, vocês acham que eu vou desaprovar?

— Você é paranoica com tudo, Nat. — Dan sorriu. — Não é uma crítica, mas você não confia em estranhos.

— *Quem* confia em estranhos? — Me senti um pouco ofendida. Há pessoas que confiam em gente desconhecida? — O quê, meninos? Ele é um sexólogo?

— Hum, não. — Pablo sorriu.

— Contador de histórias?

— Não. — Daniel umedeceu os lábios.

— Dançarino do *Magic Mike*?

Só negaram com a cabeça.

— Ele é um ator pornô?

— A impaciência de uma mulher de leão... — Pablo brincou.

— *Dios*, eu juro que vocês vão me deixar maluca.

— Você ouviu tudo? — Pablo quis saber.

— Claro que não. Quando eu estava ouvindo, o meu celular ganhou vida e se jogou no homem. — Segurei uma risada. — Por sinal, ainda tive que soltar uma gracinha, falando que o pênis dele é magnético. Saí por cima e culpei o 27-B.

— Bem, enfim a vantagem de você não usar aparelho nos dentes, Natalia. Se chupasse o homem, ia ficar grudada nele para o resto da vida — Pablo zombou.

Eles voltaram a rir, e a minha primeira taça de vinho acabou. Nos servi da segunda rodada. Pablo e Daniel seguravam informações quando sabiam que eu ia agir toda esquisita e protetora. Eu era o tipo de pessoa que estava sempre um passo à frente, tinha a visão do todo, e se eles falassem algo absurdo demais para mim... Bem, eles me conheciam.

Tentei jogar a minha personalidade difícil um pouco de lado, respirei fundo e me preparei para ouvir o que tinham a dizer.

Pablo se levantou, me deixando sozinha com Daniel.

— Tão sério assim? — Pensei por um momento. — Ele seduziu vocês e quer dinheiro em troca para não vazar os nudes? O que está acontecendo?

Daniel manteve o bico fechado, enquanto Pablo ia até o apartamento deles. Pablo levou menos de cinco minutos porque éramos vizinhos de porta. Ele voltou com o seu notebook na mão, e eu comecei a sentir medo ali. Meu pensamento foi para um chantagista. Eles caíram em um golpe?

Pablo se sentou como se fosse me apresentar a um admirável mundo novo.

— Nat, conheça o Secret. — Ele virou a tela para mim.

Era um site escuro, com um *template* minimalista e elegante. O fundo era azul-marinho com detalhes em dourado e a fonte, cinza-claro. No topo da página, havia *Secret* em letras bonitas.

RELAXE. SINTA. SE ENTREGUE.

— Então, qual é o objetivo desse site? Áudios para que a gente possa relaxar?

— Não, esse site é só de uma pessoa — Pablo explicou. — E não é *bem* para relaxar.

— E é para quê?

— Os áudios do Secret são todos como o que você ouviu, *bebé* — Pablo revelou. — Mas você precisa continuar ouvindo e viver a experiência. Não adianta eu apenas te mostrar o site dele, porque não vai fazer sentido. O Secret é muito mais do que isso. Ele é uma voz, uma presença, ele é liberdade dentro da sua própria mente.

— Ele é uma voz? — repeti, descendo a barra do navegador.

Centenas de milhares de seguidores. Nossa, isso era coisa demais. Havia arquivos de áudio, vários comentários. Os membros eram VIPs, ou seja, era necessário pagar para entrar. Meus lábios se entreabriram quando percebi que o Secret respondia todas as mensagens dos fãs. A imagem do perfil dele não era uma foto, apenas a logo com a letra S.

— Pois é, isso é tudo o que ele mostra. A voz. E às vezes compartilha algumas coisas fora isso, mas geralmente é a garrafa de vinho que ele está tomando ou uma paisagem que gostou — Daniel disse. — Mas não adianta, você vai ter que ouvir, e aí a coisa por si só vai te explicar o que é.

— É como entrar num mundo que você nunca imaginou que pudesse existir. — Pablo coçou a nuca.

— Um clube secreto? — perguntei.

— É, um clube secreto bem sexy. — Daniel riu.

Minha curiosidade foi crescendo conforme eu olhava o site. Por que tantos seguidores? Por que tantas pessoas atrás de uma voz? Eu o ouvi por poucos minutos e percebi que havia algo interessante, pessoal e curioso sobre ele. Mas o que mais esse homem poderia ser?

— São áudios safados? — questionei, tirando os olhos do site para encarar os meus melhores amigos depois de ver muitos comentários sobre como ele faz… o impensável na cama.

Havia centenas de mulheres comentando. Eu imaginara que era para o público masculino, como Pablo e Daniel, mas eles eram minoria.

— São.

— Apenas sexuais?

— Não só. — Pablo respirou fundo. — *Bebé*, ter que ouvir e sentir.

— Eu já senti o suficiente no avião.

Daniel e Pablo riram, mas eu ainda estava fissurada naquilo.

— Sua cabecinha está girando, Nat — Daniel percebeu. — Ficou mesmo curiosa?

— Desculpem, vamos aproveitar a minha mudança e parar de falar sobre homens. — Pisquei — O Secret, o 27-B... meu Deus, parece código de arma nuclear.

— *Tesoro*, nós temos pênis. E são maravilhosos. Juro que não é código de arma nuclear — Pablo brincou.

— Vocês vão me inserir no casamento de vocês e nos tornar um trisal? — Ergui a sobrancelha.

— Se a gente gostasse de mulher, faríamos isso. Você é uma gostosa. — Brincando, Daniel se aproximou e me deu um selinho suave nos lábios.

— É uma pena — resmunguei. — Eu seria feliz com vocês.

— Você pensa isso agora, Nat. Mas a verdade é que o destino já está lançado.

— Ah, e não se esqueça da frase da sua mãe... — Dani adicionou.

Pessoas que causam uma primeira impressão muito forte, geralmente, são as que vão marcar a sua vida. Mamãe, espero que a senhora esteja muito errada, porque ter duas primeiras impressões surpreendentes no mesmo dia...

É pedir demais.

Capítulo 04

Eu quero abraçar
Os seus mil perigos.
Aland — Shells

Natalia

Liguei para os meus pais todos os dias desde que me mudei para Madrid. Eles estavam tão felizes por mim que me obriguei a esconder a ansiedade. Eu estava começando a ficar nervosa, porque agora faltava apenas um dia para eu começar a trabalhar.

Pablo e Daniel me ajudaram a desempacotar a mudança. Conseguimos colocar toda a minha casa em ordem. Depois de terminado, meus amigos seguiram a sua rotina normal, e eu fui passear pela cidade.

Alameda de Osuna, meu bairro novo, era perfeito. Tudo ficava perto, inclusive a escola em que Pablo e Dan trabalhavam. Na região onde meu prédio de tijolinhos à vista ficava, havia tantas árvores e flores que me senti em casa. Descendo duas ruas, eu já estava perto do comércio e de tudo o que precisava. O bairro ficava a quarenta minutos do Centro de metrô, ou seja, eu nem sentiria falta do carro que vendi para ajudar na mudança.

Quando voltei para casa, tomei um longo banho. Ainda com uma toalha no cabelo e outra no corpo, me sentei em frente à mesa e abri o meu laptop para checar se havia algum e-mail do trabalho. A parte burocrática estava toda resolvida.

Acessei as redes sociais... Pablo tinha me enviado algo, pela manhã.

Bebé, bom dia! Estou te enviando o site do Secret, caso queira ver. Se você procurar por ele na internet, não vai achá-lo. Então, estou enviando o link do convite direto. Sei que ficou curiosa, então paguei seis meses de acesso ilimitado para você. É o meu presente de boas-vindas a Madrid. Te amo. Ah, o seu login é o mesmo do e-mail. Ninguém mandou você me passar os seus dados. ;)

Eu poderia ver uma série ou simplesmente relaxar no sofá lendo um livro de suspense ou romance, mas... aquilo não parecia *mais* interessante?

Abri o site do Secret. Fiz o login, e a diferença foi que recebi uma mensagem de boas-vindas. Franzi o cenho enquanto clicava em OK e prosseguia.

Mil e cinquenta áudios publicados, seis fotos postadas, textos. Fui olhando a aba de conteúdo do homem que usava a voz para seduzir e encantar. Por que aquilo, de certa forma, parecia *errado*? Como se eu estivesse invadindo a privacidade de alguém? Ou como se eu estivesse vendo uma pessoa nua que eu não conhecia?

REGRAS

Cliquei nisso primeiro.

1. NÃO QUESTIONAR SOBRE A MINHA IDENTIDADE;
2. RESPEITAR O OUTRO NOS COMENTÁRIOS;
3. NÃO COMPARTILHAR QUALQUER INFORMAÇÃO PESSOAL SUA. ASSIM COMO EU MANTENHO A MINHA IDENTIDADE SECRETA, O MESMO VALE PARA VOCÊ;

OBSERVAÇÃO: EU NÃO ENVIO MENSAGENS PARA OS MEUS SEGUIDORES FORA DESTE SITE. CASO ALGUÉM SE APROXIME DIZENDO QUE SOU EU... BEM, NÃO SOU. ;)

Parecia sensato. Fui atrás das fotos.

Meus amigos me explicaram certo. Não havia nada ali que mostrasse quem o Secret era. Uma imagem de um vinho francês apareceu primeiro. Então, a vista de Nova York. Uma foto do seu pulso e um relógio com pulseira de couro, em zoom, enquanto mostrava as horas. Dava para ver apenas um pedaço da sua pele, porque ele usava um terno. Ele foi esperto o suficiente para o relógio não refletir o seu rosto. A quarta fotografia era da Islândia. *Ele não queria que soubessem sua localização.* A quinta, um prato de comida, e eu percebi que o cardápio do restaurante estava em italiano. A sexta foto foi a que mais me intrigou. Não havia nada sobre ele, mas estava lendo um livro que eu já tinha lido. Um homem como esse lendo Mia Sheridan? A capa do romance *Kyland,* em um Kindle, me fez sorrir.

Que tipo de homem é você, Secret?

Vasculhei mais o site dele. Vi os comentários e as respostas em inglês.

VVVV: Você é melhor do que todos os homens reais.

Secret: Mas eu sou real. Vocês só não conseguem me ver. ;)

Phanton: S, você me fez ter o melhor orgasmo da minha vida! Obrigada!

Secret: O orgasmo começa pela mente, Phanton. Já passou da hora de falar para o seu marido me escutar. Dou acesso de graça a ele, se quiser.

Ele se conectava com os seguidores. Era uma relação próxima. Não parecia que ele contratava alguém para responder. Tudo ers pessoal demais ali.

Lady L: Sr. S, eu não consigo dizer a você todas as sensações que me trouxe. Mas esse foi o melhor áudio de todos os tempos. Ainda estou em êxtase. Ah, você é um sonho.

Secret: Obrigado, Lady L. Mas só é interessante porque vocês estão do outro lado me ouvindo. ;)

Yas: Depois de ter um coração partido pela segunda vez esse ano, só consigo encontrar acalento em você.

Secret: Sinto muito pelo seu coração partido, Yas. Como todas as dores, essa também vai passar. Fico feliz em ser um acalento para você!

Ele deveria dedicar um bom tempo para conseguir dar atenção a todos. Mas, além disso, parecia se lembrar de todos as seguidores que comentavam. Os quinhentos comentários que ele recebeu no último áudio foram respondidos, e todos de forma bem íntima.

H.R: Cara, você conseguiu me desbloquear de muitas inseguranças. Eu estava com medo de ter um encontro ontem com a mulher que eu gosto. Mas depois do seu áudio, eu consegui me sentir seguro o suficiente para isso. O encontro deu certo. Obrigado, S!

Secret: H.R, fico feliz que o áudio te ajudou a superar a insegurança. A vida real pode ser bem diferente daqui, mas eu tento sempre trazer um toque de realidade para os áudios. Falou safadezas para ela na cama? ;) Sempre dá certo.

As pessoas não estavam com ele ali só para ouvi-lo. Era algo... *mais.*

Alcancei a minha bolsa em cima da mesa, pegando os fones de ouvido. Respirei fundo antes de me permitir escutá-lo. Eu não sabia no que estava me metendo ou por que estava fazendo isso. Mas menti para mim mesma que era por causa dos meus amigos e que eu não queria decepcioná-los sendo paranoica e fechada como sempre fui. Aquilo, na verdade, estava mesmo despertando curiosidade e surpresa em mim.

Arrepios cobriram a minha pele quando ouvi o seu oi, antes de ler o título do áudio.

Vamos conversar.

— Está bom, eu vou conversar mentalmente com um homem que não faço ideia de quem seja — murmurei.

— Primeiro, eu quero toda a sua atenção...

— *Ay*, é o áudio que os meninos me enviaram no avião.

Fechei os olhos. *Dios*, o jogo perfeito de palavras, a maneira como ele instigava a mostrar a você que ouvi-lo não era um pecado, então a forma como sua voz descia um tom cada vez que Secret tentava seduzir a mim. Quer dizer, a nós. Aos *outros*.

Abri os olhos e encarei o *player* do áudio avançando conforme as coisas aconteciam.

— Você consegue me imaginar?

Prendi a respiração quando cheguei na parte em que havia parado.

— Estou entrando no seu quarto, as luzes apagadas. Você não consegue ver o meu rosto, mas sabe que eu estou ali. Eu estou aqui. — Sua voz saiu da minha orelha esquerda para a direita. — *Tão perto que você sente a minha respiração.*

Mordi o lábio inferior, um arrepio estranho passando pelo meu corpo.

— Mas eu preciso que você me deixe entrar. Preciso que entenda que, nesse espaço, não há nada além de nós. — A respiração dele foi ficando cada vez mais ofegante. Ouvi suas roupas sendo tiradas, peça a peça, escorregando por seu corpo como se não quisessem deixá-lo. — *Nada além de você e eu. Quer saber o quanto você me afeta?*

A risada dele parecia única, rouca e baixa, mas o suficiente para sussurrar a palavra sexo sem que você nem percebesse o motivo de aquilo deixar você molhada. Passei a língua nos lábios quando o ouvi deslizar a mão por seu próprio corpo.

— Você me deixa pronto, garota dos sonhos — Secret disse bem baixinho, deslizando pela sua ereção de cima a baixo. O som molhado da fricção... — *Escutou isso?*

Eu estava ficando excitada? É sério? Senti os mamilos se esfregando na toalha de algodão e um frio no estômago. Pareceu quase impossível conter a vontade de deslizar a mão para baixo e me tocar.

— *O que é irresistível geralmente é irresponsável, eu sei. Mas preciso que você sinta o meu corpo pressionando o seu, porque eu estou me deitando sobre você agora.* — Fez uma pausa. — *A minha pele deslizando pela sua. Ah, tão quente. Você é tão gostosa.* — Ele riu. — *É? Gosta disso? Sim, eu sei. Por Deus, eu preciso te beijar agora.*

Eu não estava esperando ouvir o som de beijo. A língua dele deslizando pela boca de uma mulher. *Havia alguém com ele? Ou eram efeitos sonoros?* Secret gemeu, enquanto sua língua duelava com outra, o estalo do beijo e da respiração dele fazendo meu corpo surtar entre o real e o imaginário.

Foi tão intenso que eu não conseguia respirar.

— *Esse seu pescoço está pedindo a minha boca. Eu vou beijá-lo agora.* — O beijo foi descendo no áudio, se tornando mais distante. A voz dele escorregou para baixo. — *Isso, se remexe sob mim. Eu consigo imaginar você inquieta, querendo que eu te chupe. É isso o que você quer? Pede para mim.*

— Sim — sussurrei.

— *Boa garota.* — Pude ouvir o riso em sua voz. — *Deixa eu provar o seu sabor.* — Uma lambida. O gemido. A respiração dele escapando com dificuldade. — *Você é tão gostosa. Abre mais essas pernas para mim. Me deixa chegar perto dessa boceta.*

O som dele deslizando, as pernas espaçando e então sua respiração tão longe que eu podia senti-lo bem sobre o meu clitóris. Tentei abrir os olhos para sair daquele encantamento, mas não consegui. Fazia semanas que eu não tinha um orgasmo e, mesmo que não estivesse me tocando, estava mais molhada do que jamais estive na vida. Me remexi na cadeira, sentindo os lábios inchados e o clitóris pulsando. Havia algo tão erótico e errado em tudo isso. Mas eu não conseguia processar. Só precisava...

Desfiz o nó da toalha e a deixei cair.

Era isso. Eu ia me masturbar por um homem que eu nunca tinha visto.

O som estalado do sexo oral preencheu os meus ouvidos, e eu me toquei. O som dele, a minha pele se arrepiando enquanto idealizava um homem entre as minhas pernas. *Dios, isso é loucura.* Uma parte do meu cérebro avisou, e eu ignorei.

— *Vou colocar o meu dedo dentro de você...* — avisou, e então o som de penetração soou. — *Sua boceta está apertando o meu dedo e isso é tão bom, mas eu não vou aguentar.* — Seu gemido atingiu cada nervo da minha pele, atiçando partes minhas que sempre se mantiveram em silêncio.

— *Não, eu preciso entrar em você. Preciso entrar em você do jeitinho que eu estou na sua cabeça agora. Preciso te fazer minha.* — Ele gemeu, e sua voz veio bem na minha orelha quando Secret se acomodou. — *Eu preciso sentir essa boceta pulsando em volta do meu pau. Me deixa entrar em você?*

Ele poderia fazer o que quisesse comigo àquela altura. Eu estava com as pernas abertas, sentada em uma cadeira, completamente nua e de olhos fechados. Todo o meu corpo estava tenso e relaxado ao mesmo tempo, enquanto eu acelerava os dedos ao redor do clitóris, meu quadril indo e vindo, acompanhando o seu comando.

Todo o resto foi tão alucinante quanto eu jamais pensei ser possível.

Secret subiu pelo meu corpo, dentro da minha mente, sua boca raspando na minha, enquanto abria as minhas pernas para se acomodar. A pausa da respiração, meu olhar se cruzando com o de um fantasma. Entrei na fantasia. Éramos só nós dois quando Secret deslizou seu pau dentro de mim, naquela batida de um segundo, enquanto meus dedos entravam a seu pedido. Ele riu ao deslizar para dentro, a risada mais pornográfica que eu já tinha ouvido em toda a minha vida.

— Porra, isso é tão gostoso. Você está toda molhada para mim. Toca esse clitóris, enquanto eu deslizo para dentro de você. — Ele riu baixinho. — *É? Quer que eu comece logo? As coisas vão ficar interessantes. Hum. Caralho. Aperta o meu pau. É, bem desse jeito.*

O som das estocadas vieram, tão lentas. Sua respiração arranhou o som. Então o bate-bate dos nossos quadris, ele dizendo o quanto eu era linda, meu clitóris sendo provocado pela minha outra mão que precisou descer para me ajudar. Abri ainda mais as pernas e comecei a tremer, sendo movida por seu corpo, por sua voz.

— Você quer gozar? Estou sentindo a sua boceta me apertando.

Os gemidos eram guturais. Enquanto estocava, parecia montar em mim. Ele era forte, eu podia sentir isso pelo som que fazia. Ele falava sacanagem na cama sem vergonha alguma de destruir a sua cabeça. Secret dizia as coisas certas, exatamente no momento certo, e quando minha fricção se tornou insustentável, eu o ouvi gemer ao fundo.

Gememos juntos, em alto e bom som, enquanto cada parte do meu corpo, carente de um orgasmo decente, se tornava pó. Meu coração acelerou, e meus músculos ficaram tensos, enquanto o tesão varria a minha cabeça. Eu era uma bagunça de fluidos, suor e desejo. Resfoleguei no meu próprio orgasmo, ouvindo o homem do outro lado se perder na mesma fantasia que a minha.

Quando tudo acabou, sua voz parecia sem fôlego.

— A nossa fantasia é a melhor de todas, garota dos sonhos. — Ouvi a sua língua deslizando por seus lábios, como se estivesse com sede. A respiração de alguém que tinha gozado me fez estremecer. Eu queria um segundo *round* com esse homem.

Eu, Natalia, queria mais.

— Mas acontece que, enquanto você me quiser, eu vou estar aqui para ser seu. Enquanto você sentir tesão e me imaginar na sua mente, rondando os seus pensamentos, os seus sentidos, te fazendo lembrar desse segredinho que nós dois somos, me pedindo todo dentro, eu vou estar aqui, do outro lado, imaginando o quanto você geme alto quando pensa em mim.

Ele respirou fundo e, como se estivesse sonolento, sua voz foi ficando cada vez mais distante.

— Te vejo no próximo sonho.

Abri os olhos. O áudio tinha acabado.

A realidade me atingiu como se eu tivesse sido hipnotizada por alguém, por alguma coisa. Como se um amante fantasma tivesse me visitado e eu não soubesse em que dimensão havia entrado.

Pisquei várias vezes, olhando para baixo, vendo o meu corpo suado e mole.

— Eu não acredito que fui tão longe — sussurrei para mim mesma.

Mas como se uma luz se acendesse no meu cérebro, toda a parte do sexo me esclareceu muitas coisas. Era libertador ouvir a voz de um homem que estava em outro país. Era libertador me tocar sem precisar atingir as expectativas de alguém. E era ainda mais libertador gozar com alguém com quem nem precisei sair em um encontro. Era prático, rápido e envolvente.

Mas quão perigoso esse jogo mental poderia se tornar?

Me levantei, fui ao banheiro e voltei para o site. Passei a ver os comentários, sempre as mesmas pessoas, elogiando e dizendo o quanto se sentiam bem com ele. Esses usuários se sentiam dependentes daquele fantasma.

Quase todos os dias, ele publicava um áudio.

Com certeza o homem vivia disso; ele não precisava de nenhum outro trabalho. Fui analisando aquilo tudo sem ver as horas passarem. Parecia incrível olhando de fora. Mas vivendo isso todos os dias?

Uma fantasia. Um segredo.

ENVIAR UMA MENSAGEM PARA SECRET.

Pairei o mouse sobre o campo de mensagens. Um aviso apareceu na frente, dizendo que Secret não respondia mensagens privadas. Para se comunicar, só era possível através dos comentários.

O meu impulso leonino me fez escrever mesmo assim, minha fluência em inglês me permitindo pensar em outro idioma.

Anônima: Olá, Secret.

Sou nova no seu site e preciso parabenizá-lo pela ideia genial e pela qualidade do seu trabalho. Sua voz é única e admirável. E, hum, bem sexy. Mas preciso dizer algumas coisas. Espero que não me leve a mal.

Essa maneira de você publicar áudios e envolver as mulheres — e alguns homens — nesse seu mundo... Bem, é saudável? Existe uma questão de responsabilidade afetiva aqui que precisa ser revista. O contato diário dessas pessoas com você as faz criar certa dependência emocional. Entendo que você não responde às mensagens pessoais, mas os comentários são sempre em tom de flerte.

Pense sobre isso quando for responder. As pessoas têm sentimentos e não estão aqui só para ouvir você falar safadeza, mas para receberem certa atenção de você.

Espero que esteja consciente do que está fazendo e protegendo não só a si mesmo, mas o seu público.

Fui verificar como estava o meu perfil no site dele. Ótimo, não havia nenhum dado sobre o meu nome. O meu e-mail era informação privada. O meu usuário: *Anônima*. Era isso. Tirei do meu coração o que veio à cabeça. Eu poderia estar errada? Poderia. Ele talvez nunca lesse essa mensagem? Sim. Ou só me bloquearia da droga do site dele? Com certeza.

Mas a minha análise daquele site indicava perigo e instabilidade emocional.

Dios, eu precisava de uma taça de vinho.

— O homem te fez gozar e você foi lá xingar ele? — Pablo não conseguia parar de rir. Ele e Daniel estavam jogados no meu sofá, enquanto um programa qualquer passava na TV.

— Se ele nunca pensou sobre isso, agora vai pensar.

— Tenho certeza de que o Secret entende sobre responsabilidade afetiva. Ele tem dezenas de regras. — Daniel sorriu para mim.

— Eu li todas as regras. E não sei até que ponto...

— Você está puta da vida porque ele te fez gozar e você não esperava que isso acontecesse. — Pablo ergueu as sobrancelhas para mim.

— Talvez. — Sorri. — Ainda assim, é um ponto válido a ser abordado.

Voltamos para a TV por uns instantes, e Daniel passou o braço ao meu redor, me puxando para o seu ombro.

— E se ele te responder, *tesoro*? — Dan sussurrou contra o meu cabelo.

— Está escrito lá que o Secret não responde às mensagens privadas — expliquei.

— Sei lá, Nat — Pablo ponderou. — Há muitas pessoas, sim, mas um homem que está acostumado a ser só elogiado, receber uma crítica, ainda que válida... Talvez ele te responda.

— Respondendo ou não...

— Você vai continuar ouvindo? — Dan perguntou.

— Talvez quando eu estiver carente, sim. Mas todos os dias? Isso é loucura.

— É, um pouco. Mas confesso que apimentou bastante a minha relação com o Dan — Pablo elucidou. — Não é só uma questão de ser xavecada por um cara anônimo, Nat. É se libertar dentro do seu próprio prazer, conhecer o seu corpo e o do outro. Ele não obriga ninguém a comentar lá. As pessoas fazem porque querem. Teve uma época em que ele fechou os comentários.

— É? — Virei o rosto para Pablo. — Como assim?

— Não sei, ele ficou uns meses com os comentários fechados.

— Há quanto tempo vocês o conhecem?

— Um ano — Dan disse. — Por volta disso.

— Meu Deus, vocês têm um relacionamento com esse cara.

— Olha, dê mais uma chance, mas usando apenas o seu corpo e a mente, nunca o coração. Não dá para se apegar a uma fantasia. — Daniel pareceu despreocupado.

Voltei os olhos para a TV.

Não dá para se apegar a uma fantasia...

Será?

Capítulo 05

Tudo mudou
Quando eu te conheci.
Jennifer Lopez — I'm Into You

Andrés

— Inspetor De La Vega, ligação para você.

Carajo, o dia hoje estava fodido e o expediente mal tinha começado. Ser o inspetor de uma delegacia era um sonho de moleque. De policial até inspetor me custou tempo, estudo, dedicação. Provas, treinamento, dúvidas. Larguei a minha vida pessoal para ser quem eu precisava. Me dediquei pra porra para isso. Mas, cara...

A responsabilidade caiu no meu colo antes do que eu tinha previsto.

O inspetor Goméz, o homem que me abraçou na carreira como o meu próprio pai faria se fosse policial, teve que se aposentar mais cedo devido a problemas de saúde. Ele estava bem agora, mas a responsabilidade daquela delegacia chutou a minha bunda.

Eu me sentia preparado, estava acostumado à insanidade que era a minha vida. Mas, *mierda*, apesar do meu país ser relativamente tranquilo em questão de criminalidade, Madrid sabia ser bem mais agitada do que a TV faz parecer.

— De La Vega falando.

— Andrés, bom dia. A respeito da nova pessoa que se juntará à equipe... — a voz de Tenório soou do outro lado. Toda vez que ele me ligava, vinha com uma bomba.

Me sentei na minha mesa, inspirando fundo.

— Nova... o quê?

— Bem, sim. Tivemos uma nova admissão — respondeu, despreocupado.

— Legal, e você me fala assim? Sem me avisar com antecedência? Para qual cargo?

— A ficha está na sua mesa e você nunca deu uma olhada. A comandante pediu para que eu te lembrasse que, bem, a pessoa chegará hoje. — Pude ouvir Tenório se encolhendo. — Aliás, estou te reencaminhando a papelada por e-mail.

A comandante Gutiérrez era uma mulher de cinquenta e cinco anos com um olhar ferino, voz grave e muita força de caráter. Eu admirava Gutiérrez, ainda mais por ser uma das poucas em seu cargo com um pouco de humanidade. De qualquer maneira, se ela falou, estava falado, e não havia nada que eu pudesse fazer a respeito.

Eu nem me lembrava de ter visto a ficha de alguém na porra da mesa.

— Café. — Miguel deixou sobre a mesa enquanto passava por mim.

Exalei com força, pegando a xícara e bebendo um longo gole.

— E por que não fui comunicado, sei lá, tipo, ontem? — perguntei para Tenório, mas foi outra voz que me respondeu.

— Talvez porque você queira carregar o mundo e não admite quando precisa de ajuda. — Gutiérrez apareceu na minha frente. — Você não teve tempo de olhar a ficha e muito menos de respirar, Andrés.

Com as mãos na cintura, a pose altiva e a farda de comandante, ela parecia pronta para uma coletiva de imprensa; talvez fosse mesmo conversar sobre o caso do assassinato da garota norte-americana, Park, que havia sido resolvido. Encontramos o *hijo de puta*.

Desliguei na cara do Tenório.

— Você abraçou o cargo de inspetor cedo demais. Foi de repente e bem fora de ordem. Apesar de você ser um gênio, e eu admito que o seu cérebro é tão lindo quanto essa sua cara, não dá para carregar uma delegacia sozinho. — Ela colocou uma mecha do cabelo grisalho atrás da orelha, os olhos claros em mim.

— Tem o inspetor-chefe Ferraz...

— Então, são vocês dois contra o mundo? Estamos com defasagem de pessoal desde que fizemos uma pequena dança das cadeiras com a saída do Goméz, e é por isso mesmo que você está tão atolado. O caso da garota Park te sugou. Você sozinho não vai dar conta. A equipe vai aumentar, De La Vega.

Você querendo ou não. — Ela fez uma pausa, mantendo os olhos azuis em mim até que tivesse certeza de que eu a tinha entendido. — Ótimo, estou de saída.

— Quem vai entrar, comandante? — pedi, mas ela me ignorou e continuou andando.

— Dia difícil, Andrés? — Miguel, subinspetor de Ferraz que estava segurando as pontas em dois cargos, se acomodou na minha mesa, se sentando ao meu lado, os olhos fixos na Gutiérrez, enquanto ela saía pela porta da frente.

— Vamos ter alguém novo — respondi. — Deve ser alguém com pouca experiência, de alguma cidade do interior... eu nem vi a ficha.

— Se passou na prova, você tem que dar um crédito.

— A prova não é a vida real, Miguel. — Eu o encarei, e os olhos verdes, que me lembravam de Esteban e Rhuan, me encararam de volta. — Preciso ligar para os meus primos. Me dá um minuto.

— Tranquilo.

Saí da delegacia com a cabeça girando. Rhuan estava aproveitando que Esteban estava de férias e na Espanha para saírem juntos, e por mais que eu quisesse estar com eles naquele momento, transando loucamente com alguma desconhecida em uma boate de caráter duvidoso, o trabalho me chamava.

Abri um sorriso quando Esteban atendeu.

— E aí, *hermano*? — A música ao fundo, às oito da manhã, me deu a certeza de que ele nem tinha dormido.

— Porra, hoje o dia está foda — sussurrei.

— Quer beber quando sair daí?

— Não posso — resmunguei. — Muita coisa para fazer.

— *Mierda* — ele reclamou.

— O que estão fazendo?

— O Rhuan me trouxe para uma boate que é vinte e quatro horas. *Paraiso*. Quer falar com ele?

— Não, só queria ligar para saber se não tinham ido parar em uma alguma delegacia. Não quero ter que livrar os *cojones* de vocês tão cedo.

— Minhas bolas estão muito bem, valeu. Aliás, transei a noite inteira. — Esteban fez uma pausa. — Andrés, você está precisando de sexo, cara.

— Transei faz uns quatro dias.

— E já está estressado desse jeito? — Esteban riu. — *Carajo.*

— Ha-ha. Eu falo com vocês depois. Preciso voltar ao trabalho.

Olhei para frente e, do outro lado da rua, vi algo que me fez focar, porque me chamou a atenção. Aquele balançar de quadris... eu já tinha visto em algum lugar. Desliguei a chamada, meus olhos na mulher que estava vestida socialmente, com calça preta, paletó da mesma cor e uma camisa branca.

Eu a conheço.

Estava alheia a mim, atravessando a rua como se estivesse com pressa. Os olhos meio dourados, meio esverdeados, o cabelo ondulado e castanho queimado pelo sol, a pele avelã, o rosto arredondado e aquela boca feita para fazer qualquer homem pecar.

Com certeza eu a conhecia.

A garota que vi há poucos dias, a 27-A.

Vindo na minha direção, seus olhos se ergueram até encontrarem os meus. Choque, pavor, um misto de coisas que, naquele segundo, talvez eu não soubesse bem o que significava. Mas seus passos vacilaram, como se ela não estivesse certa se poderia continuar atravessando a rua e parar na minha calçada. Como se ela não estivesse certa de que queria entrar na minha vida uma segunda vez.

Seus olhos escorregaram para o distintivo que estava pendurado no meu peito, a arma que eu carregava no coldre e, então, se voltaram para os meus olhos, como se estivesse montando um quebra-cabeças.

Alguém buzinou alto, forte. Ela quase caiu em seus saltos altos. Veio se desequilibrando, como se tivesse, de repente, perdido a noção da gravidade, quase trotando para o meu lado, a mão no coração como se quisesse mantê-lo no peito.

Segurei seu braço, firmando-a em pé.

— Bom dia.

— Bom… — Seus olhos foram de novo para o meu distintivo. — Desculpa, mas isso é de verdade?

— Não, eu só estou fantasiado de policial. — Abri um sorriso de canto de boca. — Gostou? Daqui a pouco eu começo o strip-tease.

Ela fez centenas de expressões em segundos. A boca se contorceu e então se abriu, as sobrancelhas subiram e desceram e seus olhos dançaram naquele mix de cores como se estivessem me estudando.

Dei um passo para trás.

— Eu trabalho aqui — avisei, enfiando as mãos nos bolsos da calça jeans. — Você é atrapalhada assim todo dia, 27-A?

Ela mordeu o lábio inferior, segurando um sorriso.

— Você se lembra de mim.

— Claro que lembro.

Quase soquei um desconhecido por sua causa. Aliás, o seu namorado cretino está bem?

Minutos podem durar horas se você não sabe o que dizer. Parecendo mais confiante, a 27-A levantou o rosto e me encarou de verdade. Os olhos tão diferentes dançaram pelo meu rosto como se quisessem me marcar.

— Eu preciso entrar. Me pediram para estar aqui às nove horas.

Olhei para o meu relógio de pulso.

— Você tem vinte minutos — avisei-a. — Veio fazer um depoimento?

— Não. — A 27-A parecia estar adiantada, por apenas alguns segundos.

Eu suspeitava, mas não queria que a minha intuição estivesse certa. Porque se a minha dúvida virasse certeza…

Esse acaso de encontrá-la na rua, quase caindo nos meus braços como na porra de um filme de comédia romântica que a minha mãe adorava assistir, não poderia dar em nada. Eu não poderia chamá-la para um vinho e dizer algo como: "Se estiver solteira, talvez mais tarde a gente…". Eu não poderia beijá-la depois da sobremesa. E com certeza não poderia transar com ela como o meu corpo havia implorado desde que sua coxa passou duas horas colada na minha.

Não diga que você vai trabalhar aqui.

Não diga que você vai trabalhar aqui.

Não diga...

— Prazer, eu me chamo Natalia Ortiz. Fui designada para o cargo de subinspetora dessa delegacia. E você é...?

Mierda. Carajo. Infierno!

Ela estendeu a mão para mim, formal, como se quisesse passar uma imagem totalmente diferente da que eu tinha dela.

A vida estava me jogando uma mulher dessas para trabalharmos juntos. Parecia piada. Uma piada bem sem graça. Levei alguns segundos para me recuperar do choque. Mas enfim, era isso. Eu tinha uma regra de não me envolver emocionalmente. Era sempre sexo com pessoas aleatórias, três encontros no máximo. E acabava ali.

Natalia Ortiz não cabia na equação. Que pena.

— Andrés De La Vega, inspetor. Isso quer dizer que você será a minha subordinada — falei, e vi Natalia ficar pálida de repente. — Vamos entrar, porque eu preciso conversar com você sobre o cargo.

— Você será o meu chefe? — Sua voz subiu uma oitava.

— Você será o meu braço direito, subinspetora Ortiz. Então, quase. — As portas da delegacia se abriram automaticamente quando passei, inspirando o frio do ar-condicionado. Estremeci quando percebi que, mesmo de salto, Natalia não passava da altura do meu queixo. — Tem algum problema com isso?

— Evidente que não.

— Ótimo. — Encarei Miguel, que ficou perplexo por uns dez segundos enquanto olhava... *Natalia*. Sim, ela era linda pra *carajo*. — Posso ter um minuto da atenção de todos?

A delegacia estava caótica, mas os olhos de todos se voltaram para mim. O inspetor-chefe Ferraz abriu um sorriso quando me viu tomar as rédeas e apresentar... *Quando foi que eu concordei com isso,* Dios*?*

— A senhorita... — falei, mas parei por um momento. Me virei para ela, me fazendo de desentendido. — Ou é senhora?

— Senhorita.

Solteira. Ou ainda se envolvendo com aquele babaca.

— A srta. Ortiz começa hoje oficialmente como subinspetora da nossa delegacia. Eu vou passar as informações para ela e depois teremos uma reunião. — Parei por um segundo, apoiando as mãos na cintura. — É isso. Voltem ao trabalho.

— Bem-vinda, subinspetora Ortiz! — disseram todos em uníssono.

— Tudo bem, 27-A. Depois você será devidamente apresentada a todos. — Me virei para ela, caminhando ao seu lado. — Vem comigo.

Natalia trabalharia de frente para mim. Todos os dias. Engoli em seco quando vi a cadeira do Goméz vazia. Me apoiei na minha mesa e estendi a mão para ela, oferecendo que se sentasse na minha cadeira.

Assim que ela se acomodou...

Ah, porra. Tão linda.

— Você já foi oficial, não é, 27... subinspetora Ortiz?

— Exato.

Miguel passou ao meu lado, me apontando a ficha da Natalia, que... estava ali o tempo inteiro e eu não tinha visto.

Isso é tão jodido.

Respirei fundo.

— Essa parte fica por conta da comandante, falar sobre o tempo em que você trabalhou como policial e então oficial. E o treinamento como subinspetora desde que você passou na prova. — Dancei os olhos pelos papéis, que eram mais seguros do que se eu encarasse aquela *mujer*.

Natalia Ortiz. 31 anos. Valência. Solteira.

Em algum momento daquele dia louco, eu ia processar os nossos destinos se cruzando. Só era estranho porque, *carajo*, eu encontrei a mulher no avião. O smartphone da 27-A caiu no meu pau *magnético*. Me meti na vida dela... e a ficha estava embaixo do meu nariz o tempo inteiro.

Só era estranho por causa disso tudo. Era só apagar da memória.

— Eu passei em todas as provas, fiz todos os treinamentos. Inclusive, alguns em Madrid.

— O que mais?

— Fiz um curso extra, com uma psiquiatra forense e perfiladora do FBI, através do Quântico, nos Estados Unidos. A própria Polícia Nacional selecionou alguns oficiais na época.

Carajo, ela era boa.

Natalia era inteligente. Todos os relatórios sobre ela elogiavam primeiro o seu cérebro. Seu comportamento com os parceiros da polícia era dado como exemplar. Ela tinha tantos méritos que só a parte de elogios preenchia mais de dez folhas.

— Quem é Alonso Santino? — perguntei, vendo o nome mais recorrente do homem na ficha de Natalia.

— Meu antigo colega, de quando eu era oficial.

— Vocês trabalharam juntos?

— Sim — Natalia respondeu. E cruzou as pernas. Com os olhos fixos em mim, eu podia sentir aquela atenção bem no meu pescoço, no meu distintivo, na minha presença. — Tem alguma dúvida?

Olhei para ela. Vulnerabilidade. Pernas cruzadas. Maxilar tenso.

Natalia dormiu com ele.

— Misturou trabalho e prazer, 27-A?

— Eu não sabia que estava sendo interrogada. — Uma única sobrancelha se ergueu.

— Na verdade, não está. Você tem todo o direito de não responder à pergunta.

— Ainda parece um interrogatório.

Eu acabei rindo. Foi uma vibração no meu peito que escorregou pelos meus lábios. Natalia tinha senso de humor? Uma faísca de interesse passeou pelos olhos da subinspetora como se ela gostasse do som da minha risada.

Não torne isso difícil para mim, mujer.

— Tudo bem, nada de assuntos pessoais. — Umedeci os lábios e peguei a caneca de café. Já estava frio, mas foda-se. — O que você espera do seu novo parceiro, subinspetora Ortiz? Sei que a parte burocrática está ok, que você vai conversar sobre todas as partes entediantes com a comandante Gutiérrez. Mas preciso saber o que espera de mim, porque acredito que vamos passar um bom tempo juntos.

Natalia se acomodou melhor na cadeira, ponderando sobre o que eu disse.

Nossas mentes teriam que trabalhar como uma só. Eu seria o homem que a protegeria em um tiroteio se chegássemos a isso e vice-versa. Eu estaria ao seu lado para instigar a sua inteligência. Por mais que a palavra final fosse minha, Natalia tinha sido designada exclusivamente a mim. Eu a tornaria uma excelente inspetora. Teria tempo para trabalhar nela todos os sonhos que, porventura, ela tivesse. *Carajo*, ela cresceria por si mesma, mas, ainda assim, eu estaria ao seu lado.

Isso era íntimo demais para dois desconhecidos... que já se conheciam.

— Na verdade, sendo bem sincera, não espero nada de você, inspetor De La Vega. Eu quero que possamos trabalhar bem juntos, colocando o incidente do avião para trás e... o que eu disse sobre o seu órgão sexual. Peço desculpas. Espero que me ensine tudo o que sabe e que, como um só, possamos resolver os casos que pegarmos. Espero que *eu* possa acrescentar a essa delegacia o que falta. Espero muito de mim, mas aprendi a não esperar absolutamente nada dos outros. Você está livre das minhas expectativas. — Ela sorriu, mas foi um sorriso leve, de quem não precisava mesmo ser fiel a ninguém além de si mesma. — Por onde começamos?

Natalia não era estabanada, frívola e estranha. Ela era uma subinspetora que colocava o trabalho na frente de qualquer outra coisa em sua vida. Tão parecida comigo que me surpreendeu.

Engoli em seco, levando minutos inteiros para me recuperar da surpresa que era ter Natalia Ortiz... na porra da minha delegacia.

Capítulo 06

Tudo começou como um sonho
Mas está lentamente se espalhando
Explodindo as costuras
O que isso significa?

Idarose — When I Don't Have You

Natalia

— Mãe, por favor...

— Mas é o destino! Comigo e com o Ronald foi a mesma coisa. Você sabe, eu me apaixonei por ele e depois nos reencontramos! — Seus olhos, da mesma cor dos meus, brilharam na videochamada.

— *Mamá*...

Eu não deveria ter contado toda a situação para ela. Agora, mamãe Ortiz estava criando um livro de romance com bebês e casamento em questão de segundos.

— E por que você só me contou isso agora? — acusou, franzindo as sobrancelhas.

Estava trabalhando com Andrés De La Vega havia dias. Esse homem, com um nome que parecia feito para o pecado, era o meu chefe. Eu já bebi todas as garrafas de vinho do meu apartamento, já surtei com Pablo e Daniel. Tive até um pesadelo com o meu celular dividindo o pênis do inspetor De La Vega em dois como se fosse uma navalha.

E já superei. Agora, eu estava bem. Sério. Já estava começando a me acostumar com a beleza dele a ponto de achar que Andrés nem era tão bonito assim.

Tudo bem, isso era mentira.

— Estive muito ocupada.

— Mentirosa, você me ligou, me contou até do vizinho de 80 anos que rega a planta do lado de fora. Mas sobre *isso* você não falou.

— Eu sabia que você ia reagir assim, *mamá*.

— *Ay*, só quero te ver feliz.

— Com o meu chefe? Não dá. É a carreira dos meus sonhos. Mesmo que o cargo já esteja garantido, porque passei numa prova e sou muito boa, não quero ficar com a fama de que só me envolvo com gente do trabalho. O Alonso já valeu a experiência.

— Você não me deixa sonhar.

Eu acabei rindo.

— Preciso desligar, *mamá*. Tenho que analisar os casos em andamento que o Andrés me passou. Não quero ficar para trás e preciso falar a mesma língua que eles.

— Tudo bem, *mi hija*. Vá. Mas não se esqueça de comer, hein? Amo você.

— Também te amo. Manda um beijo para o Ronald — pedi antes de encerrar a videochamada.

No meu primeiro dia de trabalho, fui apresentada à comandante Gutiérrez, e ela me tratou muito bem por saber que mais uma mulher se juntaria à equipe. Se dirigia sempre de forma altiva com os homens, mas comigo sua voz descia um tom. O inspetor-chefe Ferraz era um homem reservado, mas que, apesar de ser um superior, ouvia as ideias de Andrés como se o tivesse como filho. Escutei também sobre o inspetor Goméz, o homem que instruiu Andrés e se aposentou antes do previsto. Miguel, o único que era mais chamado pelo nome, era lindo e gentil. Tinha 32 anos, era casado, com um bebê recém-nascido e um coração imenso.

Eu tive algum tempo para superar o fato de que o homem do avião era agora o meu chefe. O homem que se meteu na minha vida sem nem me perguntar se podia. Pois é, ele era o meu inspetor. Agora, eu precisava desanuviar a cabeça e focar no meu trabalho dos sonhos.

Andrés De La Vega me encaminhou por e-mail quatro casos que ainda estavam em aberto. Não só dele, mas do inspetor-chefe Ferraz também. O inspetor De La Vega poderia ter sido cruel e me obrigado a ficar na delegacia a madrugada inteira por isso, mas me deixou ir para a casa e acessar o sistema da Polícia Nacional através do meu notebook. Após o login, fui abrindo caso a caso e passando tudo para um caderno, esquematizando do meu jeito.

O primeiro caso designado a Andrés era um suicídio, que aconteceu há algumas semanas. Lendo o relatório da perícia e do legista, o caso já deveria ter sido encerrado. Mas uma anotação do meu chefe me fez parar antes de continuar a leitura.

Vida aparentemente perfeita. Por que ela se matou?

Daniela, 22 anos, influenciadora digital. Ao que tudo indica, muito bem-resolvida consigo mesma, e decidiu tomar comprimidos e morrer em uma banheira?

O segundo caso era de uma mulher encontrada morta depois de cinco dias do caso de Daniela. Clarissa, 21 anos, estudante. Foi estrangulada com uma corda na biblioteca da sua casa, pendurada como se o assassino quisesse forjar um suicídio. Passei os olhos pelos arquivos. Relatos das testemunhas, do legista, lugares que os inspetores visitaram, o que ela tinha feito antes de ser assassinada...

— Sem DNA nenhum? — me questionei, vendo que não fora encontrado nada que nos levasse a um suspeito. Nem uma pegada, nem uma digital ou fio de cabelo.

Não havia crime perfeito, mas o assassino sabia o que estava fazendo.

Quando ficava imersa em pesquisa, a minha vida deixava de existir. Meu computador e o meu caderno foram me acompanhando até que eu tivesse vinte páginas escritas à mão, post-its, marcações em vermelho e amarelo. Quando fui olhar o relógio, me surpreendi ao ver que já havia passado das quatro da manhã.

Eu teria que trabalhar no dia seguinte, *Dios*. Ou melhor, dali a poucas horas.

Uma notificação apareceu no meu notebook assim que fechei o sistema.

NOVA MENSAGEM DE SECRET.

Espera, ele respondeu?

Cliquei na notificação e senti o meu coração acelerar, enquanto meus olhos corriam pela mensagem.

Secret: Oi, Anônima.

Seja bem-vinda ao meu site. Aprecio cada um dos seus elogios. Muito obrigado.

Geralmente não respondo às mensagens privadas, mas a sua me interessou assim que comecei a lê-la. Você foi pontual e abordou um assunto interessante.

Vamos conversar um pouco sobre isso?

Espero que o meu espaço neste site seja saudável, sim. Espero que as pessoas sintam uma liberdade física e emocional, especialmente o público feminino. Quero que as mulheres se libertem do preconceito da masturbação, do desejo e da fantasia. Mais do que isso, quero que elas conheçam seus corpos e suas vontades.

Sei que você é nova aqui e não deve ter lido todos os comentários, mas há pessoas de todos os tipos neste lugar. Há mulheres que sofreram traumas, abuso, se envolveram com drogas. Há muita gente que enxergava o sexo de maneiras nada positivas por N fatores. A maioria está em tratamento psicológico, mas a segurança de não verem o meu rosto, de não me terem fisicamente, tem-nas feito se permitirem um pouco mais.

Claro que isso não elimina o fato de que, sim, eu entendo que gero certa dependência emocional. Sei que os meus seguidores esperam uma resposta, um comentário, os áudios. Acredite, não sou tão imune quanto você pensa. Já me interessei por seguidoras, mas, por questões pessoais, não posso cruzar essa linha.

Sou uma fantasia e permito que qualquer pessoa me veja dessa forma, mas nunca nada além disso.

Não sei se esse era o tipo de resposta que você esperava, mas estou aqui para esclarecer qualquer outra dúvida que você venha a ter.

Um abraço.

Ele era eloquente, inteligente e sabia muito bem o que estava fazendo. O perfil de Secret era de um homem confiante, que não levava isso como hobby, mas com um propósito. Senti uma comichão subir pela nuca enquanto digitava uma resposta. *Dios*, eu queria pegar o seu IP para descobrir de onde ele era. Eu queria investigar esse homem. Mas eu não podia...

Anônima: Agradeço a sua mensagem e o retorno. Saber que você tem esse limite com as suas seguidoras me deixa mais aliviada com a questão da responsabilidade afetiva. Elas sabem mesmo que você não cruza os limites, não é?

Os pontos começaram a pular.

Droga. Droga. Droga.

Ele estava mesmo on-line.

Secret: Sim, com certeza sabem que eu jamais vou cruzar uma linha a ponto de conhecê-las pessoalmente. Pode ficar tranquila. ;) A questão da segurança não é só para mim, mas para elas também.

Não sou perigoso, mas elas não me conhecem nem eu as conheço. Os nomes não são verdadeiros. A conexão criada é mental, emocional e independe da distância física. Ainda assim, eu sei colocar os meus parâmetros quando alguém ultrapassa os limites em relação a mim. Há alguns meses, tive que fechar os comentários por isso. Uma das minhas seguidoras ultrapassou o aceitável.

Espero que permaneça aqui, se ainda se sentir confortável.

S.

Eu não sabia o que estava fazendo. Deveria ter parado as mensagens ali, mas a curiosidade era grande demais. Uma parte minha queria puxar a ficha desse homem. Moralmente, eu não deveria. E sabia que isso era um mecanismo de defesa. Eu não sabia lidar com o desconhecido…

Meu instinto me dizia que ele era perigoso, sim, mas não por *ele* ser um homem perigoso *em si*, mas por ser envolvente e inteligente demais. Quase como se estivesse a dois passos de mim. Eu não gostava da sensação. Ainda assim, não conseguia evitar.

Anônima: Não sei por quanto tempo vou permanecer, mas confesso que estou curiosa. São muitos áudios e não sei sobre todos eles, mas fico instigada com o fato de que você parece ser tão seguro do que faz.

Não levou nem meia batida de coração para ele estar digitando novamente. *Dios*, eu não ia conseguir dormir.

Secret: Permaneça por quanto tempo quiser. :)

Bem, sobre os áudios. Eu realizo todas as fantasias. Tenho áudio como uma estrela do rock de quem você sempre quis receber a atenção, como o seu professor, chefe, dominador, tutor, empresário, melhor amigo, astro de Hollywood, vizinho, namorado, como o homem que te salvou de um assalto, como um desconhecido que você esbarrou em um dia ruim… eu invento inúmeras histórias e transformo em áudios eróticos. Você lê romances?

Eram *isso*? Fantasias? Como cenas de livros de romances em áudio, mas explícitos? A ansiedade agora estava dançando na minha cabeça, me fazendo escrever mais depressa.

Anônima: Eu leio romances, sim. Inclusive, adorei a foto de *Kyland*. Eu não sabia sobre o que eram os áudios. Eu ouvi apenas um deles.

Secret: *Kyland* é uma história e tanto. Mas qual áudio você ouviu?

Anônima: O "Vamos conversar".

Secret: Um bom jeito de se introduzir no meu mundo. Mas tente ouvir um áudio com a história de pano de fundo, talvez faça mais sentido para você. Não eu, Secret, mas a persona que crio para aquele momento.

Anônima: Você interpreta inúmeros papéis para um homem só. Isso é prazeroso para você?

Secret: Só de saber que existe uma mulher do outro lado, se tocando enquanto imagina e me escuta? Porra, sim. É bem prazeroso.

Anônima: E você lucra com isso.

Secret: Sim.

Anônimo: Todos os áudios são de sua autoria?

Secret: Todos são meus.

Anônima: Você deveria escrever romances...

Secret: Prefiro usar apenas a minha voz. É mais real e mais interessante. Além de ser mais breve, apenas crio cenas e não livros inteiros, que requerem um tempo maior. E, até o momento, ninguém reclamou da minha voz, então acho que está tudo bem. ;)

Anônima: Você expõe nos áudios as fantasias que gostaria de viver, Secret?

Secret: Você está querendo desvendar os meus segredos, Anônima?

Anônima: Só estou um pouco curiosa. :)

Secret: Na verdade, já aprontei bastante na minha vida para não precisar realizar nenhuma outra fantasia. Os áudios são uma maneira de eu viver relacionamentos pessoais, sem precisar estar fisicamente presente.

Anônima: E como isso é positivo?

Secret: Ninguém interfere na minha rotina, eu não preciso ligar para avisar que vou chegar tarde, não sou cobrado...

Anônima: Mas você não tem o contato físico.

Secret: Tenho, mas não com as mulheres que estão aqui. ;D

Anônima: Tudo bem, entendi. Então você divide os mundos. Aqui é para ser quase íntimo demais. Na vida real é mais como uma liberação de prazer?

Secret: Quase? Mas aí entra o jogo de eu precisar separar a atenção que o Secret recebe da atenção que eu recebo. Elas elogiam a persona, não a mim. Então, é uma forma de eu me manter afastado emocionalmente. Na vida real, eu transo e vou embora haha.

Anônima: E essa experiência acrescentou bastante em quem você é como pessoa?

O que diabos eu estava fazendo? Interrogando um desconhecido? Ou interessada o suficiente a ponto de querer saber tudo sobre aquele homem sem rosto? Pairei os dedos sobre o teclado, pensando se tinha ultrapassado algum limite, mas antes que eu pudesse elaborar em um texto, vi os três pontinhos pulando.

Levou longos minutos. O sol já estava nascendo, me avisando que eu me perdi no tempo conversando com esse cara.

Secret: Bem, aprendi muitas coisas, mas especialmente sobre quanto alguns relacionamentos são egoístas. Do quanto algumas mulheres esperam um afeto e não o recebem. Confesso, acabei desenvolvendo um carinho pelas pessoas que estão aqui. Apesar de ninguém ter rosto, de me tornar um amante por acaso dessas pessoas, todo mundo é real. Sei que o relacionamento é artificial. Eles não têm a minha presença física e muito menos o meu toque. Mas já trocamos mais confidências do que muitos que estão ao meu lado. Eu sou apenas um sonho, claro. Mas não fantasiamos constantemente? Ou nos apaixonamos secretamente por amigos, estranhos, personagens de livros? Ou até nos encantamos por um colega de trabalho?

Andrés veio na minha mente na velocidade da luz.

Eu não fantasiei com *ele*. Na verdade, fantasiei com Secret. Mas Secret era uma fantasia, Andrés era real. E eu não poderia ter nenhum dos dois.

Anônima: Acho que entendo você.

Secret: Não se sinta culpada por estar curiosa sobre mim.

Anônima: Sim, tudo bem.

Ele estava me levando para um lugar em que eu não me sentia confortável. Decidi fechar a conversa e ignorar tudo aquilo. Fui para o banho, pensando no quanto Pablo me analisaria.

O problema das pessoas envolventes é que elas invadem a sua mente, o seu corpo e o seu coração muito rápido. Eu não precisava de uma distração assim agora.

— Você precisa parar, Natalia — pedi, enquanto me encarava no espelho do banheiro.

Mas uma parte minha sabia que eu não ia sossegar tão cedo.

Fechei a tela do notebook quando vi que não teria mais respostas da Anônima.

Que porra foi essa?

Acabei abrindo mais do que poderia sobre como me sentia. Eu era um profissional na área, criava áudios eróticos e estabeleci limites para que não precisasse responder às pessoas no privado. Mas a Anônima, com uma foto de usuário padrão do site, pareceu arrancar mais de mim do que eu estava acostumado a deixar.

Isso não estava certo, caralho, eu deveria parar. Mas ela era interessante. A Anônima veio me questionando como se eu estivesse numa entrevista.

Ri enquanto me levantava.

Não, era perigoso demais. Eu não poderia deixar uma seguidora conversar comigo dessa forma. Eu ia parar. Se ela mandasse mensagem, eu não responderia. O que seria perder só uma ouvinte quando se tem uma infinidade, não é?

A questão não era o dinheiro.

Era o magnetismo dela, chegando, falando sobre responsabilidade afetiva...

Não me torne irresponsável, Anônima.

Abri as janelas e inspirei o ar, me obrigando a calar os pensamentos.

— Hora da vida real — murmurei para mim mesmo.

Capítulo 07

Você tem um astral diferente das outras.

Boza — Hecha Pa' Mi

Andrés

— Eu não estou louco para transar com ela — resmunguei na ligação.

— Você está, primo. — Hugo riu do outro lado da linha. — *Cariño*, vivi para ver o dia em que o Andrés se prenderia a uma mulher linda.

— Ah, é? — Pude ouvir a voz sedutora da minha mais nova prima de coração.

— Por mim, vocês três tinham que se prender com mulheres no trabalho. Só assim para ficarem mais próximos de alguém. Então, me fala. O Esteban está a meio caminho andado, falta você e... o Rhuan é mais difícil.

— Você está parecendo a tia Hilda, Hugo. *Carajo*, não dá, *hermano*.

— Estou só mexendo com você. Como andam as coisas?

— Eu que pergunto. Como está a lua de mel? — Exalei fundo.

— Perfeita, na verdade...

Hugo continuou a falar sobre os planos dele. Esteban e Rhuan deviam estar causando pra *carajo* por aí, enquanto Diego e Hugo já estavam muito bem-casados e de bem com a vida. Eu só conseguia conversar com os meus *hermanos* bem rápido.

Dias atrás, liguei para Esteban e Rhuan, contando sobre o quanto pirei ao ver que a garota do avião agora era... a minha subinspetora. E, nesse momento, pensei que desabafar com o Hugo seria uma ótima escolha, mas até o cara mais de boa do mundo queria me zoar.

Não sei se um dia o fato de trabalhar com Natalia Ortiz ficaria mais fácil.

— Como você soube da minha colega de trabalho? — perguntei para o Hugo.

— Você nem entra no nosso novo grupo da família, né? A sua mãe está comemorando, achando que você vai casar no ano que vem com a Natalia, já que ela viu a garota no avião e disse que ela é perfeita para você. Agora, sabendo que ela vai trabalhar todos os dias ao seu lado? O Diego passou a metade de um áudio de três minutos só rindo da sua cara.

Família. É. Uma. Porra.

Por que eu fui contar para o Esteban e o Rhuan?

— Quem falou?

— O Esteban ou o Rhuan, claro. Sua mãe já quer preparar um jantar para receber a subinspetora.

— *Madre de Dios.* — Respirei fundo. — Preciso ir.

— Não esquece de ligar para a tia Marifer. Sua mãe precisa entender que você não quer se envolver agora ou você já sabe... Se cuida, *hermano*.

— Pode deixar. Cuida da sua garota e boa lua de mel para vocês. — Desliguei a chamada.

Voltei para a delegacia e me permiti só focar no trabalho e parar de pensar na minha subinspetora, que estava, naquele momento, sentada na minha frente...

A perna esquerda da Ortiz não parava de subir e descer. Seus dentes estavam destruindo a tampa da caneta, enquanto ela olhava a tela do computador à sua frente. Eu sabia que sua cabeça estava agitada, conhecia aquela *mujer* havia pouco tempo, mas sabia ler as pessoas. Natalia Ortiz era um outdoor de 5.265 metros quadrados no Edifício España; esse era o tanto que eu conseguia vê-la mesmo quando ela não queria ser vista.

Ansiosa. Canhota. Atrapalhada por ser extrovertida. Mais sozinha do que acompanhada. Temperamental, segura de suas decisões, teimosa, doce e cética. Deveria ter um grupo de amigos de extrema confiança. Suspeitava que sua família não morava na Espanha, porque a primeira coisa que ela fez foi trazer uma foto da mãe e do pai para colocar sobre a mesa; sentia falta deles. Seu olhar não era de luto, então estavam vivos. Ela também trouxe um cacto pequeno e inofensivo, e acho que isso dizia muito sobre ela. Se sentia pequena, mas capaz de machucar quem a invadisse. Eu ainda estava com dúvidas se ela tinha um relacionamento com o idiota do avião, mas por ter mudado de cidade, talvez tenha encarado um relacionamento a distância.

Dancei os olhos por ela.

Não, ela não era o tipo de mulher que conseguia nutrir algo que não podia tocar.

Por baixo da minha mesa, chutei de leve as rodinhas da cadeira de Natalia.

— Subinspetora — exigi, fazendo-a me olhar.

Ou ela estava apaixonada por alguém. Ou estava preocupada com dinheiro. Ou estava curiosa com um dos nossos casos. Seus olhos me encararam como se, só naquele momento, ela se desse conta de que eu existia.

— Desculpa, você falou comigo?

— Café. — Miguel passou, entregando para nós como sempre fazia.

— Obrigado. — Virei os olhos para ela uma segunda vez, vendo-a beber um longo gole, gemendo devagarzinho quando o líquido desceu por sua garganta.

O movimento que ela fazia ao engolir era bem gostoso, sua garganta subia levemente e sua pulsação parecia acelerar um pouco. Naquele dia, seu cabelo estava preso em um rabo de cavalo, e as ondas que deixavam seus fios rebeldes pareciam ainda mais revoltadas com a Natalia naquela manhã. Desci os olhos para o decote da sua camisa social. Ela estava usando um sutiã da mesma cor da camisa: rosa-claro. Tive um suave vislumbre disso por ser mais alto do que ela e pela maneira que Natalia se inclinou sobre a mesma, como se quisesse prestar atenção em mim.

Nem um milímetro de lingerie e eu já comecei a me remexer na porra da cadeira.

Cala a boca, Andrés. Cala a porra da boca.

Voltei a prestar atenção nela.

Olheiras. Agitação crescente. Ansiedade.

Não era dinheiro.

Apaixonada ou preocupada com o trabalho?

— Noite difícil, subinspetora?

— Eu estudei os casos. — Como se saísse de um transe, ela baixou a caneca e puxou da bolsa um caderno vermelho. *Ah, era o trabalho.*

— Hum — gemi, bebendo o café também. Natalia congelou antes de se virar para mim. Seus olhos faiscaram, e ela umedeceu os lábios enquanto abaixava o caderno sobre a mesa. — Fala comigo, Ortiz.

Ela piscou, parecendo se recompor.

— Primeira coisa: Daniela. Sem encontrar o motivo, não acho que devamos fechar o caso. Segundo: Clarissa, a menina de 21 anos que foi encontrada morta na biblioteca... *Dios*, isso tirou o meu sono. — Natalia franziu o cenho. — Inspetor, a posição do corpo e a força que ele aplicou, além da técnica, foi tudo previamente calculado. A ausência de DNA na cena me preocupa. Como ele pôde ser tão cuidadoso?

— No que você está pensando?

— Ele sabia o que estava fazendo e, na verdade, já fez isso antes. Não houve afobamento.

Me recostei na cadeira. Eu deixaria a Natalia conduzir seus pensamentos sozinha, porque precisava que ela me mostrasse o quanto sabia. Seu olhar ansioso garantia que ela tinha receio de errar, mas continuaria falando mesmo assim.

Vamos, Natalia. Me faça admirar ainda mais você.

— Ele a matou em casa. Há marcas do corpo dela sendo arrastado pelo tapete da biblioteca — continuou. — Então, depois, ele a ergueu e a colocou no alto, como se a vítima tivesse se enforcado. Como se fosse suicídio. O problema é que seria impossível, pelas marcas no pescoço e os hematomas, ela ter feito isso sozinha. A corda saiu da garganta e subiu para o maxilar. Ele é um cara forte.

— O que mais?

— Clarissa teve relações sexuais antes de morrer, mas não foi encontrado sêmen.

— Sim, ele usou camisinha — confirmei.

— Não há sinais de estupro. Ela ter *aceitado* transar com ele me diz que Clarissa o conhecia. — Natalia se levantou e veio para a minha mesa. — Não há sinais de arrombamento também. Clarissa o deixou entrar.

É isso, Natalia.

Peguei os arquivos e as fotos e entreguei para ela. Quase podia ver as engrenagens da sua cabeça girando. Natalia se sentou na minha mesa, a pasta em seu colo. Sua ansiedade em entender a fazia chegar quase até onde eu estava na investigação.

— Primeiro, os fatos — pedi. — O que a cena nos diz?

Ela desviou o olhar e suspirou fundo, sem precisar das fotografias. Só os bons investigadores têm a capacidade de visualizar a cena e recriá-la na mente. Mas os melhores conseguem entender o que vai além do que os olhos conseguem ver.

— Os livros da biblioteca, abertos, me parecem estranhos. Vários títulos sobre a mesa, como se alguém quisesse montar um cenário, não procurar alguma coisa. São histórias clássicas, e não livros para pesquisa ou didáticos. Foi o cenário de alguma coisa... — Seus olhos se voltaram para mim. — Que simboliza algo para o assassino.

Cruzei os braços na altura do peito.

— Vamos lá, Ortiz. Ele sabe o que está fazendo — listei. — Ele já fez antes. Conhece a vítima. Ele se aproxima, transa com Clarissa no tapete da biblioteca e, depois, como se o tempo tivesse acabado, ele envolve uma corda em seu pescoço e vai para trás dela, estrangulando-a. Assim que Clarissa morre, ele a ergue nas ripas de madeira que sustentam o teto, usando a escada da própria biblioteca. O assassino não deixa rastros, limpa a cena do crime, espalha os livros e fim.

Seus olhos faiscaram.

— Ele não queria que a polícia achasse que foi suicídio. — Ela fez uma pausa. — Tudo o que ele criou foi para si mesmo, não para nós.

Assenti.

— É exatamente isso, o que nos leva aos depoimentos que pegamos.

— Sim, li os depoimentos dos amigos e conhecidos, além dos familiares da Clarissa. — Natalia desviou o olhar do meu e encarou os papéis. — Suspeitei de algum namorado ou ex, mas ninguém pareceria saber de qualquer interesse romântico da vítima. Isso não anula o fato de que ela poderia ter alguém, não é? E os amigos da faculdade? Professores?

Pisquei. Adorei perceber o quanto ela nos instigava a pensar juntos, exatamente como deveríamos fazer. Em tão pouco tempo, já estávamos funcionando como um só?

— Peguei uma amostra de DNA de todos da faculdade.

— Mesmo sabendo que não tínhamos nada de DNA na cena. — Natalia fez uma pausa. — Você queria saber se alguém se recusaria a fazer?

— Sim. — Sorri com malícia.

— Mas o assassino sabe que não deixou passar nada.

— Quanta certeza ele pode ter? — Ergui a sobrancelha.

— Alguém ficou irritado com a equipe da perícia?

Neguei com a cabeça.

— Qual era o curso da Clarissa?

— Direito.

— Um professor de Direito? — Natalia ponderou. — Os livros e a inteligência, a frieza para cometer o crime sem pressa e afobamento. — Ela saltou da mesa. — Quero visitar a universidade. E quero visitar a cena do crime.

Eu já tinha ido diversas vezes, mas Natalia estava chegando agora e precisava fazer todos os passos que eu já havia feito. E por mais que eu percebesse a pressa da minha subinspetora, tirei alguns segundos para admirá-la.

Natalia era de tirar a porra do fôlego. Linda a ponto de parar o trânsito. Nunca vou me esquecer de como me senti naquele avião, inquieto pra *carajo*, ao ter sua coxa batalhando por espaço com a minha, o seu cotovelo com vida própria me empurrando e o seu jeito estabanado. Era estranho ver a dualidade dessa mulher. Era estranho conhecê-la tão bem em poucos dias. E era ainda mais impressionante saber que o seu cérebro funcionava tão rápido quanto o meu. Ela tinha sede pela polícia, ela tinha tesão pelo trabalho e força o suficiente para querer enfrentar.

— Ok. — Me levantei da cadeira, me obrigando a sair do fascínio. Meu

coração ainda estava batendo rápido. Natalia ficou congelada, me observando.
— Você vem?

— Agora?

— Claro.

— E vai dirigir?

— Sim. — Fiz uma pausa. — Achou que ia deixar você sair sozinha? Somos parceiros agora, subinspetora Ortiz. Aonde você for, eu vou. Estaremos juntos. E vamos no meu carro.

Quando Natalia se aproximou, pronta para ir, percebi que ela não estava armada nem portando o distintivo.

— Cadê as suas coisas? — acrescentei.

— Distintivo? Arma? Gutiérrez ia me entregar hoje, mas houve um atraso... — Natalia não terminou a fala.

Peguei o telefone e liguei para o ramal do Tenório.

— Departamento de...

— Tenório — o interrompi.

— Ah, oi. Oi, inspetor De La Vega. — Ele resfolegou.

— Onde estão o distintivo e a arma da subinspetora Ortiz?

— Aqui no meu departamento.

— Já faz quase uma semana que a minha parceira entrou para a equipe e vocês não entregaram para ela o distintivo e a arma? Ela precisa se identificar e se proteger!

— Andrés, eu...

— Estou indo para aí agora. — Desliguei o telefone na cara dele.

O quanto Tenório sabia ser preguiçoso era uma coisa fora do comum, *carajo*.

— Inspetor De La Vega. — Natalia me parou, e eu só percebi que já estava indo a passos largos até Tenório quando senti sua mão na minha barriga, me parando.

Natalia abriu um sorriso para mim, analisando meu rosto com aqueles lindos *ojos,* como se estivesse me vendo além do que eu deixava transparecer. Estar sob a ótica e a atenção dela era desconcertante.

Sozinhos e sob uma parca iluminação do corredor, engoli em seco.

— Hoje é a primeira vez que você se comporta como um parceiro. Obrigada por isso. — Seus olhos desceram para a minha boca. — O distintivo é importante, assim como a arma, e eu já tinha ligado para o Tenório. Ainda assim, obrigada por interceder por mim.

— Não é nada, Ortiz.

— É tudo. Então, obrigada. — Ela sorriu e tocou o meu rosto, como se fosse pouca coisa. A palma da mão dela era pequena e quente. — Você é meio rígido, fechado e protetor. Mas, ainda assim, tem um coração bom, pensa no próximo. É uma das características mais importantes de um bom investigador.

— Sério? — murmurei, também encarando sua boca.

Ela assentiu.

— Vamos, porque eu preciso descobrir o que houve com a Clarissa. E depois, quando voltarmos, vamos analisar o caso da Daniela.

Mierda. Ela era sensível também.

Mais uma das coisas que eu precisava anotar na minha lista sobre Natalia Ortiz.

Mujer, você está me desmontando como um castelo de areia na tempestade.

Capítulo 08

Porque tudo ao meu redor
Tem sido sobre você
Quanto mais eu tento, mais eu começo a duvidar.
Soran — Anchor

Andrés

Depois de irmos à universidade e conversarmos com todos os professores da Clarissa, além dos funcionários da instituição, Natalia percebeu o mesmo que eu: ninguém se encaixava no que estávamos procurando. Visitamos a cena do crime também e, agora, estávamos voltando para a delegacia.

No entanto, havia uma coisa que Natalia fez que tinha me incomodado. *Carajo,* se eu fosse o seu inspetor e guia, assim como Goméz foi o meu, eu precisaria dar uns toques.

Não importava o quanto eu quisesse beijar aquela mulher e...

Shh, Andrés.

— Fala, inspetor De La Vega.

— O quê? — Parei diante do carro.

Natalia colocou as mãos em cima do teto, do outro lado do veículo, me analisando.

— Você quer me dizer alguma coisa, então diga.

— Na verdade... você é doce demais, Ortiz. — Exalei fundo. — Na maneira como conversa com as pessoas, preciso que seja mais incisiva. Não estamos lidando com uma mulher grávida que estacionou o carro em local proibido. É um assassinato.

— Tratar todos como suspeito não vai ajudar. Eu só preciso ser mais *doce* enquanto você os trata como se fossem os mais procurados do FBI.

— Eu não faço isso. — Ri, descrente. *Eu fazia?*

— Ah, você faz. Você é todo grandão, do tipo "eu consigo te derrubar do décimo quinto andar com um olhar". As pessoas te temem. Você fecha a cara e analisa com atenção, é rude durante as perguntas, não leva em consideração que algumas daquelas pessoas amavam a Clarissa de verdade. É sarcástico quando sabe que alguém não tem um álibi, mesmo que o indivíduo não se encaixe no perfil.

— Que perfil? — Cerrei os olhos. — Ainda não perfilamos o assassino.

— Ele é organizado, inteligente e provavelmente teve problemas com a mãe na infância. Encontramos alguém assim?

Ela estava certa.

— Não.

— Então seja o policial mau e eu serei a boazinha. Enquanto isso, vamos voltar para a delegacia. O plantão de vinte e quatro horas precisa render.

— Antes de você entrar no meu carro... — Fiz uma pausa.

Mierda, a minha atração por essa mulher perturbava o meu raciocínio. Ainda mais quando ela mordia o lábio inferior e me encarava como se me desafiasse. Seus olhos pareciam ouro puro sob o sol, e sua boca carnuda e deliciosa me tentava a prová-la. Senti um frio na barriga.

— Não fique na defensiva quando eu te der um toque — murmurei. — É o meu objetivo te tornar uma inspetora no futuro. Quem sabe, ter um subinspetor na sua cola para você fazer exatamente o que eu estou fazendo agora. Se estou falando, é porque precisa ser dito. E apesar de eu querer muito...

Ser o cara que te faz gemer à noite.

— Ser o seu parceiro e andar lado a lado com você, preciso que você me escute. Assim como eu também vou te ouvir caso eu faça alguma *mierda.* — Parei de falar por um tempo, estudando seu rosto. — Estamos combinados?

Enquanto eu era conhecido por meu lado prático e racional, Natalia era sensível, tinha uma visão holística e tinha um instinto bom pra cacete. Mas ela precisava mudar algumas coisas, assim como eu estava certo de que também precisava mudar.

Iríamos evoluir um com o outro.

Seus olhos suavizaram. Ela deixou um espaço vazio entre nós, como se o tempo desacelerasse. Sua atenção viajou por meu rosto, até pairar bem nos meus lábios.

— Foram anos trabalhando como policial, depois oficial antes de ser subinspetora. — Ela perdeu o fôlego. — Anos recebendo olhares que me incomodavam e toques desnecessários no ambiente de trabalho. *Essa* é a primeira vez que um homem me trata como igual.

Sua confissão me pegou de surpresa. Meu maxilar ficou mais rígido à medida que absorvia aquela informação. Uma raiva quase instintiva, de proteção, fez meu sangue esquentar, enquanto eu a imaginava passando pela porra do machismo quando estava longe de mim. Eu sabia que essa mierda era real, mas a mesma vontade irracional de esmurrar alguém, como quase fiz com seu namorado babaca, me fez tremer.

— Você achou que eu estava sendo machista?

— Achei.

— *Carajo*, você é intuitiva, capaz e está apta a assumir esse cargo como talvez eu jamais estive. Você tem esse rosto lindo e delicado, mas me derrubaria na porra de um segundo. — Encarei-a. — Eu jamais te subestimaria, Ortiz. Se algum dia falarem que você é menos, te tocarem ou te olharem de forma desrespeitosa e isso acontecer na minha delegacia, você vai ter que reportar para mim. Porque eu não vou deixar. E esse tipo de relação entre a gente? Eu mandando e você obedecendo só porque sou *homem*? — Ri, puto. — Pode esquecer. Você vai andar ao meu lado, Natalia. Nunca atrás de mim.

Seus olhos brilharam. Não, não só brilharam, eles fizeram o sol ter vergonha da própria existência.

— Agora eu sei disso.

Ela ficou um tempo me encarando, como se estivesse com o pensamento longe, mas, ao mesmo tempo, me analisando como nenhuma outra pessoa jamais havia feito. Eu podia sentir aquela atenção dourada me tocando, me instigando...

— Tudo bem, então? — perguntei, pigarreando e freando meus pensamentos.

— Vamos voltar para a delegacia, inspetor De La Vega.

Depois das vinte e quatro horas do plantão, Natalia e eu estávamos exaustos pra *carajo*. Reviramos os casos de Clarissa e Daniela, fomos falar com o legista e montamos um quadro branco para o caso da Daniela e outro para Clarissa. Não encontramos nada além do que já sabíamos. Era foda correr em volta do próprio rabo e havia uma pressão grande para fecharmos o caso da Daniela.

Todas as nossas opções pareciam ter se esgotado.

— A nós! — Todos ergueram o chope, e meus pensamentos voltaram ao presente.

A subinspetora Ortiz estava sentada ao meu lado. Ferraz, Miguel e mais cinco pessoas da delegacia quiseram se reunir para que relaxássemos antes de voltarmos para casa. Também quiseram comemorar a entrada da Natalia. Um pouco tarde, mas foi o que deu por causa da correria *jodida*.

— A Gutiérrez está perdendo — Ferraz brincou.

— A comandante sempre perde as socializações, porque ela acha que isso aproxima além da conta — Paloma explicou, a oficial mais próxima da Gutiérrez.

Natalia me cutucou com o cotovelo, como fez quando estávamos no avião.

Encarando seus olhos, percebi que parecíamos muito próximos, não só porque ela estava sentada ao meu lado. Nossa conexão ficou mais forte depois de saber o que ela passou nos trabalhos anteriores. Conversamos um pouco, quando não estávamos quebrando a cabeça com os casos. Parecia que, a cada instante que Natalia me contava mais sobre suas experiências, meu instinto de protegê-la se tornava ainda maior.

Cabrón, *quem é você para querer pegá-la no colo e afastá-la do mundo?*

Quem sou eu, porra? Sou seu inspetor. Eu precisava colocar limites. Tinha que... Tentei lembrar se era essa a mesma sensação que Goméz me passou. Como se ele fosse o cérebro e eu, o corpo. Ou como se eu quisesse que a vida dele viesse antes da minha. Mas não. Eu me sentia apenas sincronizado com ele. Com Natalia era *algo* diferente.

— Eu estava pensando sobre a Clarissa.

— Subinspetora, você está proibida de falar de trabalho agora. A gente precisa ter pausas, como agora, ou não vai funcionar. Trabalhamos vinte e quatro horas e o descanso é tão necessário quanto a ação. Você vai para a sua casa, eu vou para a minha, a gente vai dormir. No próximo turno, prometo te escutar, ok?

Ouvi as pessoas conversando, alheias à maneira que o meu olhar sustentava o da Natalia. Como se fosse um pedido silencioso para que ela não tirasse a atenção de mim.

Eu me preocupava com ela. Me sentia conectado a ela.

Perigoso demais.

— Nada de assuntos profissionais? Então, me deixa te conhecer melhor. — Natalia pareceu soltar a informação e, só depois, pensou mais um pouco. — Como parceiros, eu preciso entender você.

Hesitei por alguns segundos, ponderando se era uma boa ideia. Não era. Mas ela estava certa. Precisávamos nos conhecer.

— Tenho 35 anos. Moro sozinho. Minha mãe adoraria que eu me casasse, o que acho que deu para sentir no voo.

— Tudo bem, me fale sobre a sua família. — Natalia riu. — Quem é a tia Hilda?

Pisquei, surpreso por ela saber o nome da mãe do Rhuan.

— Ela estava muito falante no avião… — Natalia explicou.

— *Carajo, sí.* — Abri um sorriso, me lembrando da saga que foi a viagem da volta do casamento do Hugo. — A tia Hilda é a mãe do Rhuan, meu primo. Ela é casada com Lorenzo De La Vega. A minha mãe é María Fernanda, mais conhecida como Marifer, e o meu pai é Yago… os homens, nossos pais, são irmãos.

— Rhuan é o seu primo que estava na fileira 26, não é?

— É. O meu outro primo, que estava ao lado dele, o mais falante, era o Esteban. A mãe dele se chama Maribel e o pai, Murilo, irmão do Lorenzo e do Yago. Ele se mudou para os Estados Unidos, está aqui só de passagem. Já tenho mais dois primos que moram na América do Norte. O Diego e o Hugo também são meus primos por parte de pai.

— Ah, os casados! — Natalia fez as contas. — Então, vocês cinco são primos.

— Quase, o Diego e o Hugo são irmãos.

— E você é filho único?

— Sim. Eu, o Esteban e o Rhuan. Só o Diego e o Hugo que tiveram sorte.

— Entendo o sentimento, também sou filha única.

Peguei o celular no bolso e mostrei uma foto dos De La Vega para Natalia. Ela se inclinou para baixo, na altura do celular. Como o seu cabelo comprido estava amarrado, ele escorregou para o lado e bateu na parte interna do meu cotovelo. As pontas dos fios causaram cócegas na minha pele, parecendo as cerdas de um pincel.

— Que família maravilhosa você tem, Andrés. São todos tão bonitos. Quem é esse?

Ela me chamou pelo nome. Cada vez que fazia isso, havia algo diferente, como se sua língua ficasse um milésimo de segundo a mais no céu da boca, apreciando o som do N.

— Hugo. — Pigarreei.

— E esse?

— Diego. — Fiz uma pausa e dei um zoom para apresentar todos. — O Diego e o Hugo são advogados. O Rhuan, psicólogo. O Esteban, administrador. E eu... hum, você já sabe.

— O Esteban e o Rhuan têm olhos claros.

— É, esses *hijos de puta* têm os olhos verdes.

Natalia riu.

— De qualquer maneira, você é o mais bonito.

— Nossa família é gigante e... — Parei de falar. — O que você disse?

— Você é o mais bonito. — Natalia sorriu.

É errado pra carajo *você olhar todos os meus primos e simplesmente dizer que eu sou o mais bonito. Primeiro, porque isso é mentira. Meu rosto é mais ou menos e sou do tamanho de um guarda-roupa, porra. Bruto até dizer chega. Segundo, porque isso me dá vontade de puxar o seu rosto para o meu e enfiar a minha língua dentro da sua boca.*

— Mentirosa.

— Eu queria estar mentindo — sussurrou mais para si mesma.

Desisti do celular e a encarei bem dentro dos olhos, um e depois o outro. Não, Natalia não estava mentindo. Ela se sentia atraída por mim. Por mais que deva ter sido aterrorizante para ela a maneira que eu a estava encarando, como se a deixasse completamente nua, uma sensação gostosa e quente começou a dançar na minha barriga.

Atração.

Fechei as mãos em punho.

Porra, eu era bom em flertar. Se Ortiz começasse isso, ela tinha que saber que seria difícil me parar.

— Obrigado. Eu também gosto bastante do que estou vendo agora, Natalia — respondi. — Com todo o respeito.

Ela abriu a boca para dizer algo, como se só agora entendesse a linha que tinha cruzado, e depois fechou os lábios. Pude ver sua pulsação forte na curva do pescoço.

Sorri largamente e segui a conversa.

— Tenho 35 anos. Moro sozinho. Minha mãe adoraria que eu me casasse — voltei ao início. — Taurino. Tive apenas um relacionamento sério em toda a minha vida e não pretendo ter mais nenhum. Gosto de dançar. Toco violão. O máximo de tempo que me permito ficar com uma mulher são três encontros. Sou reservado, mas, perto dos meus primos, eu me solto. Meu trabalho é a minha vida, mas não me arrependo de priorizá-lo. Sou focado, determinado e, quando quero uma coisa, vou até o fim.

Natalia, sentindo que estávamos de volta a uma zona segura, apoiou o cotovelo na mesa e o queixo nas costas dos dedos da mão. Me olhando assim, como se nada existisse além da nossa conversa, me remeteu aos encontros que já tive.

O problema? Éramos colegas de trabalho, *carajo.*

— Nossa profissão nos pede dureza, não se culpe. E como foi o relacionamento que você teve?

Ela me acariciava com as palavras e fazia eu me sentir acolhido, mesmo quando a atração entre nós parecia serpentear. Minha respiração ficou rasa.

— Durou três anos, não tenho nada a dizer sobre, porque não foi caótico, ninguém foi traído, não terminamos magoados um com o outro só... acabou, porque a gente estava em etapas diferentes da vida. Eu querendo me dedicar à carreira, e ela pensando em casamento. Hoje, a Iana está casada e com um filho lindo. Eu, com o emprego dos sonhos. Então acho que deu certo para nós dois. Agora, você.

— Eu?

— Coisas que preciso saber para te conhecer melhor, subinspetora.

— Antes de a gente continuar, me explica essa regra dos três encontros? — Natalia pareceu ponderar por um segundo, sua mente trabalhando, mesmo depois de ficar tantas horas no trabalho. — Funciona?

Abri um sorriso lento.

— Por que quer saber?

— Porque não pretendo me envolver tão cedo. Não quero me apaixonar. Talvez o seu jeito possa me ajudar a ficar com alguns homens aleatórios sem me apegar a eles.

— Está solteira, Natalia?

— Sim. — Ela pareceu distraída por um segundo e, então, se dando conta de algo, começou a rir. — Ah! Você não sabia, não é? Aquele homem no voo era o meu ex-namorado.

O quê? Pisquei, chocado.

— Ele te chamou de amor — rebati. — Vocês estavam vindo de Portugal!

— Foi um mal-entendido. Não estamos mais juntos. A gente tinha ganhado aquela viagem e, apesar de termos terminado, decidimos ir como amigos.

Alívio. Eu não deveria me sentir aliviado por ter cometido um erro. Uma das barreiras que me mantinham separado dela estava se partindo, e eu não queria ficar agarrado só à profissão.

— Tudo bem, o que você quer saber? — sussurrei, com a voz rouca.

— Como ficar com pessoas sem se apegar emocionalmente. Vai, chefe. Se você consegue fazer isso, eu também consigo.

— Vocês sabem que isso entre os dois está parecendo um encontro, né? — Ouvi a voz do Miguel, me arrancando do transe.

— Na verdade, estou pedindo dicas para o meu chefe para não me apegar a ninguém emocionalmente. — Natalia virou o rosto na direção do Miguel. — Então, acho que isso aqui é tudo, *Miguelito,* menos um encontro.

— Ah, continuem. Eu não tenho psicológico para aguentar a frieza do Andrés. — Ele abanou a mão, nos dispensando, e voltou a conversar com o resto da equipe.

— Natalia, presta bem atenção. — Me aproximei dela, a ponto de nossas respirações se misturarem. Os olhos da subinspetora brilharam, e não aguentei e comecei a rir. — É sério que você quer saber?

— Eu quero! — Ela apertou meu antebraço. — Sério, preciso saber como os homens fazem, para eu ser cem vezes pior do que eles.

Natalia queria sexo sem compromisso. Uma parte minha quis gritar: eu estou aqui, *mierda*. Mas não. Eu ia ajudá-la a se envolver com outros caras e isso ia afastar qualquer coisa esquisita que estivesse rolando dentro de mim.

— Primeiro encontro: pode ser um jantar, mas não em um lugar muito elegante nem especial, só um jantar que você iria com um amigo. Converse sobre amenidades, nunca se aprofunde sobre a sua vida ou a vida dele. Não queira saber do signo, não queira saber histórias de infância nem sobre a mãe dele. Fale sobre o trabalho e experiências passadas. Se você perceber que tem algo em comum, não diga: "Nossa, somos tão parecidos!". Abstraia. Mas o mais importante é a responsabilidade afetiva. Não deixe a pessoa no escuro a respeito das suas intenções. Diga o que funciona para você e, se a pessoa concordar, ok. Se não, cada um segue a sua vida.

— Responsabilidade afetiva? — Uma centelha pareceu colorir seus olhos exóticos. Natalia me encarou com mais carinho e menos ceticismo. — Ok, continue.

— Se o primeiro encontro der em sexo, e espero que dê, já que você deixou claro para o cara que não quer nada além disso, *dale*... e para o segundo e o terceiro encontros, pule o jantar. Marque em um hotel ou motel, não dê espaço para conversa. Só contato físico e, depois da terceira transa, diga que foi muito legal o que tiveram, mas que acaba ali.

Natalia piscou.

— Você faz isso com as mulheres?

— Sim. — Bebi um gole da cerveja. — Por quê?

— E elas dizem "tudo bem"?

— Sim, só me querem para isso mesmo.

— Espera, entendo que você não queira se relacionar, mas não é estranho? Você nunca quis uma amiga com benefícios ou algo assim?

— Complicado demais, Natalia. Eu sou um meio para um fim. Elas também são um meio para um fim. Não posso oferecer um relacionamento com a profissão *jodida* que tenho, subinspetora. E tenho outras coisas que despendem bastante dedicação.

— *Dios*, não sei se consigo fazer isso. Eu sou curiosa, quero saber de tudo. Preciso entender a pessoa que vai dividir a cama comigo. Só pela atração sexual, sim, até que funciona, mas acho que, se eu fosse a três encontros, já me apegaria.

— Então faça ser apenas um.

— E como dispensar a pessoa depois, só assim? — Natalia estalou os dedos.

— Obrigado pela noite e fique bem? — Ri.

— O Andrés é um freezer. — Miguel ouviu tudo e sorriu quando nos encarou.

Miguel tinha presenciado alguns momentos meus bem intensos. Ele sempre me via beijando alguma mulher aleatória contra a parede de uma boate, e eu sempre acabava com uma companhia. Ou duas. Ou três...

— Acho que ele é, Miguel. — Ela suspirou fundo. — Prometo que vou pensar sobre isso — ponderou. — Acho que meu coração é mole demais, Andrés. Como você disse mais cedo, eu sou doce.

— Só vai ser mole quando você quiser que seja. Não temos controle de tudo, Natalia. Algumas pessoas mexem com a gente de verdade, mesmo as tendo visto apenas uma vez. — Minha memória me levou para nós dois naquele avião. A proteção que senti, a vontade de tirá-la de um relacionamento de *mierda,* mesmo que tenha sido tudo um mal-entendido... — Algumas pessoas permanecem e outras são passageiras. Mas você precisa ser capaz de viver de acordo com suas próprias regras. Coloque a razão à frente da emoção, como fazemos com o trabalho. Se você decidiu que não quer se comprometer agora, não se comprometa.

— Eu estava numa *vibe* de fugir dos homens e nunca mais transar na vida.

Gargalhei.

— *Mierda*, acha que essa é a solução?

— Não parece sensato? — Natalia sorriu com os olhos para mim. — Mas, para minha surpresa, parece que me sinto confortável... — sussurrou a última parte, quase como se precisasse conter o resto da frase. — *Com você.*

— Olha para mim, Natalia.

Ela olhou. Sem relutar, sem ficar insegura, apenas erguendo o queixo e sustentando o sol e a floresta de seus olhos nos meus.

— O seu corpo vai ser uma extensão do meu, e o meu do seu. Quando estivermos em ação, quando tivermos que invadir uma casa com uma equipe para pegar um suspeito, você vai ter que confiar em mim. A confiança virá com o tempo, mas são essas mãos — estendi as palmas para que ela pudesse ver — que vão te proteger caso as coisas esquentem. Você precisa se sentir confortável perto de mim, do jeito que está se sentindo agora.

Ela me olhou como eu desejava que me olhasse. Como uma parceira encararia o seu chefe. Esse limite entre nós precisava existir, por mais que... *porra*.

— Eu vou te ajudar a racionalizar as suas emoções — prometi —, caso alguém surja na sua vida. Não serei só seu parceiro na delegacia. Posso e *quero* ser o seu amigo também.

— Você faria isso? — Natalia pareceu surpresa por um segundo. — Você teria uma amig*a*? Porque, olha, você é tão...

Eu ri.

— Tão o quê?

— Intenso.

— Eu posso ser amigo de uma mulher. *Dios*, parece até que só penso com o meu pau. Eu tenho 35 anos, Natalia.

Linda. Inteligente. Gostosa. Intuitiva. Claro que posso.

— Tudo bem, amigos e parceiros, então. — Natalia estendeu a mão para mim e eu apertei a sua.

Sua pele...

É, aquilo era íntimo, a maior aproximação que tive de uma mulher em anos. Quer dizer, já transei até em público no meio de uma orgia, já estive *dentro* de várias mulheres, mas ter uma amiga e uma subinspetora *ao lado*? Foda-se, né? Não era como se eu conseguisse escapar justamente da minha colega pelo resto da vida.

— Agora me resume a sua vida. Vamos entender o motivo de você ter um coração tão mole, Ortiz.

Quando Natalia atravessou aquela rua, entrando na minha vida, eu não fazia ideia do quanto eu estava certo sobre sua permanência. *Permanência*. Na vida de um cara que só sabia lidar com o que era temporário.

Capítulo 09

Por que você está me enviando mensagens de texto?
Eu não sou o que você precisa
Você não me deixa dormir.
Michael J. Woodard — Why You Texting Me?

Secret

Anônima: Você já se interessou por uma colega de trabalho?

Pelo painel de acesso, soube que a Anônima tinha escutado vários áudios desde seu primeiro dia. Ela tinha me enviado algumas mensagens, apenas passando um feedback, dizendo do que gostou e em quais momentos o seu corpo tremeu. Eu não conseguia imaginar como ela era, mas só de pensar que estava do outro lado, se tocando enquanto me ouvia...

Eu sei, eu não deveria falar com ninguém, mas havia alguma coisa nessa garota que me fazia querer quebrar as regras.

O que eu estava fazendo?

Secret: Link do áudio UMANOITECOMUMCOLEGA.mp3 encaminhado.

Anônima: Hahaha! Estou falando da vida real.

Secret: Você não pode falar sobre a vida real comigo. ;)

Anônima: Depois de eu ter uns dez orgasmos por causa da sua voz, acho que posso.

Secret: Me escutou de novo, Anônima?

Me recostei na poltrona, abrindo um sorriso. Eu tinha uma página gigante para administrar e seguidores que dariam tudo para ter uma conversa comigo em privado. Mas lá estava eu, com a Anônima...

Anônima: Até você vai me julgar? O dono dessa orgia

virtual? Não acredito! Olha, não quero me apegar a ninguém emocionalmente, você tem sido a minha saída perfeita. Secret é uma fantasia, eu não vejo o seu rosto, não sei da sua vida, não sei o seu signo e, por causa disso, não vou me apaixonar. A única coisa que tenho é a sua voz.

Secret: Você pode usar a minha voz quantas vezes quiser.

Fui dar uma olhada no que ela escutou naquele dia. O áudio sobre um encontro em um teatro e outro com uma energia quase romântica, de dois melhores amigos.

Secret: Me fala uma coisa.

Anônima: O quê?

Secret: Por que está mentindo para si mesma, dizendo que não quer se apegar, quando fica ouvindo áudios românticos?

Anônima: Eu sou uma farsa.

Secret: Hahaha Fica tranquila, me conta o que está acontecendo.

Anônima: Me fala primeiro sobre a sua experiência com uma colega de trabalho.

Secret: Nunca aconteceu e nunca vai acontecer.

Anônima: Você tem um emprego fora disso aqui? É por isso que você é secreto? Porque seus mundos não podem colidir?

Secret: Sim... você é psicóloga, Anônima?

Anônima: Hahaha Você é?

Secret: Quer fazer uma sessão comigo? ;D

Anônima: Para de flertar! Olha, não estou apaixonada pelo meu colega. Mas pode acontecer. Em pouco tempo, ele já parece me entender. Ele é gostoso. Eu queria transar com ele pelo menos uma vez e depois fazer dois anos de terapia, entende?

Secret: Já disse isso para ele?

Anônima: Não posso. Fizemos um acordo de não ultrapassarmos o limite. Ou algo assim.

Secret: Desencana dele, Anônima.

Anônima: Como?

Secret: Transa com outro cara. Meus áudios não estão ajudando?

Anônima: Você é um ser virtual bem gostoso, mas não posso te tocar.

Secret: Esquece o toque. Esquece que eu não estou aí. Quando fechar os olhos ao ouvir os meus áudios, não imagine o seu colega e dê um rosto para mim. O rosto que você quiser. Qualquer um que não seja o dele. Posso me tornar o seu amante. ;)

Anônima: Isso não é perigoso?

Secret: Perigoso por quê?

Anônima: Você é o desejo sexual de qualquer pessoa que te escuta.

Secret: Você mesma disse que é impossível se apaixonar por mim, Anô.

Anônima: Olha aí, já está até me dando um apelido.

Secret: Proteja o seu coração, sou um pouquinho sedutor.

Anônima: Um pouquinho? Bem, vou tentar. Obrigada pelos conselhos.

Secret: Link do áudio EU & VOCÊ.mp3 encaminhado.

Secret: Tira a roupa, deita na cama, fecha os olhos e fantasia comigo. Isso vai te afastar emocionalmente do seu colega. Se vocês estabeleceram um limite que não podem cruzar, talvez me escutar te faça passar o interesse para outro. Esse áudio é bem pessoal, e tenho certeza de que não vai pensar no seu colega. ;) Foi o último que postei.

Anônima: Eu preciso disso. Obrigada, Secret.

Secret: ;)

Me levantei da poltrona, desliguei os equipamentos e saí do meu estúdio de gravação para subir pelas escadas e ir até o andar superior da minha casa. Passei as mãos pelo cabelo, inspirando fundo. Eu queria conseguir parar de falar com a Anônima, mas todos os dias trocávamos mensagens. Seja por causa de um feedback ou simplesmente porque ela gostava de me desejar um bom dia.

Merda, eu tinha que parar com isso.

Mas como? Se eu não queria parar?

Natalia

Você e eu. Por que isso parecia tão íntimo? Olhei para o áudio e respirei fundo. Sua ideia era boa. Me imaginar com outro homem, na verdade, me afastaria emocionalmente.

Mario Casas.

Me deitei na cama, já eram onze horas da noite e, no dia seguinte, eu precisaria trabalhar. *Dios*, eu e o Secret... conversávamos de vez em quando, e eu já sabia o seu sorvete favorito, que ele preferia verão a inverno, que estava solteiro. Também sabia da sua mania de enviar emojis com piscadinhas cada vez que estava sendo espirituoso.

Eu não me importava. Ele poderia ser feio e solitário ou um modelo internacional. Não ligava para nada disso. Estava adorando conversar com alguém que não tinha um rosto.

Pablo e Daniel sabiam da experiência e eram os meus maiores incentivadores; isso não quer dizer que tudo estava certo, mas eu me sentia tão leve...

Acendi algumas velas, apaguei as luzes, tirei o pijama, ficando nua, e coloquei os fones de ouvido.

Fechei os olhos e o áudio de Secret me invadiu.

Era um bar. Eu podia ouvir as pessoas conversando ao fundo, os drinques sendo servidos, o barman perguntando o que alguém queria beber. Pude ouvir a movimentação e, então, o som do.

— *Oi* — disse, meio ofegante, como se tivesse se atrasado. — *Desculpa, cheguei tarde, amor. Tudo bem?* — Ele riu. — *Na verdade, eu odeio perder qualquer segundo quando estou com você. Mas fiquei preso numa reunião.* — Pude ouvir o riso em sua voz, tudo ao fundo se tornando mais distante, como se minha atenção estivesse nele.

O rosto do Mario Casas veio na minha cabeça, o sorriso do ator e os olhos escuros e bonitos. O cabelo curto e preto. Umedeci os lábios, na fantasia, começando a passear as mãos por mim. A voz de Secret já era incrível, mas, quando ele ria e sorria, meu estômago dava um giro.

— *Meu Deus, você está tão linda hoje.* — Se aproximou, a voz descendo um tom. — *Se vestiu assim para mim? Por que essa cara? Eu sei ler você, sei quando está mal-intencionada* — continuou, a respiração dançando na minha orelha. Eu adorava como ele conversava e mantinha um diálogo comigo, sem eu precisar estar lá para preencher os espaços vazios. — *Mas eu também estou.* — Riu suavemente, arrepiando cada pelo do meu corpo. — *Sabe, eu reservei um quarto neste hotel para nós, esperando que pudesse te beijar até que nossas roupas estivessem no chão. Me diz, você quer subir comigo, amor?*

Secret era um sedutor. Ele sabia exatamente como fazer uma mulher ficar de joelhos por ele ou as frases que excitava. Não só isso, ele sabia ter um coração. Possuía uma sensibilidade no flerte e uma delicadeza sexual, quase como se tudo fosse uma dança.

Mierda, hombre. Sabes cómo calentar a una mujer.

— *Porra, vem comigo, então.* — Sua voz soou ainda mais grave.

Saímos do bar. Eu conseguia imaginar. Passando pelas pessoas, as vozes ao nosso redor ficando longe, tão longe. Nossos sapatos sobre o carpete luxuoso. Sua mão colada à minha. Secret me lançando um olhar sobre o ombro assim que chegamos no elevador.

O beijo que a gente daria.

— Preciso beijar você.

— Sim — sussurrei, deslizando os dedos para baixo, alcançando os lábios molhados. — Por favor.

— Mas antes, preciso te falar uma coisa.

Sua boca se colou à minha e, por um segundo, achei que Secret tinha se confundido. O som do beijo ecoou pelos fones e, na minha imaginação, eu podia sentir a sua língua bem dentro da minha boca. Apertei as coxas, circulando o clitóris, os sons da respiração do Secret e a maneira como ele xingava quando estava no limite...

— Larga ele. — Sua voz ecoou na minha orelha.

— O quê?

— Isso mesmo que você ouviu. Larga esse cara — pediu, como se estivéssemos tendo uma conversa.

De repente, entendi por que ele me enviou esse áudio.

— Preciso que você seja minha, eu já me sinto assim há algum tempo. Nossas conversas, a maneira que você sorri cada vez que me escuta. Eu sei que o seu coração é daquele cara e o seu corpo é meu. Mas, porra, eu quero tudo. Seja minha. Por favor.

— Mas você...

— Eu sou real, você pode me sentir agora quando fecha os olhos e prova o meu beijo. Sou tão real quanto você. Então, aqui e agora, nesta noite e por todas que você me permitir, seja minha.

Meu coração acelerou. E não era pelo tesão. Era pela sensação de que esse cara seria capaz de fazer uma mulher casada se tornar adúltera.

Secret era o amante perfeito.

— Diz sim para mim — insistiu como se ouvisse, do outro lado, a minha insegurança.

— Sim.

— Me beija agora — pediu e então...

Saímos do elevador e fomos para um quarto. As roupas de Secret deslizaram, sua pele quente nas minhas mãos. Dentro daquele sonho, daquele pequeno segredo que nós dois compartilhávamos, não havia ninguém. Eu estava beijando um homem desconhecido, fantasiando com ele, vivendo em um espaço-tempo em que a distância física não existia. Minha respiração ficou curta, os batimentos, acelerados e cada coisa safada e absurda que Secret disse me fez girar com ainda mais vontade o meu clitóris, apenas para...

— Dentro de você é o melhor lugar do mundo — gemeu na minha orelha.

O prazer serpenteou e me tornou consciente de cada músculo e nervo do meu corpo. Vi estrelas, ouvindo-o gozar junto comigo, me cobrindo e me fazendo ser mais do que eu nunca pude ser. Era uma liberdade sexual, mas havia um envolvimento emocional ali, uma sensação de conforto e segurança.

A loucura de desejar um homem que você não pode ter já é perigosa. Mas desejar *dois* homens? Me levantei quando a onda passou, me sentei na frente do computador e digitei.

Anônima: Não sei que feitiço você faz, mas minhas pernas ainda estão bambas.

Secret: Huuum, conseguiu pensar em mim?

Pairei os dedos sobre o teclado.

Anônima: Consegui...

Secret: Só em mim?

Anônima: Só em você.

O que a gente estava fazendo?

Secret: Eu queria muito ouvir a sua voz, sabe? Fiquei fantasiando como era. Mas isso me faz quebrar as regras. Você me faz quebrar as regras, Anônima.

Anônima: Eu não sei o que dizer. Você me escuta aqui todos os dias, eu desabafo mais com você do que com os meus melhores amigos. Mas eu nunca vou te conhecer haha.

Secret: Eu também não sei o que fazer.

Não. Eu não podia falar com ele por telefone. Ou poderia?

Anônima: Se um dia você quiser me ligar, é só me falar.

Secret: É não cruzar a linha que me permite nos manter seguros do outro lado.

Anônima: Eu sei.

Secret: Se eu te ligar e ouvir a sua voz, passar a te aconselhar por causa do seu colega... Já pensou como isso seria?

Eu precisava saber mais sobre ele.

Anônima: Você está na faixa dos trinta anos?

Secret: Sim.

Ele tinha a minha idade?

Anônima: Você não pode me dizer em qual país mora?

Secret: Huuum...

Anônima: É tão perigoso assim saber quem você é?

Secret: Para você, não, mas para mim, sim. Queria muito que você pudesse me ver, mas na minha carreira jamais entenderiam esse lado. É antiético, imoral, nada profissional, e eu perderia tudo que conquistei ao longo dos anos.

Anônima: Não sei por que estou te perguntando tantas coisas.

Secret: Você está curiosa e interessada. É normal porque, mesmo eu vendo essa foto padrão do seu perfil, também estou interessado em você. Mas tudo o que eu posso te oferecer é uma fantasia. E o seu colega só pode uma amizade. Talvez seja prudente encontrar uma pessoa além de nós dois.

Eu, que não queria me envolver com ninguém, estava ficando louca no meio de um sonho e uma proibição.

Anônima: É essa a alternativa que você me dá?

Secret: Você vai tornar isso complicado para mim, não vai?

Apertei o botão que enviaria um áudio para Secret. Ainda ofegante e com o meu sotaque, murmurei para que me escutasse.

— Eu não sei o quanto isso pode se tornar mais complicado, Secret.

Não levou nem meio segundo para aparecer que ele estava gravando um áudio. No site, havia a possibilidade de enviar foto e uma mensagem de voz.

— Pode ficar bem complicado se o meu interesse por você continuar me fazendo quebrar todas as regras. — Ele riu. Aquela risada obscena, proibida e com um leve traço de timidez ao fundo. — Anônima, acredite em mim, eu não sou um cara romântico. Não sou o tipo de homem que vai te trazer segurança e confiança.

— Por que está mentindo, Secret?

— Como? — ele respondeu, surpreso.

— Você tem pelo menos uns duzentos áudios românticos no seu site. Sei que a proporção é pequena perto das outras safadezas que você faz. Então, por que está dizendo que não é assim, sendo que todos os áudios são de sua autoria?

Ele ficou em silêncio por alguns minutos. Vi os pontinhos pulando, como se estivesse pensando que digitar seria melhor. Mas a gravação de áudio veio novamente.

— Eu tenho um lado sensível que só mostro aqui, neste site. Gosto de passear de mãos dadas, Anônima. Gosto de acordar mais cedo só para ver o nascer do sol com a pessoa que amo. Eu sou... *era* um cara perfeito em essência. Mas essa não é a verdade e, com certeza, não é algo que eu possa oferecer agora.

— Hum, interessante. Então, assim como eu, você se retrai?

— Românticos tentando parecer fodões? — Ele gargalhou. — Não se preocupe, Anônima. Seu segredo estará guardado comigo.

— Eu também não quero me apegar.

— Ótimo, não vamos nos apegar. E o seu colega? Você vai esquecê-lo logo, logo.

*Esquec*ê-lo *para cair na armadilha que é você?*

Anônima: Boa noite, Secret.

Ele parou um tempo. Vi que tinha lido a mensagem de boa noite que digitei, quase como se estivesse decidindo o que fazer em seguida.

Secret: Segue o número do meu telefone. Se um dia quiser me ligar, vou deixar por sua conta cruzar essa linha. Vamos tentar ser amigos. Boa noite, garota dos sonhos.

— Estados Unidos — confirmei assim que vi o código do país.

Sim, pensei, desanimada. *Dois homens impossíveis de uma única vez.* Obrigada, *Dios.*

Capítulo 10

Deixe-me dizer que você não sai da minha mente
Sempre presente.
J Balvin — Sigo Extrañandote

Andrés

— Eu te levo para casa — avisei-a.

Duas semanas trabalhando com Natalia Ortiz. Todos os dias, fui tentando me aproximar dela como amigo e parceiro. Mas o problema era que isso só me fez conhecê-la mais. Como, por exemplo, a maneira que Natalia prendia o cabelo sempre que discutíamos um caso. Ou a forma como sua boca ficava em uma linha fina quando Gutiérrez nos chamava. Ela recebia uma ligação da sua mãe bem na hora do almoço e falava com o padrasto como se fosse o pai. Descobri, em uma das nossas conversas, que a mãe foi deixada sozinha enquanto ainda estava esperando a Natalia.

Então, sim, eu estava começando a conhecê-la.

Mas quanto mais eu a entendia, mais perto estava da sua essência e mais longe do seu corpo. Tínhamos um limite. Foi isso que propusemos um para o outro. *Carajo*, eu não tinha o direito de querer mais do que isso. Também estava quase certo de que Natalia estava saindo com alguém. Havia alguma coisa cada vez que ela pegava o celular.

Se recomponha. Há muitas mulheres querendo uma noite e nada mais.

— Não precisa, Andrés. De verdade.

— Você poderia ter me falado que não tem carro. Consigo um da delegacia para você.

Isso a fez olhar para mim enquanto arrumava a sua mesa.

— É?

— Eu uso o meu carro, mas você pode ter um, se quiser. Falo com a Gutiérrez assim que ela estiver de bom humor. — Pus as mãos atrás da cabeça, me recostando na cadeira.

Natalia ia embora, mas eu continuaria analisando os casos de Clarissa e Daniela. O trabalho me manteria ocupado, e o caso dessas duas garotas era o suficiente para tirar a porra do meu sono.

— Eu posso pegar um táxi...

Estava todo mundo pressionando pra cacete para encerrarmos o caso da Daniela. Havia digitais da influenciadora no maldito copo, nas caixas dos comprimidos que ela tinha tomado. O que estava me segurando era só o fato de que ela tinha uma vida perfeita demais para cometer suicídio? Quantas pessoas enfrentam depressão sem dizer para ninguém? Mas uma garota tão engajada nas redes sociais não procuraria ajuda?

— Andrés?

— Oi.

— O que está acontecendo? — Natalia ficou ereta e me encarou. — Falei por uns cinco minutos e você nem me ouviu.

— A influenciadora — respondi. Natalia sabia o quanto eu estava lutando para manter o caso aberto. A família queria encerrar as coisas, a Gutiérrez queria comer a porra do meu fígado. Eu só estava atrasando o sofrimento das pessoas.

A subinspetora deu a volta e se sentou na minha mesa. Ela cruzou os braços na altura dos seios e estudou meu rosto. Ela estava linda, mesmo tão cansada.

— Você precisa ir, Ortiz — avisei-a. — Já passou da hora, e o Miguel está chegando com o Ferraz. Não vou ficar sozinho. Caso aconteça alguma coisa hoje à noite...

— Se você está pegando horas extras, eu também posso — me interrompeu.

— Não precisa se sobrecarregar só porque sou viciado em trabalho. — Passei o polegar pelo lábio inferior, pensando.

— Quer jantar comigo? — Natalia ofereceu, arqueando a sobrancelha. — A gente pode levar a papelada para a minha casa e pensar nisso juntos. Em um ambiente em que você se sinta mais confortável. Assim, eu descanso e você continua trabalhando. Ficaremos ambos felizes.

Deixei uma suave risada escapar.

— É descanso se eu levar o trabalho para a sua casa? *Mierda, mujer.* Vou ficar bem.

— Não vou aceitar um não como resposta, lobo solitário. Você vem comigo. Vamos comer uma refeição decente, você vai tomar um banho. Aí a gente vai analisar isso juntos e descansados.

— Eu vou ser uma péssima companhia.

— Discordo.

— Vou ficar estudando os casos até de manhã.

— Tudo bem.

— A minha comida sempre leva pimenta — tentei.

Natalia sorriu.

— Eu amo pimenta.

— Vamos. — Me levantei quando percebi que ficaríamos a noite inteira naquele impasse, e Natalia fez uma dancinha da vitória, enquanto via Ferraz e Miguel chegando. Ela espalmou as duas mãos nas minhas costas e me empurrou porta afora da delegacia.

— Você está se cobrando demais — a voz da Natalia, melodiosa e linda, cortou o silêncio da noite assim que estacionei na frente do conjunto de apartamentos.

Natalia sempre saía antes de mim, então era o meu primeiro contato com sua casa, apesar de saber o seu endereço. *Carajo*, nunca ofereci uma carona, justamente por não saber que ela não tinha como voltar para casa.

— A Gutiérrez me deu dois dias para achar qualquer sinal de incongruência nas evidências do caso da Daniela. Ela quer todas as minhas energias no caso da Clarissa. Mas por que sinto que tem alguma coisa errada?

— Dois dias? — Natalia ficou surpresa.

Lancei um olhar para ela.

— Não estou conseguindo dormir, Natalia.

— Eu sei. — Ela passou as mãos pelo cabelo, como se isso a ajudasse a pensar. — Vamos entrar, comer e tomar um banho. Hoje foi um dia infernal.

— Você está falando sério quanto a tomar banho na sua casa?

Foi apenas alguns segundos, o tempo de a Natalia descer a atenção por meu corpo e processar o fato de que eu estaria nu e molhado em um cômodo próximo a ela. Sua garganta fez aquele movimento de quando apreciava um gole de café, lento e delicioso.

No meu carro, o espaço era apertado. Na penumbra, um perigo fodido. A atração que eu sentia pela Natalia fez meu estômago dar um giro enquanto umedecia os lábios.

— Posso te emprestar uma saia, uma calcinha e uma regata branca. — Eu gostava da maneira que Natalia mantinha os olhos fixos nos meus, quase como se soubesse que eu queria ler a verdade, quase como se não se importasse de ficar vulnerável, não para mim.

A piada tinha tudo para me fazer sorrir, mas não consegui. Ao invés disso, fui mais fundo.

— Ou posso simplesmente ficar pelado na sua sala.

— Eu te daria uma toalha. — Ela arqueou uma sobrancelha. — Ou te empresto o meu robe de oncinha.

— *Carajo*, você quase me tornou estéril com o seu celular. Quer arrancar a minha masculinidade também?

Então, ela riu, e eu a acompanhei. Era isso ou eu iria beijá-la. Toda vez que ficava perto demais da Natalia, uma onda elétrica dançava no meu umbigo, subindo para o meu coração e depois descendo para o meu pau. Eu já me senti sexualmente atraído por muitas mulheres, mas Natalia Ortiz era a intimidade que nunca ousei vivenciar desde que terminei o meu relacionamento.

— Vamos, lobo solitário. O meu estômago está roncando.

Subimos de elevador, enquanto eu decidia manter uma distância segura de Natalia. Não queria quebrar sua confiança, nem foder as coisas, só porque meu corpo respondia a ela como uma cobra respondia à flauta.

Sua decoração era romântica e isso quase me surpreendeu. Os quadros com molduras brancas, a mesa de centro com pés de metal na forma dos galhos de uma flor, duas poltronas cor-de-rosa. Parecia a casa de uma garota que lia romances. Era tão contrário e tão complementar ao mesmo tempo a tudo o que Natalia mostrou para mim.

Acho que meu coração é mole demais, Andrés.

— Parece que você está entrando num campo minado, chefe. É delicado e feminino, mas não vai explodir glitter na sua cara, prometo.

— Eu sei.

— Tire os sapatos e me ajude a pensar no que vamos pedir para comer.

Horas mais tarde, tínhamos jantado yakisoba com frango apimentado. Natalia deixou a conversa leve, sem falar de trabalho, e durante aqueles quarenta minutos foi como se entrássemos em um espaço-tempo em que o nosso trabalho não era tão difícil. Ela me contou sobre Pablo e Daniel, seus dois melhores amigos. O fato de que moravam no apartamento da frente me fez respirar aliviado. Ainda não tinha dito para Natalia, mas morávamos no mesmo bairro. E apesar de saber que essa *mujer* conseguiria muito bem se proteger, me tranquilizava o fato de que ela não estava completamente sozinha.

— Você quer tomar banho antes? Eu tenho dois banheiros. — Ela coçou um ponto da nuca. — Estou falando sério. Pelo menos para mim, me ajuda a pensar com mais clareza. Também vou e depois posso fazer um café.

— Natalia...

— O Pablo deixou uma calça de moletom aqui e uma regata branca, que talvez sirvam em você. — Ela sorriu e parou de coçar a nuca, como se quisesse me mostrar que não estava incomodada com a minha presença.

Natalia não estava se convidando para ir para o chuveiro comigo. Cacete, por que eu parecia tão relutante em aceitar?

— Tudo bem.

— Vou pegar uma toalha, um sabonete novo. Depois do banho, se quiser, a gente pode lavar a sua roupa aqui. Eu tenho uma lava e seca que ganhei de presente da minha mãe. — Ela sorriu. — Precisa de mais alguma coisa?

Que a minha mente pare de imaginar você nua debaixo d'água.

— Não.

— Tudo bem. — Ela se levantou.

Algum tempo depois, lá estava eu no seu banheiro e, quando tirei as roupas, fui surpreendido.

— Ah, Natalia...

Comecei a gargalhar. Havia um tapete antiderrapante dentro do box com a cara de um coelho. Isso me fez rir e balançar a cabeça. Toda a atração sexual, graças a *Dios,* se dissipou enquanto o coelho olhava minhas bolas.

A água morna foi relaxando os meus músculos e a minha cabeça. Era do que eu precisava desesperadamente. Depois da ducha, o cheiro do café denunciou que Natalia havia saído do banho antes de mim. Passei a mão no espelho, desembaçando o reflexo, enquanto respirava fundo. Peguei a calça do amigo da Natalia que eu nem conhecia e vesti. A regata também, que ficou bem apertada no meu corpo. Desci os olhos. A calça de moletom era azul-clara e sem cueca...

Cacete.

Peguei o celular e liguei para o Rhuan, o único mais racional.

— Estou no banheiro da minha subinspetora.

— Transaram — afirmou, divertido.

— Não — respondi, sussurrando.

— O que foi? Cagou e entupiu o vaso?

— Rhuan, cala a *mierda* da boca. Eu tomei um banho aqui, porque vamos virar a noite trabalhando. Ela me emprestou a calça de um amigo. E está marcando o meu pau.

— Cadê a sua cueca? — Ele riu. — Evaporou?

— E eu devo vestir a cueca que já usei?

Rhuan pensou por um segundo.

— Não.

— Então, o quê? Ela vai ver o meu pau?

— É transparente a porra do tecido?

— Não.

— Então vai com o pau balançando mesmo, *hermano*. Não é uma terceira perna ou uma anomalia para você ficar preocupado. Ela sabe que você tem um pênis. — Rhuan fez uma pausa, um riso em sua voz. A música no fundo me dizia que o cara estava em um dos seus inferninhos. — Eu acho.

— Não quero ser invasivo.

— Seria se você estivesse nu.

— *Hermano*...

— Sério, não precisa vestir a cueca. *Dios*, você está parecendo um adolescente por causa dessa *mujer*. Vai lá trabalhar. — Então ele desligou.

— Está tudo bem aí, Andrés? — a voz da Natalia soou do outro lado.

— Está, eu já estou saindo. — Respirei fundo, embolei minhas roupas e abri a porta. Natalia só encarou os meus olhos, o cabelo molhado e então escorregou a atenção por mim por um segundo, sem focar onde pensei que a faria se sentir desconfortável.

— Serviu, que ótimo. Vamos trabalhar. — Ela me entregou a caneca de café. — A lavanderia é logo depois da cozinha, à esquerda.

— Certo, subinspetora. — Era estranho chamá-la assim em sua casa, por alguma razão. Fui até a lavanderia, coloquei a roupa na máquina, o sabão e apertei os botões. Senti seus olhos nas minhas costas e me virei, sabendo que ela me seguiu para ver se eu faria tudo certo.

Lancei um olhar para além dela. Vi que tinha ajeitado a sala para nós, retirado a comida e substituído por arquivos, o seu notebook e um projetor na parede com dados dos casos. Meu sorriso se abriu.

— Sei que você está fazendo isso por mim também. E por confiar na minha intuição, apesar de todas as provas estarem contra.

Natalia inclinou a cabeça para a esquerda, como sempre fazia quando queria me entender. Os olhos fixos nos meus, por longos segundos, me analisaram. Ela ficou ereta e tomou um longo gole de café.

— Estamos nessa juntos, foi você que disse.

— Estamos. — Coloquei as mãos na cintura e respirei fundo. — Obrigado, Natalia. De verdade. Agora, vamos trabalhar.

Capítulo 11

Por favor, me deixe entrar
E me mostre algo mais quente
Porque eu estive com tanto frio
Gray — Something Warmer

Natalia

Hollywood estava perdendo uma excelente atriz. Fingir que não *vi* o que havia por trás daquela calça de moletom, por horas, foi uma das coisas mais difíceis da minha vida. A sorte era que as roupas do Andrés, àquela altura, já haviam lavado e secado, então ele estava vestido. Mas eu estava com uma calça de pijama e uma camiseta escrito CANADÁ.

— Daniela e a sua vida perfeita. — A voz do Andrés soou enquanto olhávamos as fotos no imenso telão, me trazendo à realidade.

Foco, subinspetora.

A luz da sala estava apagada, apenas o abajur e o projetor acesos, enquanto estudávamos as fotos ampliadas.

— Certo, então essa garota fez uma sequência de stories no Instagram conversando com os seguidores uma hora antes de cometer suicídio — Andrés ponderou. — Ela daria uma palestra a respeito do uso das redes sociais dali a uma semana. Então por que decidiu se matar de repente? O que mudou?

— O registro telefônico não indica que ela fez uma ligação, nem que recebeu uma mensagem. O circuito de câmeras do prédio estava com defeito fazia um mês antes do ocorrido, então não temos imagens.

— O que mudou? — ele repetiu para si mesmo. — Nenhum problema de saúde mental ou física?

— Não — respondi, lendo os depoimentos das pessoas. — Daniela parecia a pessoa mais feliz e saudável do mundo.

Minha garganta ficou apertada. *Por quê, Daniela?*

Ficamos um tempo olhando as fotos da cena do crime. Daniela era uma garota de 1,63m, corpo esbelto, cabelos tingidos e olhos azuis. Uma princesa.

Sua vida financeira era estável, ela tinha assinado muitos contratos naquele ano.

— Ou a Daniela tinha uma vida perfeita ou ela sabia esconder bem que não tinha — Andrés sussurrou.

— Provavelmente a segunda opção.

— Por mais que eu pense, olhe, não sei dizer o que me traz a sensação de que isso não foi suicídio, além do fato de que a vida dela parecia bem. — Andrés estava sentado no chão comigo. Ele se recostou, apoiando a cabeça no braço do sofá, e desligou o projetor. Fechou os olhos por um momento, suspirando fundo.

Analisei seu perfil; o maxilar afiado, o nariz com uma falha no alto, as sobrancelhas grossas, o cabelo liso e escuro, repicado para lá e para cá, os cílios grossos, que causariam inveja em qualquer mulher, a barba desenhando seu rosto como se o tornasse ainda mais impecável. Apesar de ser tão interessante admirá-lo, dava para ver os seus músculos tensos, quase como se estivesse carregando um peso invisível sobre os ombros. A roupa limpa, o cheiro da sua pele com o meu sabonete, era um pouco demais para lidar.

— Estamos cansados demais.

— Pois é — murmurou, abrindo as pálpebras.

Seus olhos negros pareciam pedras de ônix, cintilantes e capazes de carregar o universo. *Dios*, ele era tão bonito. A maneira que a sua alma cabia naquelas íris; *isso* me desconcertava. Andrés olhava uma pessoa por dentro, revirando tudo.

— Você abre os lábios toda vez que falta ar. — A mão do Andrés subiu, o dedo em riste sobre os meus lábios, sem tocá-los, só pairando. Mas, como se não precisasse completar o espaço que faltava, todo o meu corpo se arrepiou mesmo assim. — Isso acontece cada vez que olho para você como o Andrés e não como inspetor.

— Você muda o olhar?

Os cantinhos dos olhos se inclinaram, apenas um pouco. Aquele era o coração de Andrés sorrindo.

O que eu estou pensando?

Pensando de forma tão profunda sobre alguém que era o meu chefe? *Isso não é um livro de romance ou um áudio do Secret. Foco, Natalia!* Eu precisava parar de ouvir os áudios. Estavam fritando o meu cérebro.

— Às vezes, eu só quero ver a Natalia. Então, uso os olhos do Andrés. Às vezes, preciso da minha subinspetora. Então, sou o inspetor De La Vega.

— Dá para separar os dois? — Pisquei. O dedo indicador de Andrés finalmente tocou meu lábio inferior, e ele deslizou de ponta a ponta, admirando o caminho que fez na minha boca. Então, me encarou nos olhos quando deixou seu dedo cair.

Meu corpo estremeceu.

— Quantas identidades adotamos ao longo da vida, Natalia? — Andrés sussurrou.

Por um segundo, deixei a pergunta de Andrés flutuar na minha mente.

— Inúmeras.

— Quantas Natalias existem aí dentro de você?

— Dezenas.

— Isso responde a sua pergunta?

Olhei para ele, vendo-o de verdade. Um homem de três encontros, o 27-B. Um cara que brigou comigo por causa dos nossos braços e me achou louca durante todo o voo. Um homem que defendeu a minha honra, mesmo que não me conhecesse. O mesmo inspetor que pega os casos mais pesados da delegacia e não consegue dormir até resolvê-los.

O quanto você se importa, Andrés? Com tudo? Qual é o tamanho do seu coração?

— Você é mais do que três encontros, Andrés De La Vega — murmurei.

— Talvez.

— Não, é um fato.

Ele relaxou os ombros, um sorriso lindo despontando em sua boca.

— E você, Natalia? É mais do que apenas um encontro?

— Sou, e esse é o problema.

Ele deixou uma risada suave escapar.

— Exatamente isso o que estamos fazendo agora, é o tipo de coisa que jamais vai acontecer num encontro só para sexo, Natalia. *Mierda*, o meu primo Rhuan diria que é uma receita para criar conexão emocional. — Ele sorriu, e foi um sorriso triste. Então, Andrés piscou. — *Carajo*, acho que faz alguns anos que não converso com uma mulher assim.

Acabei rindo.

— Que tipo de coisas você fala?

— Posições sexuais para depois do jantar? — Andrés riu. — Não, estou falando sério. Não é um hábito meu conversar assim com uma mulher.

— Eu não sou só uma mulher, sou a sua parceira.

Alguma coisa fez as íris de Andrés cintilarem. Um brilho de perigo, um calor intenso, como se as chamas de repente se tornassem escuras, como se o fogo que eu conhecesse a vida inteira fosse uma mentira, porque o calor de verdade era da cor ônix.

— Você tem razão, é a minha parceira. — As chamas em seus olhos foram suavizando. — Eu posso criar todas as conexões emocionais com você que a vida me permitir. — Como se um pensamento percorresse sua mente, Andrés baixou os olhos e começou a encarar a caneca vazia de café. — Sabe, não sou imune ao amor. Eu só...

— Você só foge das relações humanas e da intimidade. Mas é por uma razão diferente da minha.

Isso fez seus olhos subirem para os meus.

— Por que acha que são razões diferentes?

— Porque você não teve nenhum relacionamento ruim. Já eu, antes do Alonso... — Fiz uma pausa. — Me entreguei demais. Doei meu tempo, minha energia, partes da minha vida que não vão retornar. Sempre sentia que a qualquer momento eu poderia perdê-lo. Amei o Carlos como nunca tinha amado outro homem, mas ele me deixava insegura, incerta. Eu nunca soube se o Carlos me amou de verdade ou se ficou comigo porque foi conveniente naquele momento. A minha maior ferida emocional é essa e, depois, eu não conseguia me entregar da mesma maneira. O Alonso deve ter sentido a mesma insegurança que o Carlos me fez sentir. Eu estava ali, mas sem estar. Não deixava o Alonso entrar, eu o separava de mim como se ele nunca pudesse pertencer à minha vida.

Percebi que recebi toda a sua atenção, como se Andrés quisesse absorvê-la.

— Não acho que você criou uma barreira em relação ao Alonso, acho que só não encaixou, entende? Talvez tenha sido um pouco do reflexo da insegurança que o Carlos fez você sentir e, por ter medo de se apaixonar de novo, você se freou. *Mierda*, estou falando como o Rhuan. — Andrés suspirou fundo depois de deixar uma risada curta sair. Ele pegou a minha mão, me surpreendendo. O jeito que seus dedos brincaram com os meus fez as faíscas subirem do ponto que ele me tocava até a barriga. — Acho que você sente muito quando está amando e tem medo de perder o controle. Somos policiais, Nani. Perder o controle é inadmissível. Mas posso te falar uma coisa? Um relacionamento que não te passa segurança não é o tipo que vale a pena. Um homem de verdade não faria você ter medo ou dúvidas a respeito do sentimento. *Carajo*, ele faria você acordar de manhã sabendo o quanto é amada e, durante a noite, te faria se sentir desejada e protegida.

Nani. Palavras lindas. Andrés.

— Eu não quero correr o risco — expliquei, minha voz tão baixa que não tive certeza se Andrés estava me ouvindo, mas ele estava. Bem ali, à meia-luz da minha sala, me analisando e me lendo. — Agora eu só consigo me entregar ao trabalho, e é por isso que não posso me permitir gostar de alguém.

— Então, o que nos torna tão diferentes assim? — Ele piscou suavemente, e seus dedos começaram a massagear minhas mãos, pontos tensos que eu nem sabia que existiam.

— Você separa as coisas. Racional ali, emocional lá. Você consegue ter apenas três encontros. Você consegue não se envolver. Eu não conseguiria. De verdade. Como você disse no bar para mim, teria que ser estilo "uma noite e tchau".

Andrés riu. De jogar a cabeça para trás e tudo. Soltando as minhas mãos. Fiquei tão surpresa com a reação dele que meu coração acelerou um pouco. Aquela risada era familiar... *por quê*?

Quando voltou a me olhar, a diversão ainda dançava em suas pupilas.

— Nani, não é tão fácil quanto parece. — Andrés continuou sorrindo. — Eu já me encantei por uma garota no primeiro encontro. Eu já olhei para uma mulher e pensei: *Dios*, eu poderia ser o homem que caminharia ao lado dela. Eu já tive o coração acelerado, já cogitei me envolver de verdade. Você acha que eu não sinto *nada*?

— É que três encontros e tchau me deram uma sensação de que você era bem controlado quanto as suas transas casuais.

Seus olhos caíram para a minha boca, o sorriso morrendo em seu rosto.

— As mulheres que me atraem por completo, não só sexual como intelectualmente, como se a gravidade me puxasse para elas, como se elas fossem o melhor livro do mundo e eu quisesse passar o resto da minha vida lendo, são as perigosas para o meu coração, Natalia. Porque, assim como você, quando me entrego para algo, eu me dou por inteiro. Não ofereço só o meu corpo, é a minha mente, alma e coração. Quando me apaixono, eu estou ali. Eu vivo o que tiver para viver. Não tenho medo de ser vulnerável. Os De La Vega podem fugir o quanto quiserem, mas somos os homens mais passionais do mundo. Então, sim, eu fujo porque o meu trabalho me consome, porque ser inspetor é desafiador e perigoso, mas não porque sou incapaz de me entregar. Eu fujo porque, assim como você, ou aposto tudo ou não aposto nada.

Com certeza a ex-namorada do Andrés, mesmo casada, deve beber uma taça de vinho e chorar. Chorar por horas por ter perdido um homem assim.

Uma pontada surgiu no meu coração, imaginando o dia em que Andrés De La Vega pararia de fugir, o dia em que ele encontraria uma mulher com quem pudesse se relacionar.

O dia em que ele se *apaixonaria*.

A relação profissional que tínhamos duraria longos anos. Eu acompanharia o resto da vida do Andrés de perto, mesmo que parássemos de ser parceiros quando eu me tornasse inspetora.

Dali a dez anos, talvez juntaríamos as nossas famílias para um almoço ou jantar no domingo. Talvez Andrés tivesse filhos, e eu também. Mais dez anos se passariam. *Dios*, imaginar esse futuro parecia tão agridoce.

— Vamos olhar o caso da Clarissa. Vamos sair um pouco do que sabemos sobre a Daniela e pensar sobre o assassino da Clarissa — repeti, ficando nervosa de repente. Liguei o projetor para voltar a focar no trabalho. — Não conseguimos nada até agora, não é?

Cinco minutos se passaram em silêncio, até Andrés...

— Espera aí. — Ele olhou com atenção para a foto de Daniela na banheira e abriu bem os olhos. Ele puxou com pressa os arquivos de cima da mesa e pegou a foto da Clarissa, pareando-a ao lado da de Daniela. — Natalia, coloca agora no projetor as fotos das duas garotas, uma ao lado da outra.

Assim que o fiz, o silêncio se instalou entre nós, como se o inspetor não fosse me dizer. Andrés queria que eu visse o mesmo que ele. Franzi os olhos, observando o cenário e as posições dos corpos. Daniela com um vestido branco, os cabelos ruivos jogados para fora da banheira, como se não quisesse molhá-los. Os olhos fechados e o semblante relaxado. Clarissa estava com um vestido amarelo, em um tom suave e angelical. Ambas pareciam mais novas do que eram, como se...

As duas cenas sem digitais a não ser das próprias vítimas. Idades parecidas. Os corpos semelhantes. O cabelo penteado e os rostos bem maquiados.

Minha garganta se apertou.

— O *modus operandi* muda, mas o perfil... — sussurrei.

— Sim.

— As características estão todas ali. O cenário bem elaborado da Daniela. Assim como o enforcamento na biblioteca da Clarissa. Os dois casos têm esse cenário romântico. Não há DNA nenhum no corpo da vítima. A casa da Daniela não foi invadida...

— A Daniela teve relações sexuais antes de morrer — Andrés disse sombriamente.

Virei-me para Andrés.

— *O quê?*

— Ela teve relações com camisinha.

— Andrés. — Me levantei num piscar de olhos. Comecei a andar de um lado para o outro. Arrepios cobriram a minha pele quando Andrés estreitou seu olhar para mim. — O assassino cultua a morte? Ele… acha que ela é um *presente*?

Andrés se levantou e segurou o meu pulso.

Meu coração parou de bater.

Porque a resposta em seus olhos era a mesma que ecoava dentro de mim.

O celular de Andrés vibrou em cima da mesa, tirando-nos do transe. Vi o nome do inspetor-chefe Ferraz e, pelo horário, soube que havia algo errado.

— De La Vega — falou assim que atendeu. — Sim. — Fez uma pausa. Os olhos do Andrés vieram para mim. — Onde? — Andrés fechou os olhos.

Meu estômago ficou gelado.

— Que porra, Ferraz? — Andrés resmungou, se levantando. — Estamos indo. Me envie a localização.

Me levantei, pronta para agir. Os olhos do meu chefe pareceram ainda mais escuros do que eram, sombrios, como se carregassem um universo em que o Andrés doce, divertido e sensual que eu acabara de conhecer não pudesse vir à superfície.

— Se vista e venha comigo.

— É o mesmo cara? — perguntei, sabendo, pelo seu comportamento, que encontraram outra garota. A caminho do quarto, tirei a camiseta do Canadá antes de fechar a porta, pouco me importando. A pressa me fez correr.

— Outra garota. E não faço ideia do que vamos encontrar. — Ouvi sua voz lá da sala.

Me vesti em menos de três minutos.

Quando entramos na cena do crime, desliguei meu lado emocional. Meus olhos percorreram a sala. Meus pés estavam cobertos, as luvas, nas minhas mãos. Os peritos com os fotógrafos catalogaram cada prova antes da nossa chegada; eles precisavam fazer isso antes que a cena fosse contaminada.

Tudo parecia surreal demais, como se estivéssemos entrando em um ambiente romântico, como se a vítima tivesse acabado de ter um encontro. *Clarissa, Daniela.* Velas, luz baixa, um cheiro suave de flores, mas ao fundo... a morte. Era uma casa chique, moderna e clara.

Vi um casal à esquerda chorando copiosamente, acompanhados por um policial.

Dios*, os pais dela?*

Andrés caminhou ao meu lado e chegamos até o Ferraz.

— Quero um perfilador de confiança aqui e agora — Andrés exigiu.

— Perfilador? — Ferraz pareceu confuso por um segundo. — Por quê?

— Por favor, Ferraz. Eu explico em breve. — Andrés suspirou.

— Quem encontrou a vítima? — perguntei.

— Os pais — Ferraz disse, a voz descendo um tom.

Mesmo caso de Clarissa e Daniela. Sempre garotas que moravam com os pais. O assassino conhecia suas rotinas. Ele entendia quando deveria agir.

— Onde ela está? — Os olhos do meu chefe escanearam o lugar.

— No quarto — Ferraz revelou. Miguel se juntou a ele. — Lina Perez, 25 anos, estudante de Medicina. De Valência.

Tremi quando ouvi o nome da minha cidade. Como se Andrés sentisse, sua mão veio na base das minhas costas. Subimos as escadas, Ferraz ainda nos guiando, e, quando chegamos a Lina, meu coração parou de bater.

— *Madre de Dios* — Andrés sussurrou.

Lina estava com uma corda no pescoço, enforcada no dossel da cama. O banquinho, usado para se apoiar, parecia intacto, e o primeiro pensamento que me ocorreu foi *Clarissa*. Mais um suicídio que não era suicídio. O banco sempre acaba virando, a pessoa o empurra. Seu pescoço pendeu para a esquerda e para frente. Sua face roxa condizia com a vítima ainda estar viva quando a corda foi amarrada.

Analisei a cena. Ouvi, ao fundo, Andrés conversar com Ferraz e Miguel, mas...

Lina estava com um vestido azul-claro, elegante e formal. Havia uma rosa caída no chão. A posição, a dinâmica e o eixo indicavam que ela a estava segurando na hora da morte. A cama parecia pronta para receber uma linda noite de amor. Colcha nova, azul da cor do vestido, velas estavam espalhadas por cada canto do quarto, o cheiro de rosas ainda mais forte. Sobre a escrivaninha, havia uma coroa.

— Com certeza foi assassinada — o perito disse, se aproximando de nós. — Mas não há digitais na corda.

— Nenhuma digital? — Andrés perguntou.

— Nem da vítima.

— E no quarto?

— Ainda verificando — o perito garantiu.

— Catalogue tudo e envie para o laboratório. Pressione, quero saber tudo o que for encontrado aqui — Andrés exigiu, e olhou para o perito. — Estou falando sério.

— Onde está o dr. Fonseca, o legista? — Miguel quis saber.

— Já está vindo — Ferraz avisou.

— É o mesmo *modus operandi* do caso da Clarissa — sussurrei.

— *Carajo, sí* — Andrés grunhiu. — Quero a lista de amigos da Lina, todos os inimigos em potencial que ela poderia ter. Quero que vasculhem a vizinhança, quero todos os hábitos dela, os pretendentes e ex-namorados. A rotina dela. Preciso de todos os lugares a que ela foi hoje e com quem ia se encontrar. Isso aqui parece a cena de um romance. Velas, rosas e aquela coroa? O que é aquilo?

— Eu vou tentar descobrir — Miguel avisou e saiu em busca de informações.

— Vai falar com a família agora? — Ferraz quis saber. Ele não ficaria com o caso. Éramos Andrés e eu.

— Depois. Preciso dos meus olhos aqui primeiro — Andrés informou. — O que sabemos? — Voltou-se para o perito.

— Chegamos faz pouco tempo, mas, pelo que pudemos ver, não há marcas de luta no corpo da vítima. Vocês perceberam como tudo parece... intacto? A sensação é que ela simplesmente... se deixou levar.

Se deixou levar. Como Daniela. Como Clarissa.

— Ela aceitou ser assassinada? — perguntei. — É isso o que está dizendo?

— Não há sinais de luta pelo quarto. Parece uma peça de teatro, inspetores. Sei que não é isso que queriam ouvir. Mas vamos continuar investigando.

— Verificaram com o luminol? — Andrés questionou.

— Não há sangue — o perito suspirou.

— Há quanto tempo você acha que isso aconteceu? — continuou o inspetor.

— Apenas o legista vai poder te dizer com exatidão. Mas, pela rigidez do corpo, eu diria doze horas.

— Preciso de provas, vasculhem cada canto deste lugar. Sei que não preciso dizer, já estão fazendo o trabalho de vocês. Eu só... desculpa. E obrigado, Orlando. — Andrés fez uma pausa e pegou o celular quando o perito se afastou. — Dr. Fonseca, preciso do senhor na cena do crime. Sei que já te ligaram, mas preciso que seja mais rápido. Quero que olhe a cena e depois transferiremos o corpo. Obrigado.

Andrés parou um pouco, as mãos na cintura. Eu o deixei ter o momento dele, porque sabia que a sua cabeça estava processando. Me aproximei de Lina. Sim, não havia marcas de luta, o vestido estava intacto e depois seria necessário verificar se ela tinha sido sexualmente agredida ou se, assim como Clarissa e Daniela, havia feito sexo por vontade própria pouco tempo antes de ser assassinada.

No pescoço da Lina, o ponto em que a corda havia estado formou uma marca vermelha, para depois se arrastar para cima no limite da mandíbula, indicando o movimento. A mesma força do assassino da Clarissa foi aplicada nesse caso. O *modus operandi* e o cenário montado eram o mesmo. A corda, idêntica. Mas o mais assustador foi a fisionomia da Lina, que aparentava mais tranquilidade do que dor. Meus olhos continuaram passando, até que parei na mão que havia segurado e soltado a rosa. Dava para ver a marca dos espinhos na palma, como se tivesse agarrado, e então...

Parei de respirar.

— Andrés — chamei, minha voz falhando.

Ele se aproximou, os olhos buscando o ponto para o qual eu estava olhando.

Senti a mudança em Andrés, em sua postura, em sua respiração.

Um arrepio cobriu a minha nuca quando Andrés tocou a base das minhas costas.

Ele não disse nada, não precisou.

A palavra *Fim* estava escrita na palma da vítima com seu próprio sangue.

Ele agora estava marcando as vítimas. Aprimorando o que já vinha fazendo há tempos. Ele agora...

— Natalia... — Andrés sussurrou, e eu me virei para olhá-lo, encontrando a mesma angústia que com certeza estava estampada em todo o meu rosto.

Ele agora havia abraçado o seu propósito como um serial killer.

Capítulo 12

Não me conte seus segredos, apenas deixe-os para trás

Porque eu não posso imaginar o que você vai pensar dos meus.

Monsta X — Secrets

Andrés

Natalia e eu ultrapassamos todos os limites possíveis desde que Lina havia sido assassinada. Saímos da cena do crime com um monte de repórteres, feito urubus, perguntando se o caso da estudante de Direito estava relacionado ao da estudante de Medicina. Alguém da delegacia abriu a boca, porque os *hijos de puta* vieram rápido demais.

Trinta e seis horas depois de vermos a cena do crime, Natalia e eu não tivemos uma pausa. Corremos atrás de provas, interrogamos pessoas e pesquisamos todos os casos que foram dados como suicídio naquele ano e nos anos anteriores em Madrid.

Nós pegaríamos o desgraçado.

Tavares, perfilador, era um senhor de 60 anos que havia trabalhado para a Polícia Nacional como psiquiatra forense durante toda a sua carreira. O homem tinha uma máquina no lugar do cérebro e, quando vi que Gutiérrez não poupou esforços e aumentou a nossa equipe, trazendo profissionais de outras delegacias, eu soube o quanto tudo isso estava tomando uma proporção maior do que poderíamos prever.

Natalia e eu éramos duas pessoas novas em nossos cargos, com uma responsabilidade *jodida.* Mas iríamos conseguir. Porra, nós iríamos.

Àquela altura, a adrenalina estava falando por minhas ações, mas me obriguei a focar em Tavares.

Tínhamos profissionais da força policial analisando todos os suicídios de Madrid, e eu sabia que encontrariam mais vítimas do Assassino do Fim, como a imprensa o nomeou.

Eu queria ir para a rua de novo, falar com os conhecidos, encontrar uma conexão, mas minha bunda tinha de se manter na cadeira por enquanto.

— Homem, caucasiano, início dos 30 anos, solteiro, talvez tenha um emprego razoável. Não parece alguém com condições financeiras apertadas. Tudo indica que ele é da classe média. É extremamente organizado, tem um propósito egoísta e idealístico, o que me faz defini-lo como um serial killer de missão. Talvez haja uma distorção do que a morte representa. Como se ele a estivesse admirando — Tavares falou.

— Um culto? — Gutiérrez perguntou.

— Não, assassinos de missão não cultuam e não sofrem de psicose. Ele faz por si mesmo. Ele admira a morte, acha poético. Arruma o cenário porque tem prazer em ver a cena final. — Tavares coçou a cabeça branca, pensando mais sobre o assassino. — Inteligente o suficiente para saber sobre as provas que a polícia procura, e manipula as vítimas para aceitarem a morte. Estamos falando de um homem que fantasiou com isso por muito tempo. Sem dúvida tem ou teve problemas com a mãe, mas é aí que entra algo interessante. Seus crimes têm o fator sexual, o que o coloca também no perfil hedonista, mas ele não as estupra. Por que a violência no aspecto sexual não é tão importante? Talvez elas queiram isso. Elas desejam uma noite com ele.

Natalia ficou tensa ao meu lado.

— É consensual. Bem, além de ter, possivelmente, uma boa aparência e ser bastante manipulador, ele inverte o jogo para a vítima, como se ele fizesse para o bem delas — Tavares continuou. — E o único traço da dominância que ele gosta de ter sobre a mulher é apenas na hora da morte. Aplica a força devagar, ele aprecia o momento em que assiste à vida se esvair. Por isso, acredito que seja uma homenagem à morte.

A dominância para ele é vê-las morrer.

Tavares continuou passando os slides, mas Natalia tocou o meu braço quando vimos as fotos das três juntas.

— Fim — ela leu em voz alta. Todos os olhos da delegacia e da força policial se voltaram para ela. Toquei suavemente no seu joelho, pedindo que Natalia falasse. — Não sei se...

— Conte o que está pensando, Natalia — sussurrei.

Ela olhou para frente, para Tavares...

— São contos de fadas?

Tavares piscou.

— O que disse?

— Os livros, a biblioteca da Clarissa... — Natalia se levantou. — A Bela, de *A Bela e a Fera*. Daniela na banheira, o cabelo ruivo, representa a Ariel, de *A Pequena Sereia*. A cor do vestido... e então a Lina, a rosa caída e o vestido azul, seu quarto... é a *Bela Adormecida*. Ele está matando princesas? Está dando um fim para as mulheres que ele acredita que mereciam um "felizes para sempre"? Precisamos afunilar as pesquisas das garotas que cometeram suicídio este ano, qualquer uma que possa representar os contos de fadas que conhecemos. Vamos encontrar todas as vítimas dele, se eu estiver certa.

Tavares olhou para as fotos, ajeitou os óculos em seu rosto e pegou os papéis de cima da mesa. A sala de reunião estava lotada. Meu coração se encheu de orgulho e de uma vontade imensa de abraçar Natalia. Abraçá-la até que ela entendesse que sua voz merecia ser ouvida, a ponto de que ela soubesse o quão incrível era.

— Você tem razão. — Tavares a encarou, surpreso. — Se encaixa com o perfil. Eu ia comentar que ele tinha uma conexão com a literatura, sim. Mas então... O assassino, na verdade, odeia livros com finais felizes... ele está dando o fim que acha certo. Está construindo uma história para essas garotas.

Natalia assentiu.

Mulher inteligente da porra.

— Vamos procurar todas as mulheres na faixa de vinte anos que morreram este ano e apresentam esse padrão. — Me levantei. — Vamos trabalhar. Há muito o que fazer.

— Não foi encontrado nenhum DNA na cena da Lina — ela sussurrou no meu carro, muitas horas mais tarde, enquanto eu estava parado na porta da sua casa. Com a loucura, tinha me esquecido de pedir para a Gutiérrez um automóvel para a subinspetora.

— O que você fez lá naquela sala hoje, Natalia... — Lancei um olhar para ela. — Você entende a importância disso?

— Eu estudei muito, Andrés.

— Não é só o seu estudo. É a sua intuição, a sua sensibilidade e o seu *coração mole.*

Ela riu, mas pude perceber o quanto estava com vontade de chorar. Era emocionalmente exaustivo escondermos os nossos sentimentos porque precisávamos ser duros. Mas Natalia não conseguia abandonar toda a sua humanidade, mesmo quando queria. Ela deixava o coração aberto, e isso a fazia enxergar coisas que ninguém mais via.

— Eu tinha que chegar justo com um caso de um serial killer, né?

Toquei seu rosto, meu polegar em sua bochecha, enquanto meu coração bailava pela proximidade.

— Vem aqui, Nani.

Soltei o cinto de segurança dela e a puxei para mim antes que pudesse pensar um segundo a mais. Meus braços rodearam a sua cintura, e Natalia envolveu meus ombros. Seu nariz foi para o meu pescoço, e eu pude sentir as batidas dos nossos corações no mesmo ritmo. Me lembrei de respirar e senti seu perfume suave, e o seu cabelo causou cócegas na ponta do meu nariz enquanto eu a deixava se afundar em mim. Como se eu fosse a água quente de uma banheira, tocando suas curvas, sustentando o seu peso físico e emocional. Foi reconfortante para mim também, como se a minha adrenalina tivesse baixado, como se o meu senso de alerta pudesse ficar desligado por um minuto ou dois. Fechei as pálpebras, relaxando, e...

— Andrés?

Abri os olhos.

— Desculpa, estou tão cansado que acho que cochilei.

— Entre.

— Não, eu vou para casa dormir. — Me afastei dela e pigarreei quando vi que o nosso abraço abriu um botão da sua camisa.

— Não vou te deixar dirigir exausto desse jeito.

— Eu moro nesse mesmo bairro. — Abri um sorriso, o que me fez gastar mais energia do que eu me achava capaz.

— Sério? Bem, não importa. Entra. — Ela desligou o meu carro, tirou a chave da ignição e saiu. Fiz um esforço fenomenal para conseguir sair pela porta e ficar em pé. — Se você desmaiar, não vou conseguir te carregar. Não discute e entra comigo.

Acho que em algum momento cochilei no elevador. Natalia envolveu minha cintura, e eu me sentia tonto. Estava acostumado a ficar sem dormir por dias, mas, dessa vez... É, eu não era mais moleque.

— Posso andar sozinho.

Natalia me ignorou. Ela me jogou em sua cama, que cheirava a erva-doce como ela. Assisti à minha subinspetora tirar os meus sapatos e as meias. Então, ela veio para o meu pescoço, me livrando delicadamente do distintivo. Consegui tirar o coldre e a arma, colocando em algum lugar da mesa de cabeceira.

Assisti, com os olhos quase se fechando, a Natalia se livrar das coisas que a tornavam a minha subinspetora. Coldre, arma, distintivo, blazer. Quando ficou apenas de camisa e calça social, ela se deitou ao meu lado e apagou a luz do abajur.

Eu queria discutir a problemática de dividir uma cama de casal com ela.

Mas estava exausto demais para me importar.

Acordei com um cheiro feminino no meu nariz, fios ondulados fazendo cócegas no meu rosto. Uma das minhas mãos estava em uma barriga macia e muito quente. Uma bunda parecia pressionada bem em cima do meu pau, que estava completamente duro. Constatei essas pequenas coisas ainda de olhos fechados, sem força para abri-los, sem querer acordar daquele transe de dormir de conchinha. A bunda feminina fez um movimento para trás, roçando em mim, subindo e descendo, e a minha mão ficou mais firme na sua pele, sentindo-a se arrepiar na ponta dos meus dedos.

Respirei fundo quando Natalia gemeu.

Meus músculos ficaram tensos, e percebi que sua camisa tinha se aberto. Fui subindo a mão, sabendo que aquilo era errado pra *carajo*, e quase tremi quando senti o início do vão entre seus seios e o fecho frontal do sutiã. Natalia gemeu de novo, se esfregando em mim, se mexendo.

Até que a porra da minha mão, pelo movimento dela, foi parar bem em cima de um dos seus seios.

Que não tinha bojo cobrindo-o. O sutiã era de renda. E senti um mamilo.

Era o *carajo* todo, e ela estava excitada demais... *Mujer*, você está tendo um sonho erótico?

— Andrés — ela sussurrou, dormindo. *Comigo?*

Cara, a textura do seu peito era tão macia. Mesmo sobre a renda, eu podia sentir o bico eriçado, durinho, implorando pela minha boca. Meu quadril instintivamente foi para frente, mas parei. Natalia tremeu as pernas, suada, e meu autocontrole me fodeu porque estava por um fio. *Mierda*. Percebi que a minha outra mão estava embaixo da Natalia, seu quadril no meu antebraço.

Não, eu vou virar devagar e...

Fiz isso, me afastei dela, de costas no colchão. Olhos abertos, respirando fundo.

Mas então Natalia se acomodou na cama, virando em minha direção, me abraçando e se aninhando no meu peito. A perna foi dobrada sobre o meu pau, uma de suas mãos na minha barriga.

Toda. Enroscada. Em mim.

Minha camisa também estava aberta, mas só os três últimos botões de baixo, o suficiente para ela tocar meu umbigo, os pelos que havia ali e os músculos trincados da minha barriga. Então ficamos *quase* pele com pele. Eu não deveria olhar os seios da Natalia, *Dios*. Ela estava dormindo, porra. Dei só uma espiadinha. Sutiã. Azul-claro. *Mierda.*

Fecha os olhos, Andrés. Fecha os olhos.

Natalia gemeu de novo, como se ainda estivesse sonhando comigo.

Mordi o lábio inferior, fechando as pálpebras.

O problema? A fricção que Natalia estava fazendo antes no meu pau começou a acontecer na minha coxa. Pude senti-la quente contra o tecido; eu precisava acordar aquela *mujer*. Ela ia gozar na minha perna, sonhando, sem que eu movesse um músculo. O som que Natalia fazia, aquele gemido sonolento, dançou em espiral por todo o meu corpo. Minhas bolas se encolheram de prazer, aquecendo meu caralho, que talvez gozaria só com a loucura que era tê-la se esfregando em mim como uma gatinha.

Eu tinha que parar isso. *Eu tinha que parar.*

— Natalia — sussurrei.

Dios, ¿por qué me haces esto?

— *Andrés, oh, please. Please, love me harder.*

Ela sonha falando em outra língua?

— Natalia — chamei-a de novo.

— Hum — ela gemeu, parando a fricção.

— Subinspetora Ortiz. — Minha voz subiu um tom.

Então, seus olhos se abriram.

— Oi. — Ela piscou, sonolenta. Natalia levou uns dois minutos para perceber que estava enroscada em mim. A camisa aberta. O sutiã aparecendo. Embora a timidez não aparecesse em seus olhos, apenas o susto. — Ah. — Arregalou os olhos. — Oi, inspetor.

— Você estava sonhando, *pasión?*

— Hum. — Ela pensou por um segundo, fechando a camisa, se afastando de mim. Pude ver suas bochechas ficando vermelhas. Tão deliciosa, tão linda de manhã, excitada e molhada por mim. — Eu... sonhei com u-uma per-perseguição.

— Perseguição?

— É. — Ela se levantou em um pulo. — Café da manhã?

Coloquei as mãos atrás da cabeça, relaxando em sua cama. Natalia passou os olhos pelo meu corpo, primeiro o meu cabelo bagunçado, provavelmente o meu pescoço vermelho pelo tesão, então desceu para o meu peito, os meus mamilos acesos por baixo da camisa, como os dela ficaram sob o sutiã. A minha barriga de fora, os pelos que desciam em linha reta, curtos e arrepiados. Então a ereção lutando contra o tecido da calça e o cinto, dobrada pelo pouco espaço e querendo liberdade.

— Você teve um sonho erótico — acusei.

— Eu?

— Sim.

— Não. Já falei. Foi uma perseguição.

— Natalia Ortiz, não minta para mim.

— Você também está excitado!

— Porque você se esfregou em mim.

— Eu... — Ela parou. — Eu o *quê*?

Comecei a rir.

— Está tudo bem, Natalia. Eu já tive sonhos eróticos. — Me sentei na cama, adorando provocá-la. — Com quem você sonhou?

— Com ninguém!

— Senta aqui, conversa comigo.

— Eu não quero ficar perto de você agora. Você está parecendo um ator pornô. Vou tomar banho.

— Você vai sentar aqui e falar comigo. — Bati no colchão. — Somos parceiros ou o quê?

— Andrés De La Vega, eu te proíbo de falar sobre eu me esfregando em você. Se não lembro, não fiz. Então, próximo tópico. — Mas ela se sentou no colchão mesmo assim, a camisa fechada, o olhar resiliente. Ela se voltou para o relógio, e meus olhos a seguiram. Dormimos muitas horas. De quatro da tarde até a manhã do dia seguinte. — Bom dia.

— Bom dia, *pasión*.

— Você vai ficar me chamando de *pasión* só porque me esfreguei em você?

— Ué, você não queria tocar no assunto.

Ela sorriu.

— Eu tive um sonho erótico.

— Comigo?

— É, foi com você. — Natalia não ficou tímida, ela simplesmente me deixou saber. Eu amei isso. Amei a coragem nos olhos dela. A segurança em se revelar atraída por mim.

— E o que fizemos?

— Sabe, a gente começou a se beijar. — Sua voz saiu em um tom de fofoca que me fez gargalhar. — Então nossas roupas voaram. Você me pegou no colo e... aí me colocou na cama. Então, sua voz soou no meu ouvido. — Natalia parou por um segundo. — Estranho, não era a sua voz que eu ouvia.

— Como? — Pisquei.

— Era a de outro homem, mas não importa. Eu...

— Outro homem?

Minha mente começou a trabalhar. Natalia parecia apaixonada por alguém fazia algumas semanas. Ela podia me desejar sexualmente, mas havia um cara com quem ela trocava mensagens. Um cara, eu tinha certeza, que causava mais um interesse emocional nela do que eu era capaz de oferecer. Sou um inspetor, *mierda*.

— Alguém em que tenho interesse, mas não é nada de mais — respondeu.

Minha ereção morreu.

— Ah... — Pigarreei e me levantei. — E quem é ele?

— Prefiro não contar.

— O que ele faz? — indaguei.

— Andrés...

— Tudo bem, não vou perguntar.

— De qualquer maneira, o nosso relacionamento é impossível. Ele está do outro lado do oceano. Eu me contento em só conversar com ele. Em ouvir a voz dele.

Isso martelou na minha cabeça por um tempo. Ela apenas conversava com um cara e já tinha criado uma conexão emocional. Um cara de outro país? Ela falou em inglês no sonho, então conversava com o cara na língua...

— Vou tomar um banho porque, hum, meu sonho...

— Sim, e eu vou fazer *desayuno* para a gente.

Natalia parou no meio do quarto.

— Você cozinha?

— O básico, sim.

— *Dios*, Andrés. Às vezes, eu te odeio por ser tão perfeito. — Ela sorriu por um momento e balançou a cabeça, como se não acreditasse. — Há pão, café e algumas *bollerías* que comprei no supermercado. Também tomate e azeite, se quiser bater para preparar um *Tumaca y Aceite*. O que você quiser comer, sinta-se à vontade.

— Obrigado — falei, mas a minha mente estava em outro lugar.

Natalia saiu e foi para o banheiro. Assim que ouvi o chuveiro ligado, peguei o meu celular. Entrei no aplicativo, sentindo uma comichão estranha percorrer o meu peito.

Abri a janela de mensagens e digitei:

Bom dia. :)

Enviei.

Plim, fez o celular da Natalia.

Quais as chances? Quais as malditas chances?

Me aproximei do celular dela para ver a notificação.

SECRET ENVIOU UMA MENSAGEM.

Parei de respirar e me apoiei na bancada.

Os meus dois mundos, que jamais poderiam colidir, estavam conectados. O meu maior segredo, a única coisa que eu precisava esconder, tinha um fator em comum com a vida real.

A mulher que fisicamente me atraía era a mesma que me fez quebrar as regras como *dirty talker*.

Natalia Ortiz não era apenas a minha subinspetora. Ela era a minha Anônima.

— Eu não estou do outro lado do oceano, Natalia — sussurrei para ninguém. — Estou bem aqui.

Capítulo 13

Não consigo me ajudar.
Tenho segredos que não posso dizer.
Sam Tinnesz — Play With Fire

Andrés

Uma das coisas mais angustiantes que existem é guardar um segredo. Algo sobre si mesmo que você não quer que ninguém saiba. Não que seja uma coisa da qual eu tenho vergonha, mas não condiz com a realidade do inspetor De La Vega.

É imoral, para um homem que serve a lei, falar sujo na internet.

Eu poderia ser demitido se alguém descobrisse ou, na melhor das hipóteses, receber uma suspensão de três, seis meses, um ano ou até um tempo indefinido. Eu poderia perder tudo o que havia construído, ainda mais lucrando com uma atividade fora da polícia.

Em tese, eu não posso fazer nada que comprometa a minha integridade, muito menos a da força policial, levando em consideração que faço parte disso, que eu *sou* isso.

Mas ser quem todos veem na luz não é *tudo* o que eu sou.

Ser *dirty talker* é excitante para mim. Eu seduzo no infinito da mente, da imaginação e crio conexões que, na vida real, não teria tempo nem disponibilidade. Aconselho pessoas, faço parte da vida delas. Me coloco em jogo, mesmo sem estar. Mentalmente presente, fisicamente indisponível. Sou eu, Andrés, muitas vezes omitido por uma persona — um chefe, um melhor amigo, um colega de casa. Mas os flertes, a essência do que corre nas minhas veias, é tudo sobre eu ser um De La Vega. É tudo sobre, *carajo*, eu ser quem sou obrigado a esconder.

Gosto de falar sacanagem na cama. Gosto de gemer no ouvido de uma mulher. Gosto de saber que só a minha voz já a deixa molhada. Gosto de sentir que ela obedece quando a mando tirar a calcinha.

Comecei depois de ouvir de uma ficante que a minha voz a excitava.

Que a fazia ter sonhos. Que o meu timbre, na hora do sexo, era o melhor do mundo. Que quando o meu pau ficava duro, a minha voz ficava rouca. Sempre fui elogiado por ter um bom timbre, mas, até aquele momento, nunca havia pensado em usá-lo como uma arma de sedução.

Então, comecei a estudar sobre isso. E comecei a ficar *bom* nisso.

Não só com os efeitos sonoros que os meus áudios produzem, mas com os cenários que crio, com a maneira que faço as coisas, o que digo. Em inglês, me protejo também. Se alguém me ouvisse falando em espanhol, poderia me reconhecer. A minha voz, em outro idioma, se modifica.

Mas, cara, francamente? O Secret me trouxe muitas satisfações. Havia casais no meu site que voltaram a se conectar só por me ouvir, mulheres que estavam em depressão e conseguiram sorrir com meus flertes, além de pessoas com traumas que só se sentiam seguras porque eu estava atrás de um microfone e, dessa forma, se permitiam uma chance de sentir algo.

O que eu faço não é só falar o quanto estou duro por uma mulher.

O que eu faço vai além. E só entendi a dimensão disso quando criei o Secret.

Agora, três anos depois, tenho muitos seguidores.

Sinto muito orgulho do que havia feito por mim e por todas as pessoas que me ouviam.

E tudo estava bem, *até agora.*

Juntei os pontos quando Natalia disse que havia sonhado comigo, mas com a voz de outra pessoa. Então ela disse que estava conversando com alguém do outro lado do oceano, falou sobre uma voz, e deu a entender que sempre seria platônico. As informações, somadas ao que recebi da Anônima, e o sotaque espanhol nos áudios que ela tinha me enviado, foram o suficiente. O clique veio e o último teste foi a mensagem de bom dia.

Eu pedi para ela esquecer o colega de trabalho e focar em mim.

Sem saber em que *carajo* eu estava me enfiando.

A Anônima era um acalento nos meus dias. A mulher que passou por cima da porra das minhas regras e me fisgou sem que eu conhecesse seu rosto. Não precisei vê-la para senti-la. Era o seu jeito de digitar, de me fazer rir e, ao mesmo tempo, sua curiosidade sobre quem eu era por trás da persona. A maioria das pessoas só queria a fantasia. Ela queria me *conhecer*.

A conexão que criei com a Anônima foi tão forte que não conseguia parar de pensar nela, mesmo quando estava com a Natalia. Cheguei a digitar três vezes e apagar, pensando em uma forma de vê-la quando tirasse férias, e quando ouvi sua voz em inglês...

Eu fui fisgado tão fácil. Tentei me manter afastado, mas não consegui.

Natalia. Anônima. 27-A. E todas as formas que ela conseguiu entrar na minha vida.

— Você não está comendo — reparou, o café da manhã intacto sobre a mesa. — Está constrangido pelo sonho erótico?

— Não. — Fui sincero. Meus olhos se voltaram para Natalia, para seu cabelo molhado do banho recente e o pijama limpo que ela vestiu, como se gostasse de ficar à vontade em casa, comigo. Sob a luz do sol da manhã, seus olhos pareciam ouro puro. — E você? Está constrangida?

— Não. Sim. Talvez?

Abandonei de vez a comida e foquei no café. Tomei um gole, sem cortar a conexão com a Natalia. Eu a entendia ainda mais agora. A razão do *Dirty Talk* ser uma maneira de ela transar sem ter que se envolver. O quanto Natalia era sensível. Era como ver as duas mulheres que mais me bagunçaram na porra da vida, juntas, em um só corpo.

O café desceu com dificuldade pela minha garganta.

— Me fale sobre ele.

Natalia parou de mastigar por alguns segundos.

— Sério, prefiro não dizer.

— Você não me pediu conselhos amorosos? Não disse que queria se manter emocionalmente afastada dos homens? O que há de diferente nele? — Fiz uma pausa, lendo seus olhos. — Prometo não julgar e só ouvir.

— Nem o Pablo e o Daniel sabem de tudo, por que eu diria para você?

— Porque eu levaria um tiro para te proteger. Confia em mim.

Pude ver o calor subir para as bochechas da Natalia. Mantive a expressão séria, atenta, a luta interna me fazendo pensar que tudo dependeria da sua resposta. Ali, naquele segundo. Eu avançaria como Secret e como Andrés. Ela teria os dois, se quisesse. Eu não ia lutar, não ia colocar barreiras, eu ia me entregar, porque estava difícil demais fingir que essa mulher não me afetava.

E não seria hoje. Talvez nem amanhã. Mas quando ela estivesse segura o suficiente para deixar os meus dois lados fazerem parte da sua vida... Foda-se a parceria que tínhamos, foda-se o contrato verbal de amizade.

— Eu não sei quem ele é. — Sua voz saiu calma, sem vergonha, sem medo. Natalia congelou o olhar no meu, sustentando, corajosa pra *carajo*. — Não conheço o rosto dele, a altura. Não sei o tom de pele, religião, a cor dos olhos ou se odeia ou ama alguém. Eu simplesmente não me importo com quem ele é, porque o que me encantou nele foram todas as coisas que meus olhos jamais poderiam ver.

Mierda, Natalia. *Mierda.*

— Tudo o que eu tenho é a voz dele, os textos e o coração. Ele se faz de durão, mas é o homem mais romântico que já conheci. Suspeito que ele more nos Estados Unidos. — Ela sorriu, triste. — Talvez, eu esteja fascinada. Como uma paixonite adolescente. Como... admirar um ídolo. Eu escuto a voz dele todas as noites e acordo com o áudio no repetir. Ele... hum... cria cenários sexuais que estimulam as pessoas. Mas é tão mais do que isso, Andrés. É como sonhar acordada com o impossível e, lá no fundo, querer viver algo assim, nem que seja uma vez. Ele me dá esperança.

Abaixei a caneca de café e desviei o olhar, mordendo a torrada.

— Há quanto tempo você o conhece?

— Na primeira vez que ouvi a voz, eu estava no avião, chegando em Madrid. Sentada ao seu lado.

Eu era ótimo em disfarçar qualquer sentimento, mas, *carajo*, quase me engasguei com a torrada.

— Não sabia que o áudio não tinha parado quando o meu celular, tipo, caiu no seu... — continuou.

— Achou que eu tinha escutado?

— Sim.

Se eu soubesse que ela estava me ouvindo no voo, como eu agiria? Eu ia pirar? Mesmo sendo uma desconhecida? Porque, cacete, *Dios* estava brincando de tecer o meu destino com a Natalia, me encurralando de uma maneira que eu nem tinha como saber por onde fui fisgado primeiro.

— Não ouvi nada.

— Eu sei. — Ela sorriu. Estudou meu rosto, me analisando. — Acha que sou louca por estar interessada num homem assim? Um homem que eu nem conheço?

— Você está perguntando se acredito na conexão mental e emocional, além da física? — Encarei-a.

Natalia ponderou por alguns segundos.

— Acho que quero que alguém me diga que estou louca, para eu simplesmente parar de mandar mensagem para ele. Sei que você acredita em conexão emocional, mas eu quero que você me diga para não fazer isso.

— E o que *você* quer fazer?

— Eu quero encontrá-lo.

Natalia era a primeira mulher que me queria além da minha aparência, e ela não fazia ideia do que isso causava na porra do meu coração. *Mierda, Natalia. Você me tira do sério sem nem se esforçar, pasión.*

— E aí?

— E aí o quê? — Natalia piscou.

— Você vai encontrá-lo, ele mora do outro lado do oceano. Talvez ele venha te ver, talvez vocês tenham a melhor noite das suas vidas. E aí? — instiguei.

— E aí? Nada. Ele vai embora e eu vou seguir a minha vida.

Engoli em seco.

Você consegue, Natalia? E eu, Secret, consigo? Tocar nessa mulher e seguir a minha vida? Trabalhando com ela todos os dias depois de ter estado dentro dela? Quem eu queria enganar, porra?

— E se ele se apaixonar por você? — perguntei, sustentando seu olhar.

Natalia estremeceu.

— Seria... impossível. Ele é de outro país.

Ele está sentado na sua frente agora.

— Marque o encontro — pedi, minha voz rouca, quase entregando o timbre que eu usava como Secret. *Calma, Andrés. Porra. Calma.* — Marque e o veja. Sinta. Perceba se ele é tudo o que a sua fantasia criou.

— Ele é mais do que a fantasia, Andrés. Ele é... — Ela riu. — De verdade? A sensibilidade dele é parecida com a minha, o humor também. Uma parte minha está tão fascinada que preciso só tocar nele para ver se ele desaparece, como faz nos áudios. Tem um que o Secret apenas fala com a gente, conversa e flerta como se estivesse num encontro. Eu preencho as lacunas em branco e vivo essa... — Natalia parou. — É loucura, né? Eu vivo essa loucura porque me apegar a ele é a coisa mais ousada que posso fazer por mim no momento.

— A sua ferida emocional não parece te impedir de ser você mesma com o Secret — sussurrei. — Ele já é real, Natalia. Se você tocá-lo, só firmará a imagem dele na sua mente.

Ela não tinha pensado nisso. Os olhos da Natalia cintilaram, um brilho de medo e entendimento. Secret era apenas um ser intocável para ela. Eu, Andrés, estava ali. E da mesma forma que o cara seria uma realidade se ela o tocasse, eu seria uma realidade se ela passasse uma noite comigo.

— O que precisa perguntar para si mesma é: você quer viver isso? Quer ir além do medo que sente de se envolver? Se ele derruba todas as suas proteções, se a faz se sentir vulnerável, bonita e desejada. Se ele chega no seu coração, Natalia, vale o risco?

Ela parou de comer, o café esfriou. Natalia umedeceu os lábios e estudou as minhas palavras com cuidado, como se as repetisse na cabeça.

— Eu não quero que ninguém chegue no meu coração — disse em um murmúrio.

Eu também não, mas você não está tornando as coisas fáceis para mim.

— O que quer que eu diga?

— Quero que me fale para eu parar de sentir qualquer coisa por ele. Que eu saia do site. Que deixe de respondê-lo. — Quando parou, pude ver a mudança em seu rosto, a agonia se tornando uma certeza. — E quero que *você* pare de dizer as coisas certas para mim, porque você também me afeta, Andrés. É o seu sorriso, a maneira que conversa comigo, a sua inteligência. A sua aparência. Eu não posso lidar com isso agora.

Meu maxilar ficou tenso, e minha mão na alça da caneca pressionou com força.

— Eu tive um sonho erótico com você, por *Dios* — acrescentou no fim, como uma piada, que a fez rir, mas me deixou bem sério.

Secret e Andrés. Anônima e Natalia. Nós nos sentiríamos atraídos um pelo outro em qualquer dimensão e realidade. On-line ou pessoalmente. Se um oceano ou se todos os continentes nos separassem, eu ia querer a Natalia, conhecendo ou não o seu rosto, conhecendo ou não a sua voz, tendo-a perto ou longe de mim.

Eu ia querê-la, porra. Do mesmo jeito que a queria agora.

— Você quer que eu mude quem sou? — sussurrei.

— Quero. Você pode, por favor, ser o Andrés-Três-Encontros?

— Ok. — Respirei fundo e desci os olhos para a sua boca. — Quer voltar para a sua cama e continuar o sonho?

— Não! — ela gritou e colocou as mãos no rosto, se escondendo de mim enquanto ria. — *Dios*, por que você teve que dizer isso?

— Porque você me pediu para ser o Andrés-Três-Encontros. E sou bem direto. — Um sorriso deslizou no canto esquerdo da minha boca.

— Não. Olha. — Respirou fundo, me admirando de novo. — Seja o inspetor De La Vega. Eu cancelo a nossa amizade a partir de agora.

— Não dá para cancelar. Você já gosta de mim.

— Eu não... — Seus lábios se abriram. E eu sorri por inteiro. — Eu não *gosto* de você.

— Está tudo bem, Natalia. Eu também gosto de você.

Ela arqueou as sobrancelhas.

— Você gosta?

Dei de ombros.

— Por que você acha que quase soquei o seu ex no avião? Você achou que eu faria isso por qualquer mulher?

— Sim. — Ela piscou, genuinamente confusa.

— Tudo bem, eu faria. Mas você... — Sorri. *Droga, eu estava cedendo.* — Você é linda, Natalia. Não estou falando só da sua aparência, vai além disso. Você é linda, ainda mais quando tenta ser fria, e tem o coração mais mole da porra do mundo. Você está rindo aqui e agora, mas o seu coração está com a Lina, a Clarissa e a Daniela. Você se conectou com um cara além da aparência dele. Você consegue olhar as partes de alguém sem precisar ver. Me enxerga por trás da camada de inspetor. Você sempre vê além, o tempo todo. E sente tudo. Isso te torna uma excelente profissional, mas também te transforma numa mulher irresistível pra *carajo*. Sabia disso?

Ela levou um tempo para processar as minhas palavras. Um tempo longo mesmo. Achei que Natalia não ia me responder. Terminamos o café da manhã, e eu me levantei para lavar os pratos. Como fiz o café, Natalia quis lavar a louça. Combinamos de ela ensaboar e enxaguar, enquanto eu secava e guardava.

O silêncio não foi incômodo. Eu precisava disso, Natalia também.

— Você me desestabiliza, Andrés De La Vega.

— Eu sei.

— Você é convencido também.

— Um pouco.

— Você é o homem por quem eu deveria usar um colete a provas de balas.

Acabei rindo.

— Eu vou me manter bem-comportado, porque respeito a sua decisão.

— Cada coisa que você faz, minha pulsação acelera. Você não é bom para esse friozinho no meu estômago, você com certeza não é nada bom para o meu coração mole. — Ela respirou fundo. — Não estou dividida entre você e o Secret. Eu só... eu só entendo vocês dois da forma que eu não queria entender.

Lancei um olhar para ela. Seu braço encostava no meu a cada vez que ela lavava os pratos.

Eu tenho responsabilidade afetiva. Não ia brincar com ela. Não estava flertando de graça, eu só precisava me decidir em que momento diria para a minha subinspetora que o cara por trás das sombras era muito mais real do que ela imaginava.

Seria sua decisão ceder, seria sua escolha viver o que tivesse que viver comigo, se ela quisesse. Mas eu não usaria a porra da regra dos três encontros, porque, com Natalia Ortiz, eu seria incapaz.

— Hoje é a nossa folga, certo? — Natalia mudou de assunto. — Pensei em nos encontrarmos hoje à noite para darmos mais uma olhada nas evidências e provas. A equipe não vai parar. Acho que a gente não deveria também.

Por trás disso, indo além de mim e dela, estávamos no meio de um dos casos mais importantes de nossas carreiras.

— Eu não vou dar nenhum passo que você não queira, Nani. — Me virei para ela, sentindo que estava falando por Secret e por mim. Natalia me fitou, os olhos fixos nos meus. Arrepios cobriram a minha nuca, enquanto eu sugava o ar aos poucos pelos lábios. A atração serpenteando, as lembranças de tê-la se esfregando contra o meu corpo me acendendo com força. Ignorei isso tudo, por mais que fosse difícil ler em sua expressão o quanto ela queria me tocar. — Não vou flertar e não vou te provocar só para alimentar o meu ego. Nunca vai ser isso. Você nunca vai conhecer o Andrés-Três-Encontros porque, quando diz respeito a você, eu tenho um coração mole pra *carajo* também.

— Andrés...

— Eu prometi ser o seu parceiro e o seu amigo. Vou ser exatamente o que me propus. — Parei por um segundo e fiz questão de olhá-la. Eu queria tocá-la, queria beijá-la bem ali, queria colocá-la sobre a pia molhada e me perder na sua boca, até que eu estivesse enterrado nela. — Mas se um dia você me beijar, Natalia, não vou frear, não vou parar e, com certeza, não vou conseguir te deixar ir. Eu vou mergulhar fundo, porque eu te disse, *pasión*. Comigo ou é tudo ou nada. E se em relação a você eu não tenho um por cento da mesma confiança do que tenho com as outras mulheres, que é transar e acabar a *mierda* toda, então você precisa estar ciente da entrega que isso vai ser. Não vai ser um encontro às sextas e outro aos sábados, porque a chance de eu me apaixonar é grande.

Me aproximei, tocando seu queixo pequeno, colocando o polegar bem no centro dele, enquanto meu indicador erguia seu rosto para mim. Seu perfume veio antes da sensação de proximidade; ela era tão perfeita. Baixei meu rosto, tão devagar quanto eu podia, saboreando cada momento daquilo. Fechei os olhos, deixando meus lábios descansarem bem na maçã do seu rosto, devagar.

— Boa folga, Nani. Eu passo aqui mais tarde quando você me ligar.

Fui até o seu quarto, peguei as minhas coisas e saí antes que eu descumprisse a porra da promessa.

Capítulo 14

Onde posso te encontrar entre as estrelas?
Eu ouço você em algum lugar
Cantando a mesma canção.
Bokn — Won't Be Long

Natalia

— Sério, eu já estou emocionalmente envolvida. Transar com o Andrés, beijá-lo, só vai me deixar ainda mais... só vai piorar as coisas. E tem o Secret, que é tudo o que eu sempre quis, mas está longe de mim. — Senti meu corpo murchar no sofá. — Eu não posso me preocupar com homem agora.

Pablo e Daniel suspiraram.

— Seria perfeito se *Dios* tivesse juntado o coração do Secret e a personalidade do Andrés — Daniel pensou alto. — Mas fala, Nat. E o caso?

— Vários becos sem saída. O Andrés e eu queríamos achar uma resposta o quanto antes, porque o assassino não vai parar.

— Você vai conseguir, *bebé*. Mas também precisa tirar a cabeça do trabalho um pouco — Pablo falou, sério, os olhos escuros medindo meu rosto. — Quer sair hoje à noite? Ir a uma festa? Você nem aproveitou Madrid ainda.

— Não posso. O Andrés vem aqui para a gente estudar o caso.

Daniel e Pablo se olharam.

— Ele vem, é?

— Não vai acontecer nada, Pablo. — Observei. — Eu quero focar cem por cento na minha profissão hoje à noite. A gente precisa encontrar ao menos uma resposta. Eu quero uma pista. Só uma. Eu quero algo que faça sentido.

Pablo e Daniel ficaram mais um pouco comigo e depois tiveram que voltar para as suas vidas corridas. Sozinha, aproveitei para arrumar a casa. E fiquei surpresa quando percebi que o perfume de Andrés parecia ter coberto cada parte do ambiente. Troquei os lençóis da cama e, depois de tudo limpo, me sentei ao computador para acessar o sistema da Polícia Nacional. Eu queria verificar os nossos arquivos de novo e ia começar a fazer isso, até receber uma mensagem do Secret.

Secret: Ocupada demais para responder ao meu bom-dia, Anô?

Abri um sorriso.

Anônima: Hoje é a minha folga, como tinha te avisado. Mas eu tive visitas em casa.

Secret: Visitas?

Anônima: Primeiro o meu colega de trabalho, *aquele* colega, e depois os meus dois melhores amigos.

Secret: Interessante. A minha disputa com esse colega pela sua atenção fica cada vez melhor. ;) Será que eu marco uma luta livre com ele? Ou... você quer a gente dançando e tirando a roupa para você? Quem se sair melhor, te leva para jantar? ;)

Anônima: Hahaha. Para.

Secret: Achei que éramos amigos com benefícios, Anônima.

Anônima: Não sei que benefício eu te dou, sinceramente. Nunca te mandei nudes. Nem áudios safados. Só falei da minha vida.

Secret: Não preciso de nudes, áudios safados ou qualquer coisa assim, quando posso ser seduzido pela sua falta de esforço. Sério, Anônima. Zero esforço. E foi o suficiente para me transformar num idiota aqui do outro lado. ;)

Anônima: Vou te bloquear.

Secret: Hahaha. Mas, sério, você está diferente.

Sim, estou. Sim, eu quero o Andrés. Sim, eu quero você. De formas completamente diferentes e complementares.

Anônima: Meu colega disse que se apaixonaria por mim se eu o beijasse.

Secret parou de digitar. Quer dizer, ele digitou e apagou várias vezes, como se não soubesse o que falar.

Secret: Hum... vamos combinar de não conversarmos sobre ele?

Ele tinha ciúmes de mim?

Anônima: Se você se sente mais confortável, claro.

Secret: É, me sinto. Só por um tempo. Depois, você pode falar sobre ele sempre que quiser.

Anônima: Por um tempo?

Secret: Uma semana.

Anônima: O que vai acontecer em uma semana?

Secret: Acabei de postar um áudio. Escute. ;)

Olhei o site, vendo que havia sido mesmo atualizado, e o título do áudio era uma pergunta: *Você e eu ou nós?*

Anônima: Vou ouvir. É para mim? :D

Secret: Vai ter que descobrir sozinha. ;)

Dessa vez, eu não iria me tocar. Ia simplesmente ouvir o que o Secret tinha a dizer. Saí da sala e fui para o quarto. No escuro, com os fones de ouvido, celular na mão, cliquei no áudio e tentei relaxar.

— *Oi, garota dos sonhos.* — Não havia nada além da respiração dele do outro lado e sua voz rouca e grave em um inglês perfeito. — *Hoje nós vamos conversar sem um cenário, sem uma persona, sem um personagem. Somos eu, você e o meu estúdio.*

Meu corpo foi beijado por uma sequência de arrepios. A voz de Secret mexia comigo de uma maneira que eu não podia explicar. Quanto mais conversávamos e flertávamos, mais envolvida por ele eu me sentia. Era estranho me sentir atraída por um homem que eu não conhecia, como se houvesse algo familiar nele.

Eu estava projetando o Andrés no Secret? Porque a imagem do meu chefe veio na minha cabeça, brincando com a minha imaginação.

— *Admitir o que estou sentindo por você é quebrar a quarta parede e me fazer presente. É sair da minha segurança, da persona e ser eu. O que é estranho porque você não consegue me ver, não é?* — A risada rouca e baixa fez os pelos dos meus braços se erguerem. — *Parece um pouco como uma paixão? Um amor de verão? Algo semelhante a estar apaixonado à primeira vista, tirando o sentido da visão?* — Outra risada, mais profunda, soou. — *Eu sinceramente não sei. Mas acabo pensando em você no decorrer do meu dia, pensando em te ligar para dizer, à noite, o quanto foi difícil. Ligar, talvez, para dizer que fui ao supermercado e me lembrei de que você odeia sorvete de limão. Porque, sei lá, eu penso em você várias vezes, e você nem precisa estar aqui para se fazer presente. O que é? O que somos?*

Pausei o áudio. Meu coração estava a mil por hora.

Respira, Natalia. Respira.

— *A gente poderia ser tudo, mas nada também. Uma noite e nada mais, mesmo sentindo que eu jamais conseguiria separar as coisas. Mas, sim, eu estou disposto a ser isso, se você quiser.* — Ele fez uma pausa, a voz soando quase doce, quase... parecida com a do Andrés. Eu estava ficando louca. Com certeza eu estava enlouquecendo, não é? — *Quer sair comigo?*

— O quê?

— *Daqui a uma semana. Vamos tornar isso realidade e então você vai poder decidir se vale o risco ou não. Queria te levar para um lugar com música ao vivo, jantar com você, dividir um vinho e dançar...* — Sua respiração foi ficando mais suave, suave demais. — *Mas, antes de responder, quero que limpe a sua mente.*

— *Dios*, Secret.

— *E me leve para a sua imaginação agora.* — Ele expirou. — *Consegue sentir a minha mão na sua? Meus dedos entrelaçando nos seus, o encaixe perfeito.* — O sorriso em seu timbre me fez sorrir também. — *Sua nuca se arrepia quando nossas mãos se tocam, garota dos sonhos?*

Não iria me tocar pensando nele, não depois de tudo o que ouvi e senti, e a forma como o meu coração perigosamente batia mais rápido. Secret descia o timbre para um flerte, indicando o quanto estava excitado. Eu sabia que ele estava duro, eu podia sentir a atração entre nós serpenteando, mesmo que aquilo fosse só uma gravação. Saber que era para mim tornava tão íntimo, tão pessoal.

— *Como é ter uma resposta física a minha voz? Sua boca fica entreaberta e você a umedece com a língua? Um frio na barriga começa a passear pelo seu corpo, descendo na direção do ponto que, timidamente, começa a pulsar por mim? Seu quadril começa a se mover nos lençóis, seu corpo tão inquieto e rendido? Você quer as minhas mãos na sua pele, mas se surpreende com o que a minha voz é capaz de fazer? Me diz, garota dos sonhos, seus lábios estão inchando, você está ficando molhada para mim? Conforme narro o que estou fazendo com você, está ficando mais difícil controlar? Merda, eu não consigo me controlar. Só de imaginar você aí, eu sinto vontade de me tocar.*

A voz foi para a minha orelha esquerda e depois para a direita, como se ele estivesse brincando em cima de mim. Secret sorriu.

— *Eu quero tanto estar dentro de você.*

Minha mente ficou em branco.

— *Vamos para um cenário em que eu não estou aqui e nem você está aí. Me encontre entre o seu universo e o meu, eu vou te buscar.* — Eu estava envolvida, ele estava me matando. Meu coração estava frágil, mole, se derretendo. — *Seus dedos começam a traçar a minha pele, enquanto eu deslizo os meus pela sua cintura. Eu te puxo para mim até que a minha boca encontre a sua. Desse jeito.*

O som do beijo me quebrou. Abri os lábios, como se fosse recebê-lo. O que era meu já não pertencia mais a mim.

— *Preciso de você, garota dos sonhos.* — Seus beijos foram descendo no áudio. — *Você sabe o que eu quero, eu sei o que você quer, então vamos só nos entregar.*

O som que ele fez. Eu nunca ouvi de nenhum outro homem. *Dios*, como se o prédio construído ao redor de si mesmo demolisse, como se as ressalvas virassem pó, como se o inacreditável acontecesse.

— *Vou o mais fundo que conseguir, enquanto você arranca e desarma cada parte de mim. Me leva com você, amor.*

Não era só o sexo. Com certeza não era, havia *sentimento* ali.

O gemido de Secret era a rendição de quem abre as portas e permite você entrar. No fundo da sua garganta, ouvi sua frase "eu desisto", e então seus quadris começaram a se remexer. Era além de fazer sexo olho no olho. Além de envolver os seus dedos nas minhas mãos. Eu podia sentir, através da sua voz que, naquele momento, ele literalmente desistiu de si mesmo, para se tornar... nós.

— *Eu não consigo parar, eu não quero parar. Olhe nos meus olhos. Sei que você pode me ver.*

Abri os olhos de uma vez e soltei o ar pela boca, ofegante e molhada, contida pelo tesão que eu não me permiti liberar, mas tive que ouvir esse áudio sem a experiência do prazer, só precisava... senti-lo. Sua respiração estava lutando para se normalizar.

— *Você adora esse mundo só nosso, não é? Mas sendo sincero? O meu maior prazer é imaginar você deitada no meu peito.* — Ele exalou fundo. — *Porra, eu não sei o que você está fazendo comigo. Mas em uma semana, se você quiser, eu vou te tocar. Vou te tocar muito. Você me quer, garota dos sonhos? Me quer com tudo o que eu tenho? Shhh, não precisa responder agora. Só fecha os olhos e relaxa.*

Peguei o celular, o coração voando para outra galáxia.

Anônima: Em uma semana você vai me tocar? Como?

Secret: Você quer?

Anônima: Quero.

Secret: Me quer mesmo sem saber quem eu sou?

Anônima: Não me importo com quem você é, Secret. Mas ao menos você é um homem? Nada contra as mulheres, mas se você estiver mudando a voz com algum programa, tendo uma vagina, eu sou incapaz de me sentir sexualmente atraída por você.

Secret: Hahahaha. Eu sou homem.

Anônima: Você está solteiro, certo?

Secret: Sim.

Anônima: É tudo o que eu preciso saber, além do que já sei. Eu moro em Madrid, na Espanha. Quando chegar no meu país, me avise que vou onde você estiver.

Secret: Vamos marcar um encontro. Eu te aviso quando e onde, pode ser?

Eu não estava pensando nisso direito. Estava enlouquecendo.

Secret: Já está repensando? ;)

Anônima: Vamos fazer isso.

Secret: Ok, garota dos sonhos. Mas saiba que, assim que seus olhos fitarem os meus, não há nenhuma força do mundo, além do seu não, que vai me parar. Quer isso mesmo? Te dou cinco segundos para pensar.

Pairei os dedos sobre o teclado, pensando no que responder.

Anônima: Eu quero.

Secret: Ok. Te vejo na semana que vem. ;)

— Eu vou ver esse homem, *Dios*!

Me levantei da cama e comecei a dançar pela casa. Uma crise de riso veio do fundo da minha garganta. Parecia errado e imprudente. Mas eu estava me sentindo viva.

Livre.

Dona do meu próprio mundo, do meu corpo, das minhas decisões.

Quando eu tive a chance de viver?

Agora, Natalia. Agora você está começando a viver de verdade.

Capítulo 15

Oh, amor, olhe o que você começou
A temperatura está subindo aqui
Isso vai mesmo acontecer?
Ariana Grande — Into You

Andrés

Na noite passada, fui até a casa da Natalia. Estudamos as provas e deixamos o que quer que estivesse acontecendo entre nós em segundo plano. Precisei ficar até tarde com ela quando surgiram coisas importantes. Na real, sequer consideramos a nossa folga. Poderíamos ficar meses nisso, anos, mas não queríamos receber a ligação que nos diria que mais uma garota tinha sido cruelmente assassinada.

Uma luz no final do túnel surgiu. Meia-noite em ponto, Miguel nos ligou para dizer que um inspetor chamado Bazán, depois de ter viajado por quatro horas até a capital, nos entregou cinco casos sem solução que aconteceram em Córdoba. A verdade era que a cidade possuía um sistema de polícia próprio, assim como a maioria das outras províncias, então só tivemos acesso às informações porque a Gutiérrez peitou todos os marmanjos acima dela. E Bazán queria o cara atrás das grades tanto quanto nós.

Já era madrugada quando Natalia e eu pegamos o carro e chegamos à delegacia, nos deparando com as fotos dos assassinatos e os perfis das garotas. Meu estômago ficou do tamanho de um grão de areia. Jovens que foram estranguladas, que transaram com o assassino antes de morrerem, garotas que tiveram suas vidas tiradas em meio a cenários de contos de fadas. Não estávamos mais lutando apenas pelas três garotas de Madrid. Tínhamos Lina, Clarissa, Daniela e agora... Maria, Lorena, Eva, Antonia e Joana.

A realidade parecia ainda mais assustadora, porra. O Assassino do Fim com certeza não estava só começando, mas ele também não iria parar. Serial killers, pelo contrário, aprimoram sua técnica. Se ele começou a assinar a palavra Fim na mão das garotas, estava pegando o gosto por desafiar a polícia.

Fui para casa depois da reunião com o Bazán, porque nem eu nem a Natalia conseguiríamos raciocinar sem dormir. Agora eu estava na frente da delegacia, pronto para enfrentar o que fosse.

Coloquei os óculos escuros, peguei as chaves, o distintivo, pus a 9mm no coldre e saí do veículo. Assim que as portas se abriram, Miguel me recepcionou com uma caneca de café. Natalia estava com um vinco entre as sobrancelhas enquanto encarava a tela do seu computador, pensativa.

O fato de ela estar ali antes de mim só me dizia o quão preocupada estava com o caso. Seu cabelo estava preso em um rabo de cavalo, ela tinha tirado o blazer e só estava com a camisa verde-clara e uma calça social.

Mierda, Natalia.

— Boa tarde, subinspetora Ortiz.

— Boa tarde, inspetor De La Vega — disse automaticamente.

Me sentei em frente à sua mesa. Estava distraída demais. Ergui as mangas da camisa até os cotovelos e cruzei os braços na altura do peito, esperando o momento em que ela ia se sentir confortável para compartilhar.

— Andrés...

— Estou ouvindo.

— Ontem nós montamos uma linha do tempo de todas as vítimas e eu achei algo em comum. Todas tinham um tempo de lazer relativamente grande na agenda.

Franzi o cenho.

— Lazer?

— Como uma estudante de Medicina consegue ter *cinco horas* de tempo livre, todos os dias, durante uma semana inteira? Como uma influenciadora digital também consegue o mesmo? E a garota que estava trabalhando em dois empregos? A Joana...

Um arrepio percorreu a minha nuca.

— É um padrão. Elas se encontravam com ele?

— Acredito que sim, mas... a mãe da Clarissa, por exemplo, disse que ela não saía de casa. A Maria também não.

Um encontro on-line.

— Me dê um minuto. — Me levantei, e comecei a caminhar para longe da nossa área, sentindo Natalia me seguir. Fui andando pelo corredor, na direção da sala da responsável pelo TI. Assim que entrei, Flora se levantou.

— Boa tarde, inspetor De La Vega.

— Oi, Flora. — Sorri. Ela era uma mulher de quarenta anos com um rosto de vinte, ainda mais com os óculos imensos no rosto pequeno. — Você está muito ocupada?

— Eu estava verificando os celulares das vítimas.

— Certo, preciso que peça para a sua equipe se dedicar exclusivamente a uma coisa. Quero o histórico da conexão on-line das garotas. Quero um relatório que compare os horários em que elas usaram as redes sociais e quais aplicativos acessaram.

— Tudo bem, mas o que você está procurando? — Flora indagou.

— Primeiro, queremos saber a hora e o tempo de conexão. Depois, preciso que procure aplicativos em comum — Natalia esclareceu. Ela entendeu o que eu estava pensando antes que eu pudesse explicar.

— Eu ia chamar vocês de qualquer maneira porque, apesar de não termos encontrado nada suspeito até agora, a ausência disso é o que me preocupa — Flora murmurou.

— O que você quer dizer? — Natalia perguntou.

— Em relação a todas elas, não há um site pornô no histórico, não há uma visita à página de alguém com quem tivessem inimizade. Só receitas, vídeos de cachorrinhos fofos, conversas evasivas com amigas e parentes e presença nas redes sociais como se tudo fosse perfeito. Quer dizer, não tem *uma* pesquisa no Google sobre nudes do Henry Cavill. Vocês entendem?

— O histórico foi limpo? — questionei.

— Não foi limpo, nunca existiu — Flora explicou.

— Esses celulares são novos?

— Sim.

Lancei um olhar para a Natalia.

— O que você está dizendo? — indaguei.

— Sinto dizer, inspetores. Mas essas meninas com a vida aparentemente perfeita estavam escondendo alguma coisa.

— O semáforo está verde — Natalia me avisou.

— Perdão.

Já era o final do turno, depois de termos passado o dia em um corre-corre sem fim, e agora Natalia e eu estávamos indo encontrar o psiquiatra de Lina. Ele alegou que a última vez que a viu foi três semanas antes do homicídio, o que não batia com o depoimento da mãe da vítima, que dizia que sua filha ia ao médico toda semana.

Quem estava mentindo? Lina? Ele? A mãe?

Antes que eu pudesse sair do carro, ela me parou, tocando a minha coxa.

— Conversa comigo.

Respirei fundo.

— *Estoy muy enojado, pasión.* Meus pensamentos já voaram para todos os lados. Estamos de mãos atadas com a porra do aplicativo russo. — Fiz uma pausa. — *La puta madre,* estou correndo em volta do meu próprio rabo.

Foi confirmado, pela Flora, que, por pelo menos cinco horas, todos os dias, as vítimas ficavam on-line em um aplicativo russo com um nome estranho. O histórico da conversa com todas as vítimas havia sido apagado, e não tínhamos como saber os contatos salvos no aplicativo, porque... bem, tudo tinha sido limpo como se nunca tivesse estado lá. Também não podíamos pedir um mandato, estava fora de jurisdição. Mensagens criptografadas fodem a polícia.

Os olhos de Natalia brilharam por alguma razão.

— Vamos achar uma saída.

— Ele se encontrava com as meninas on-line, nesse maldito aplicativo. Achamos o ponto em comum e não conseguimos fazer absolutamente nada a respeito. Ver esse psiquiatra é um protocolo inútil, *pasión*.

— Andrés, falar com as meninas por aplicativo não significa que ele não as conhecia pessoalmente. O psiquiatra da Lina... existe alguma coisa bem interessante sobre ele. Sei que você não teve tempo de ler a ficha que pegamos, mas, veja só. Ele tem uma visão bem poética da morte. Postou várias coisas estranhas nas redes sociais depois que a esposa faleceu, há três anos, que foi quando o primeiro caso em Córdoba aconteceu. Ele é natural de lá e... — Natalia ergueu uma sobrancelha. — Trinta e oito anos.

— Se encaixa no nosso perfil.

— Bem, ele é inteligente e bonito também... — Natalia acrescentou.

— Ele nunca atendeu nenhuma das outras garotas, não é?

— Pelos registros, não. Só a Lina.

Saí do carro e Natalia me acompanhou. Ela se posicionou na minha frente antes de entrarmos na clínica quando percebeu que eu não estava caminhando, e sim correndo.

— Coloca uma cara neutra, e não a de um homem que é capaz de esganar alguém só com a força do pensamento.

— Ele se encaixa no perfil, mesmo sem as outras vítimas.

— Eu sei. Mas ele lê as pessoas, Andrés. Ele é psiquiatra. Se for o assassino, pode sair do país antes que a gente tenha a chance de pegá-lo. Um homem no perfil que estamos procurando? Ele se preparou para isso. Conversava com as meninas por cinco horas todos os dias. Não há DNA do cara na cena. Você entende?

Minha respiração foi se acalmando enquanto eu me perdia nos olhos da Natalia.

— Até agora, tudo o que temos é circunstancial, *mi sueño.* Não temos provas. Nem uma digital do assassino, nada que ajude, nada que comprove, nada que nos faça apertá-lo a ponto de conseguir uma confissão.

— *Mi sueño*, Natalia?

Ela piscou.

— Nem reparei no que disse. — Entreabriu os lábios, como se não tivesse se dado conta do que tinha falado. — Você me chamou de *pasión*.

Abri um sorriso. Tudo sobre a minha irritação desmoronou.

— Vamos entrar — sussurrei.

Entramos na clínica, meu coração mais leve. Estava vazia, com apenas o dr. Fuentes nos esperando. Ele nos recepcionou em seu consultório, e eu me sentei confortavelmente ao lado da Natalia.

— Desculpa ter vindo tão tarde e ter atrapalhado a sua volta para casa, doutor — Natalia disse, sorrindo, enquanto eu analisava o homem.

Ele parecia muito bem. Loiro, olhos claros. Com 1,80 m de altura. Combinava com o que a perícia tinha concluído sobre o assassino. Era forte o suficiente para erguer um corpo de 1,60 m de altura no dossel de uma cama.

— Não tem problema, eu fico até tarde no trabalho. Mas em que posso ajudar? Achei que tinha respondido a todas as dúvidas quando fui chamado na delegacia.

— Na verdade, encontramos uma pequena informação equivocada. Não é nada de mais. Ainda assim, quisemos confirmar com o senhor. — Natalia parecia a subinspetora mais doce do mundo. Eu me mantive calado, deixando-a conduzir. — Dr. Fuentes, o senhor disse que se encontrou com a sua paciente Lina três semanas antes da morte dela, certo?

— Sim, eu... — Ele pegou uma agenda de cima da mesa e começou a folheá-la. — Três semanas, sim. Estávamos até reduzindo os medicamentos, porque ela estava avançando bem no tratamento e conseguindo dormir. Eu a liberei de me ver todas as semanas, já há um certo tempo. Acredito que... três meses.

— Onde o senhor estava na noite do ocorrido?

Ele franziu a testa.

— Já contei aos oficiais que conduziram o meu depoimento. Eu estava em casa.

— Sozinho? — Natalia perguntou docemente.

— Sim.

— Certo, há algum circuito de câmeras na sua residência que possa comprovar a sua permanência na casa? Ou talvez... você tenha ligado para alguém na hora? Editado um arquivo no computador?

— Câmeras? Não, não. Eu estava com uma enxaqueca nesse dia. Acho que tomei um comprimido e fui dormir. Sou suspeito de alguma coisa?

— Nós só precisamos de todas as informações para estabelecermos como estava a vida da Lina e das pessoas ao seu redor. — Natalia sorriu, como um gato perverso e lindo. — Como era o seu relacionamento com a vítima?

— Bem, a minha relação com a srta. Lina foi extremamente profissional. Eu prescrevia os medicamentos e o psicólogo Gurrero a ouvia.

— Ficamos sabendo que Gurrero está nos Estados Unidos agora — eu finalmente disse alguma coisa, o que atraiu a atenção de Fuentes para mim. Tínhamos ligado para Gurrero, outro homem escorregadio pra cacete. — Ele viajou quando?

— Há cerca de um mês, está fazendo um curso.

— E a Lina ficou sem atendimento nesse tempo? — continuei. Natalia permaneceu em silêncio.

— Eu conduzi algumas sessões.

— Certo. O senhor pode explicar o motivo de a Lina ter sido transferida e mudado de psiquiatra? — Natalia perguntou. — Antes de você, ela estava se consultando com o doutor... — Seus olhos desceram para o arquivo em seu colo. — Dr. Lanzas.

— Lanzas foi demitido da clínica. Na verdade, ele teve um caso com uma paciente e, então... nós decidimos que seria melhor ele se afastar.

Natalia não precisava me olhar, eu já sabia no que ela estava pensando. De um suspeito, estávamos indo para o segundo.

— Lanzas mora em Madrid? — indaguei.

— Até onde sei, sim. Mas por que isso seria relevante para o caso?

— Não sei, doutor. Me diga o senhor. — Me inclinei em sua mesa, os cotovelos sobre a madeira chique, embora eu soubesse o quanto esse homem estava fodido de grana. — Havia algo diferente na maneira que o Lanzas olhava para a Lina?

— Não, a Lina era muito reservada. O caso do Lanzas foi um relacionamento em que a paciente se apaixonou e... Desculpe, mas no que vocês estão pensando? Isso aqui é uma clínica médica, por Deus!

— Interessante, mas todo mundo é bem escorregadio. O psicólogo não está, o pervertido foi demitido e você estava dormindo no dia em que a sua paciente foi assassinada.

— Andrés... — Natalia chamou a minha atenção.

— Eu só quero entender o que aconteceu — falei.

— Todos nós queremos entender o que aconteceu — Fuentes disse, os olhos arregalados. — Já acabamos, investigadores? Da próxima vez que quiserem conversar comigo terá que ser na presença do meu advogado.

— Sim, já acabamos. — Me levantei, mas coloquei a palma da mão sobre a mesa. Lancei um olhar para a agenda do psiquiatra, vendo os espaços todos preenchidos, e o nome da Lina na mesma data em que o médico alegou ter sido a última consulta. — Vou pedir um mandato para verificar as câmeras de segurança da sua clínica e confirmar se ela só esteve aqui na data que o senhor disse. Caso contrário, se essa garota pisou aqui em algum outro momento, você e eu vamos ter um problema.

— Estamos indo. — Natalia me puxou pela mão e me tirou da clínica na velocidade da luz. Quando estávamos sozinhos, bem longe da clínica para que ninguém pudesse nos ver, ela me encarou. Possessa. Seus olhos vertiam indignação. — Andrés, você não pode ser esquentado assim! Ele pode dar queixa. Você acabou de ameaçá-lo!

— Eu sei, eu só... — Respirei fundo. — Porra, Natalia.

— Você acha que não é frustrante para mim também?

— Eu sei que é.

— Então pare de agir como se o peso da investigação fosse só seu. Estou aqui agora, acabei de entrar, e se a gente não resolver isso direito, vamos ficar marcados pelo resto de nossas carreiras. É um serial killer, você está entendendo? E não é só isso, a prioridade aqui é que estamos trabalhando pelas vítimas, pela Daniela, Clarissa, Lina, Maria, Lorena, Eva, Antonia e Joana. Você precisa controlar esse seu temperamento, Andrés. — Ela bufou, tão furiosa, tão linda. — O Goméz deixava você agir assim? Porque eu não vou.

— Pois é, segure os meus impulsos e não...

— Eu não vou! Da próxima vez que você fizer isso, eu mesma vou falar com a Gutiérrez. — Seus olhos dispararam mil tiros nos meus. — Está entendendo? Ou você age como um inspetor ou eu vou abrir a boca.

Minutos se passaram, até que eu não aguentasse mais. Me aproximei dela, tocando sua cintura, trazendo-a para mim. *Nossa, o encaixe dos nossos corpos, o quanto Natalia era quente mesmo com tanta roupa entre nós.* Nani arregalou os olhos em surpresa, e suas mãos foram para o meu peito.

Se ela deixasse a fúria passar, ia sentir o quanto o meu coração estava acelerado.

Porra, mujer. *Faça o que você quiser comigo.*

Meu sangue começou a bombear depressa, senti o frio da minha barriga descer em forma de calor, a inquietação do começo de um tesão vindo.

— Confio em você — murmurei, olhando para a sua boca. — Sei que vai me dar todas as broncas do mundo, que vai me segurar quando eu fizer alguma *mierda*, que vai me tornar um cara melhor.

— Ah é?

— Uhum.

Apertei sua cintura, meus dedos afundando no tecido da blusa, puxando-a para ainda mais perto. Natalia entreabriu os lábios, a respiração batendo em algum lugar do meu pescoço, tão mole, tão gostosa. Inclinei a cabeça e toquei o seu nariz com a ponta do meu, num círculo tão suave que nossas respirações só se misturaram. Meu coração estava nos meus ouvidos, enquanto meu corpo implorava por contato.

Me deixa falar sujo no seu ouvido, pasión. *Me deixa gemer o seu nome. Me permita ser todos os caras que você deseja, em um só.*

— Eu vou me controlar no trabalho, vou ser menos explosivo. Vou segurar o meu impulso e a minha língua. — Fechei os olhos quando raspei os lábios na ponta do seu nariz, levando-os para a maçã do seu rosto em seguida. — Vou fazer tudo o que você me mandar fazer, *pasión*.

— Andrés. — Suas unhas me marcaram, e senti a dor no meu peito, enquanto ela se agarrava a mim. A minha voz estava rouca, eu estava com tesão, Secret saindo pela minha língua sem que ela pudesse perceber.

Não ia aguentar esperar uma semana. Porra.

— Quer sair comigo? — perguntei, levando meus lábios para a sua orelha, respirando como Secret fazia em seus fones de ouvido. Mas, dessa vez, real. Muito real. — Quero ter um encontro com você, Natalia.

— Eu... o quê?

— Hoje. Quer sair para jantar? — murmurei, levando a boca para a outra orelha. A mesma dança, direita e esquerda, que a minha voz fazia na sua cabeça, tarde da noite, quando ela se remexia nos lençóis por mim. — Eu te levo para casa, você pode se arrumar e, em umas duas horas... — Fui para o seu ouvido direito. — Eu te busco e a gente sai. Só nós dois. Em um encontro.

— O primeiro de três? E aí acabou? — indagou, quase gemendo, quando abocanhei o lóbulo da sua orelha e o chupei. Ela se arrepiou.

Minha mão foi para dentro da sua camisa, na sua cintura, então suas costas. Meus dedos dançaram por sua pele quente, suada... *ela*.

— Eu te avisei que não consigo ser o Andrés-Três-Encontros com você. Serão quantos você quiser ter comigo.

— Andrés... — Ela parou, a respiração suspensa. Natalia quase raspou os lábios nos meus quando abriu os olhos. Tormenta verde e dourada, como eu nunca tinha visto na minha vida. — Eu vou me encontrar com o Secret daqui a uma semana.

Ela era sincera, d*izia as coisas sem medo.* Como não confiar em uma mulher que eu via que não estava jogando comigo? E como ela iria confiar em mim depois de saber que éramos a mesma pessoa? Dios*, não me deixe perdê-la.*

— Você é solteira, portanto, livre — falei, e não sei como Natalia não conseguiu sentir Secret dentro de mim, mas eu o estava deixando sair pouco a pouco. — Você pode dizer sim ou não para mim. Sim ou não para ele. Pode fazer isso com todos os homens que te convidarem para um encontro. Não perca a sua liberdade por ninguém e seja fiel apenas a si mesma. O que me importa nesse momento é: você quer sair *comigo*?

Ela ponderou as minhas palavras, os olhos ainda fixos nos meus, estudando cada movimento deles, cada pulo agonizante da minha alma, à espera de uma resposta.

— Eu quero.

Um sorriso se espalhou pela minha boca.

— Vou te levar para casa, então.

Capítulo 16

Estamos nos escondendo na escuridão da noite
Eu posso ver a obscuridade em seus olhos
A bela e a fera disfarçada.
Discrete feat Dylan Fuentes, Ouse & Kiesza — Drown In Me

Natalia

— Miguel, você pode tentar contatar uma pessoa para mim? O dr. Lanzas — falei no viva-voz enquanto colocava os brincos. — Ele trabalhava na mesma clínica do dr. Fuentes. Preciso saber onde ele estava no dia do assassinato da Lina e das garotas.

— Ok, mas... você não deveria estar trabalhando agora.

— Eu quero adiantar. — Abri um sorriso. — Acha que consegue contatá-lo até amanhã?

— Vou tentar, mas já está tarde.

— Tudo bem. É importante descobrirmos onde ele estava. O dr. Fuentes também, ok? De qualquer forma, obrigada, Miguel. E se puder passar para a Gutiérrez...

— Vá descansar, Natalia Ortiz. — Ouvi seu riso antes de ele desligar a chamada.

— Pensando no caso até o último segundo? — Pablo se aproximou e ajeitou a alça fina do meu vestido branco de seda. — Você está linda, *bebé*. Chega a ser uma afronta.

— Perfeita para sair com o inspetor. — Daniel trouxe os meus sapatos. — Primeiro encontro, como está se sentindo?

— Confusa? Ansiosa? Pensando que estou traindo o Secret de alguma forma? — respondi, rindo, mas nervosa, enquanto calçava os saltos.

— Você está solteira. Que mal há? — Pablo elucidou, e eu escutei o meu celular vibrando. — Deve ser ele.

Eu estava pirando. Ia sair com Andrés De La Vega. Eu teria um encontro com *o meu chefe*. Tentei afastar o pensamento, porque antes de ele ser o meu chefe, Andrés foi o 27-B. Eu ia ter um encontro com o homem mais bonito que eu já tinha visto. Não, é sério, que tipo de pessoa consegue ficar tranquila? Mesmo eu sendo uma subinspetora, mesmo eu sendo treinada para manter o sangue frio, Andrés despertava em mim um espírito adolescente.

Só de me lembrar do toque dos seus lábios na minha bochecha...

— Oi, aqui quem fala é um dos melhores amigos da Natalia. — Ouvi a voz de Pablo e arregalei os olhos quando percebi que ele tinha atendido o meu celular. — Ah, você já chegou? Ótimo, ela já está descendo. — Pablo desligou o telefone.

— Aproveita — Daniel pediu.

Peguei a bolsa e as chaves de casa, sendo empurrada porta afora por Pablo e Daniel. Meu estômago pulou, de fome e nervoso, quando cheguei ao térreo. Senti as pernas tremerem quando as portas se abriram e o ar fresco da noite tocou a minha pele.

Quando o encontrei...

Naquela noite, ele não era o inspetor De La Vega. Ele era apenas o Andrés.

Dios. Meu cérebro virou gelatina enquanto eu o assimilava encostado em um carro preto, relaxando ao me esperar. O coração bateu nos ouvidos, para depois descer para a garganta e fazer o meu estômago ficar friozinho.

¿Por qué tan hermoso, mi sueño?

Andrés ainda não tinha me visto, estava com a cabeça baixa olhando o celular. Seu cabelo, que sempre ficava bagunçado, estava alinhado e longe do rosto. Ele estava com um paletó vinho, o que foi a coisa mais sexy que eu já havia visto. A peça era na medida perfeita, mesmo com todos os seus músculos e altura. Como se Andrés decidisse brincar entre o casual e o formal, vestiu uma camiseta branca, com gola V, sob o paletó, mostrando um bom pedaço da pele bronzeada. Engoli em seco quando desci a atenção e vi sua calça branca, justa como se me desafiasse a tirá-la.

Andrés De La Vega parecia pronto para um jantar à luz de velas ou para um casamento. Eu, que sempre tentei segurar as minhas emoções e escondê-las, comecei a vacilar. Porque elas começaram a gritar no meu ouvido, acabando com as minhas convicções. Eu não saberia conviver com seu charme, as nossas conversas sobre tudo e nada, o cuidado e até seu humor intenso e protetor sem que ele fosse meu.

Eu não podia suportar a ideia de perdê-lo, mesmo antes de tê-lo.

Andrés, eu estou me apaixonando por você?

Nossos olhares se encontraram no mesmo segundo em que meu coração beirou uma arritmia. Andrés ficou em câmera lenta, como se precisasse de alguns segundos para me assimilar também, seus olhos nos meus por um longo tempo, então descendo para os meus lábios, acariciando o meu pescoço, o vão entre os meus seios, o vestido de seda que se colava nas minhas curvas.

Meus lábios se entreabriram, pedindo ar, pedindo um beijo.

E todas as preocupações sobre o trabalho sumiram.

Andrés guardou o celular no bolso e começou a caminhar na minha direção.

Por que você me leva para a beira de um precipício sem precisar se esforçar?

Sua mão veio para a base das minhas costas, e eu jurei, por apenas um segundo, que Andrés me beijaria. Mas não fez isso. Ele me abraçou. Como se eu fosse alguém de quem sentia saudade. Suas mãos se afundaram na minha cintura, e rodeei o seu pescoço com os braços, experimentando o calor da sua nuca na ponta dos dedos. Andrés afundou o rosto no meu ombro, inspirando meu perfume. Fechei os olhos. Era um abraço do tipo que cola a alma e faz você voar ao mesmo tempo. Senti seu coração bater forte em algum lugar do meu peito e, quando achei que ele ia me afastar, me puxou para mais perto, me erguendo um pouco do chão. Ele deixou seus lábios tocarem a pele entre meu ombro e pescoço, seus lábios se movendo como se quisessem falar, mas sua voz não saía.

— Você é um vislumbre do universo, Natalia. É tão linda. — Por um segundo, senti como se fosse um elogio do Secret. Minhas sobrancelhas franziram, porque isso era algo que *ele* diria. Arrepios cobriram a minha pele. — Eu vou cuidar de você, *pasión.*

Ele vai me dar um encontro maravilhoso, mas também vai cuidar do meu coração mole. Do cacto da minha mesa, espinhoso e machucado. Ele vai me proteger com a sua vida, se for preciso. E não vai nos limitar a três encontros.

Nós dois éramos maduros o suficiente para admitirmos que queremos mais do que isso.

Ainda em seus braços, abri um sorriso, de olhos fechados. Hortelã, couro e ele. Seu perfume era tão forte quanto sua presença.

— Não faça o meu coração ficar ainda mais mole do que já é, Andrés — pedi baixinho.

Ele me colocou no chão, devagar. Respirei fundo quando nos afastamos. Andrés desceu os olhos para a minha boca, suas íris cor de ônix carregando o meu coração. A mão ainda na minha cintura fez um carinho, seu polegar subindo e descendo.

— Não é justo eu ficar fascinado sozinho.

Secret. Secret. Secret. Por que isso estava gritando tanto nos meus ouvidos? Era a minha consciência pesada? Eu sabia que o Andrés estava invadindo o meu coração, assim como nuvens precedem um dilúvio. Da mesma maneira que o Secret...

— A propósito. — Andrés ergueu uma chave para mim. — Eu trouxe o seu carro.

— O quê? — Pisquei.

— É seu. — Ele pegou a minha mão, virou a palma para cima e depositou a chave. — Falei com a Gutiérrez.

O sedan preto e novo me fez abrir um sorriso gigante. Senti aquela centelha de felicidade me preencher por completo, e não conseguia parar de sorrir.

— É sério?

— É você quem vai levar a gente para o encontro hoje.

Tirei os olhos do carro e o encarei. Sua boca aberta em um sorriso, a barba por fazer, os olhos cintilantes, a sua aparência impecável e magnética.

— Andrés...

— Shh. — Ele piscou para mim, entrelaçou nossos dedos e me levou até a porta do motorista. — Espero que a sua carteira de habilitação esteja na bolsa.

— Ah, sim... eu sempre carrego porque nunca sei quando vou precisar.

Andrés abriu a porta.

— É todo seu. — Estendeu o braço, me indicando para sentar. Assim como fez no avião. Assim como fez quando entramos na delegacia. Havia algo diferente nele desta vez, uma determinação em seus olhos. Eu não sabia dizer. — Entra, *pasión*. — Ele riu, erguendo uma sobrancelha.

— Sim, eu só... — Parei por um segundo. *Quem é esse Andrés?* — Você está bem?

— Estou ótimo.

— Há algo diferente em você.

— Eu sei.

— O que é? — perguntei, pairando a centímetros dele.

Andrés umedeceu os lábios cheios e lindos.

— Você vai descobrir algo sobre mim hoje, Natalia. Dependendo de como se sentir, as coisas entre nós vão mudar. Hoje é o dia em que vamos poder ser tudo ou não ser nada. Eu já fiz a minha aposta, e você?

Minha pulsação retumbou com força.

— Eu preciso apostar?

— Precisa.

— O que estamos apostando?

— Nossos corações.

Dios, por que ele era tão bom em flertar? Que armadilha era essa? Onde eu caí? Quando eu havia caído? E por que eu não queria sair?

— Eu aposto, Andrés.

— Tudo?

— Tudo — sussurrei de volta.

Secret não parava de vir na minha mente, como se quisesse me sussurrar um segredo. Memórias do que conversamos passeavam por mim, como se uma lâmpada acendesse e não quisesse mais se apagar. Assim que entrei no restaurante que Andrés reservou para nós, pensei que era como se o universo estivesse me ajudando a juntar as peças que a minha mente, muito traiçoeira, não queria admitir.

Porque seria loucura, não é?

— Música ao vivo? — perguntei para Andrés enquanto a hostess nos guiava para a mesa. Vi a banda tocando salsa e *reggaeton* ao vivo e estremeci. O restaurante era italiano, como Secret gostava, mas também havia música no estilo favorito de Andrés.

Queria te levar para um lugar com música ao vivo, então jantar com você, dividir um vinho e dançar...

Não, era loucura.

— Sim, eu queria te levar para um ambiente assim — ele explicou, casualmente. — Quero jantar e dançar com você.

Eu estava enlouquecendo e tremendo. Me sentei à mesa, dando graças a *Dios* que já havia uma taça com água nos esperando. Andrés se sentou na minha frente, e senti seus olhos em mim, me decifrando.

Secret. Dois empregos. As risadas semelhantes.

Não poderiam ser a mesma pessoa. Secret tinha um telefone dos Estados Unidos, mas talvez fosse um chip de outro país? Não havia sotaque na sua voz, mas pessoas fluentes são capazes disso. A voz rouca e grave de Andrés pela manhã... como era? Eu estava tão constrangida que não conseguia me lembrar. Ouvir algo pela gravação é diferente de ao vivo. Minha mente estava pregando peças.

Mas a intuição...

Senti os olhos de Andrés em mim.

E, por um segundo, apenas o encarei.

Secret tinha o perfil de um homem bem-resolvido. Ele era uma pessoa inteligente, sensual, envolvente e que sabia muito bem separar o emocional do racional.

Exceto comigo. *Como Andrés...*

— Boa noite, aqui está o cardápio.

— Boa noite — Andrés respondeu, sem tirar os olhos de mim. Ele não leu o cardápio, como se não precisasse. — Vocês têm *spaghetti all'amatriciana*? — Andrés falava italiano? — Se sim, acho que será perfeito para a noite. Tanto eu quanto a *pasión* gostamos de pimenta. Parece bom, Natalia? Ou você quer olhar o cardápio?

— Parece bom para mim. De entrada, se tiverem aqueles bolinhos de queijo...

— *Arancini*? — Andrés sorriu com os olhos.

— Sim, isso.

— Perfeito. Vinho tinto para acompanhar? — o garçom ofereceu.

— Ah, sim. *Vin Santo di Montepulciano* — Andrés finalizou, o que pareceu muito italiano e sexy.

Se fosse um vinho caro, um inspetor não poderia pagar. Mas Secret sim. E se Andrés falava tão bem italiano, ele poderia falar perfeitamente inglês.

— A comida deverá levar um certo tempo para ficar pronta. Podem dançar no salão, se quiserem. Trarei o vinho. — O garçom nos deixou.

Me senti à beira de um colapso encarando os olhos de Andrés.

Sim, ele se encaixaria no perfil de Secret.

Ele poderia seduzir por ser quem era, Andrés, e através da sua voz, como Secret. A cada palavra que ele dizia, meu ouvido ficava aguçado, buscando consoantes e vogais do Secret. Mas era impossível saber em idiomas tão diferentes. Sua voz em italiano era ainda mais rouca do que em espanhol, em um timbre diferente. Como seria ouvi-lo falando em inglês?

— Quantos idiomas você fala, Andrés? — perguntei, tentando me manter inteira.

— Espanhol, italiano, inglês, francês e alemão. E você?

— Inglês. — Pisquei. — Como você sabe tantos?

— Eu tenho facilidade com idiomas. Não sei bem por quê. Eu meio que gosto de aprender coisas novas.

— O que mais você sabe?

Andrés pareceu ponderar por um tempo. Seus olhos estavam intensos, como se ele quisesse que eu o visse. *Andrés De La Vega, quem é você?*

— Entendo de computadores, de mixagem de sons, sou um pouco aficionado por literatura e tenho facilidade em aprender.

Mixagem de sons. Literatura. Computador. Secret.

Eu deveria sair do encontro para raciocinar direito? Ou deveria deixar acontecer até o barco bater? Eu poderia perguntar diretamente, mas se ele fosse o Secret, Andrés já sabia que eu era a Anônima, pela forma como o Secret tinha se comportado.

Arrepios cobriram a minha pele quando cacei na memória algum momento em que Andrés pudesse ter...

A mensagem de bom dia quando eu estava no banho?

— Quer dançar comigo, Natalia? — Andrés convidou, a voz suave.

O vinho chegou, e o garçom nos serviu. Peguei a taça e bebi tudo de uma vez. Meu estômago vazio o recebeu como se fosse vinagre; apenas o meu paladar o aprovou. Andrés conhecia meu gosto, convivendo comigo e fazendo refeições ao meu lado. Secret conhecia a minha alma o suficiente para saber que a doçura de um vinho próprio para sobremesa, e não para um jantar, era o que faria o meu coração acelerar.

Pisquei, e Andrés leu o meu comportamento em segundos.

— Natalia, eu...

— Dança comigo, Andrés. — Eu precisava pensar.

Ele abriu a boca para responder, mas não o fez. Se levantou e estendeu a mão.

A pergunta estava na ponta da minha língua, mas eu não consegui deixá-la vir. Agarrei seus dedos ao invés de me agarrar à suposição. Se fossem o mesmo homem, não havia nada neste mundo que me impediria de amá-lo. Da mesma forma que eu teria por Andrés um sentimento que me levaria aos céus, ele seria o único que poderia me destruir se eu caísse.

Fui para a pista de dança com medo do que a minha mente estava arquitetando, sentindo a energia de Andrés mudar. Uma de suas mãos veio para a minha cintura, mas não inteira, apenas o seu polegar pressionado na base das minhas costas, já a outra sustentou nossas palmas coladas, ao lado do meu rosto. A música passou de uma batida suave para algo agitado. Andrés sorriu, ao som de *Cambia El Paso*, da Jennifer Lopez.

— Só preciso que você me deixe te guiar, *pasión*.

Concordei com a cabeça e tentei focar na música que eu adorava, fechando os olhos por um instante. Por mais que eu quisesse ver os olhos de Andrés, precisava senti-lo. Eu precisava ter certeza de que o homem que estava me colocando em seus braços era o mesmo que falava comigo nos fones de ouvido.

E, para isso, eu teria que perder a visão.

Se Andrés achou estranho, não disse nada. Ao contrário, ele pareou nossos rostos, se abaixando um pouco para que não descolássemos. Pude sentir sua bochecha contra a minha, a barba roçando com leveza na minha pele, a minha perna entre as suas, seu calor indo além das roupas e me tocando.

— *Ella vive la vida como un tango* — Andrés cantou para mim, baixinho, assim que a voz da Jennifer soou.

Então, seus quadris começaram a se mexer contra os meus.

Dios. Ele requebrou de um lado para outro, sem me tirar do lugar, rebolando comigo. Mas durou apenas alguns segundos, porque a canção exigia movimento. De olhos fechados, senti o seu perfume, a sua voz, a sua pele, a sua mão firme na minha e os movimentos dos meus músculos cada vez que minha mão deslizava por seu ombro.

Andrés fez nossos passos irem bem rápidos; dois para lá, dois para cá, um para frente e outro para trás. Era o básico, mas com Andrés não havia nada simples. Ele rebolava e circulava o quadril contra o meu, nos juntando, me aquecendo, me fazendo perceber a sua semiereção, querendo me mostrar como seria se eu transasse com ele.

Andrés ficava afetado pela música. Por meu corpo. Por nós.

Minha mente ficou em branco.

Me afastou, me empurrando para longe, sem me soltar de sua mão, e me girou como se quisesse me trazer para perto logo em seguida. Nossos corpos se chocaram e, por mais que eu quisesse abrir os olhos naquele segundo, eu precisava entender quem era o homem que estava tirando o chão dos meus pés.

— *Mi sueño*... — sussurrei.

Ele riu contra a minha testa e o friozinho apareceu no meu estômago.

Ondulando, fomos descendo e subindo, sua mão direita no meu quadril, agarrando a minha carne e o meu vestido, como se exigisse que eu o acompanhasse. Um meio círculo, então outro. Ele respirou no meu ouvido e deixou um grunhido escapar. O calor ficou insuportável quando Andrés raspou os lábios na linha do meu maxilar, sem parar de rebolar bem onde eu estava começando a ficar molhada por ele.

Perdi a noção de tempo e espaço. Eu imaginava que éramos uma linda visão. Passei as mãos por suas costas, minhas unhas subindo e descendo, nossos passos jamais colidindo, sempre se encontrando. Para lá, para cá, dançando por toda a pista designada apenas a mim e àquele homem.

A parte de Rauw Alejandro começou, e Andrés decidiu soltar o meu cabelo, suas mãos percorrendo os fios, como se aquela fosse a primeira coisa que ele ousou despir em mim. Sua boca quase se colou na minha, e pude sentir o cheiro do vinho nos seus lábios. Andrés gemeu e me afastou, os passos mais depressa conforme a música nos implorava por isso. Seu quadril me encontrou, e ele me soltou de suas mãos, colada nele. Ergui os braços até que segurasse seu cabelo, e Andrés passeou com a ponta dos dedos, viajando por mim. Coxas, quadris, cintura, fazendo os bicos dos meus seios endurecerem, a pele se arrepiar, a expectativa me matando, enquanto ele me fodia ainda vestidos.

Como no mundo do Secret, em que tudo é escuro e ficcional, o meu mundo com o Andrés se tornou assim, tão delicioso como um sonho.

— *And it goes like this*... — ele sussurrou no meu ouvido, cantando em inglês.

Meu coração foi de norte a sul. Meus músculos congelaram. Meus tímpanos ficaram surdos. Meu estômago criou asas.

Porque a suposição virou certeza.

— *One, two, step, avanza. All she wanna do is just dance* — cantou em inglês, me confirmando, me desmontando, me permitindo enxergá-lo.

Abri as pálpebras.

O rosto de Andrés estava tão perto que eu não conseguia encará-lo nos olhos. Meu cérebro estava entrando em curto-circuito, mas o meu piloto automático era fantástico, porque eu não tinha desmaiado, eu ainda estava funcionando, ou era Andrés me segurando e me impedindo de cair. Segurei em seus ombros, ofegante pela dança e pela certeza.

Eu estava nos braços do Secret.

Nossos narizes estavam colados, suas mãos passeavam por mim como se me garantissem que ele estava ali. *Estou aqui, Anônima. Estou aqui, Natalia.* Cada pelo do meu corpo se ergueu, por alerta ou prazer, eu jamais saberia dizer.

O homem mais perigoso para o meu coração existia e era a soma de tudo o que eu jamais pensei que poderia encontrar.

— Oi, garota dos sonhos — sussurrou, bem baixinho, sorrindo.

Levei as mãos para o rosto do meu vizinho de poltrona, do meu chefe, do homem que sondava a minha imaginação.

Umedeci os meus lábios, perdida na luxúria que era querer cada parte de Andrés De La Vega.

E o beijei.

Capítulo 17

Diga que você não pode viver sem meu calor
Confesse que você não dorme sem pensar em mim.
Maria Becerra feat RusherKing — Confiésalo

Andrés

É raro alguém te aceitar por ser quem você é. Mais raro ainda alguém enxergar todas as partes suas e dizer sim para cada uma delas. Natalia segurou as laterais do meu rosto, e eu vi, pela emoção nos seus olhos, pelo desejo neles, que iria me beijar, assim como eu falei em sua casa, que só cederia se ela desse o primeiro passo.

Natalia Ortiz estava vendo Secret, Andrés e o homem dos dois.

Carajo.

Os segundos que precederam o beijo fizeram meu coração bater tão forte, porque havia anos eu não me sentia tão conectado por alguém. Na verdade, eu não me lembro se já me senti assim, tão entregue antes mesmo de tocar *en una mujer*.

Seus lábios foram umedecidos pela ponta da língua, sua respiração serpenteou entre nós e, em um segundo, sua boca estava na minha.

Puta madre. Cada pelo do meu corpo se arrepiou, o suor fez a pele queimar em um desejo diferente da dança. Sua boca era macia, e os lábios se encaixaram nos meus com desespero e vontade. Levou um segundo, apenas isso, para eu apertar a sua cintura e trazê-la ainda mais perto. Natalia arfou quando sentiu seu corpo se acomodar contra o meu, e as lágrimas que desceram de seus olhos salgaram nossas bocas.

Essa mujer *se rende e não dá meia-volta, cara.*

A minha pulsação estava uma loucura, mas eu iria tornar aquele beijo o melhor de sua vida, mesmo todo *jodido* como eu me sentia.

De joelhos por Natalia.

A mão que estava em sua cintura a apertou. Levei a outra para a lateral do seu rosto, e Natalia gemeu, enquanto meus lábios passeavam pelos seus, descobrindo o nosso encaixe. Seu lábio inferior no meio da minha boca foi sugado. Então, uma mordida suave no cantinho, instigando-a a abrir mais para mim. Dios, *sua boca era molhada e quente.* Afundei o polegar na sua bochecha, movendo seu rosto um pouquinho para a direita. Natalia deixou suas mãos escaparem do meu rosto, levando-as para os meus ombros, então meus braços, apertando meus bíceps no exato segundo em que minha língua exigiu espaço.

Febre. Tesão. Paixão. Ela.

Minha língua enlouqueceu quando sentiu a sua, o gosto de vinho e desejo me impedindo de ir com cautela. Fui fundo ali, devagar, circulando dentro de sua boca como desejaria fazer com a Anônima, mostrando que não só a minha voz era boa.

O beijo encaixava tão bem que eu conseguia sentir o calor descer de onde estávamos conectados direto para as minhas bolas.

Como se me ouvisse, Natalia deixou um gemido escapar, a ponta das suas unhas marcando meus braços. Ela poderia arrancar sangue que eu não iria me importar. Minha língua fez mais uma volta na sua, mais envolvente ainda, como Andrés, como o seu chefe, como o homem que queria beijá-la e fazê-la se derreter antes que pudesse pensar sobre isso.

Mierda. Dale, Natalia.

Suas mãos foram para o meu peito, e eu dei um curto espaço entre nossos corpos para que ela me sentisse com a ponta das unhas, arranhando a ponto de doer, mas era uma dor tão boa. *Me marca,* pasión. Ela tremeu a língua em volta da minha quando levei a mão que estava na sua cintura para a lateral do seu quadril, apertando e puxando pouca coisa o seu vestido. Estávamos em público, *mierda*. Suas mãos continuaram descendo, até a minha barriga, e foi a minha vez de grunhir em seus lábios quando seus dedos foram por baixo da roupa. Pele. Calor. Aquelas unhas desgraçadas e gostosas, mais suaves, só me arrepiando. Segurei sua nuca, sem nunca parar de beijá-la, envolvendo o beijo por toda volta, abaixo, acima, descobrindo exatamente o que faria o seu clitóris pulsar.

Natalia não queria parar. Nem eu. Mas nós precisávamos.

Nosso ritmo foi reduzindo, minha língua passou a envolver suavemente a sua, devagar até parar e nossos lábios apenas rasparem um no outro. Dei um suave beijo em sua boca, depois no canto direito dos lábios e no esquerdo. Minha pulsação acelerou ainda mais quando fiz isso, o carinho rasgando mais do que o tesão, permitindo a entrada de Natalia direto no meu peito.

Ainda de olhos fechados, respirei fundo, bêbado do seu beijo, processando toda a emoção do que rolou entre nós. Natalia tirou as mãos de dentro da minha roupa e as levou para cima, para o meu coração e peito. A música ao fundo foi voltando aos poucos para os meus ouvidos, assim como nossas respirações.

— Q-Quando você s-soube?

— Naquela manhã do sonho erótico — respondi, minha voz rouca de tesão, como Secret. Natalia estremeceu quando percebeu que entendi sobre o que era a sua pergunta. — Confirmei com a mensagem.

— Por que não me disse? — sussurrou, mas não era uma acusação.

— Por vários motivos, mas... — Parei de falar quando o estômago da Natalia fez um suave barulho de fome. — Vamos jantar. Conversaremos no jantar.

Ela ainda estava tonta quando voltamos para a mesa. Parecia que ao menos uma hora tinha se passado, mas uma música dura apenas quatro minutos e o nosso beijo, apesar de sensação de termos nos perdido um no outro, não foi tão longo assim. O garçom se aproximou com a entrada depois de algum tempo de silêncio.

Lancei um olhar para a Natalia.

Seus cabelos soltos, o elástico branco que ela usou ao redor do meu pulso; ela não se deu conta disso. Os lábios inchados do meu beijo, o batom um tom mais escuro que seus lábios, borrado. Natalia abriu a bolsa, parecendo aérea, e se olhou no pequeno espelho. Pegou o guardanapo e limpou os lábios, colocando-o em seu colo.

Seus olhos em qualquer lugar da mesa, exceto em mim.

— Coma — pedi.

— Pode deixar.

Respirei fundo.

— Eu esperei, porque queria que você me sentisse sem que eu precisasse falar. Um encontro, como o Secret e o Andrés, pareceu a melhor maneira — expliquei, nos servindo mais vinho. — Pensei em esperar uma semana para a gente conseguir alinhar um pouco as nossas vidas, o trabalho está uma loucura, mas não aguentei. Eu precisava desse encontro. Queria que você soubesse. Está chateada comigo por não ter dito na hora?

Ela engoliu o *arancini* com dificuldade, enquanto eu podia sentir o sabor de sua boca na minha, mesmo depois do vinho.

— Eu não te culpo por não ter me dito no momento em que descobriu. Andrés, não sei o que eu faria no seu lugar. — Natalia parou de comer e me encarou. — É tão óbvio que não sei como não percebi antes. Mas parecia tão surreal ser alguém do meu convívio, eu só...

— Eu sei.

— Eu te beijei quando tive certeza de que vocês eram a mesma pessoa.

— Não estou reclamando. — Sorri.

— Mas, ainda assim, o Secret, quer dizer, você... — Resfolegou quando pareceu se dar conta de que estava em um encontro com o cara dos áudios. Eu sabia que Secret a desestabilizava. Que Natalia havia se tocado pensando em mim, sem saber quem era do outro lado. Que a conexão que criamos no trabalho e fora dele parecia incomparável. — Você, como um...

— *Dirty talker.*

— *Dirty talker.* — Natalia fechou os olhos por um segundo e respirou fundo. — Você é um *dirty talker* profissional.

— Sou.

— E um inspetor.

— Você está tentando se organizar mentalmente, Natalia?

— Eu preciso porque o meu coração está maluco. — Ela deu a risada mais nervosa e constrangida do mundo. — Você tem uma aura tão perigosa, Andrés. É como se fosse o ponto fraco de uma mulher em todos os pré-requisitos. Acho que você é demais para lidar.

— Isso foi um elogio?

— Foi.

Peguei sua mão sobre a mesa, envolvendo nossos dedos. Natalia bebeu todo o vinho da taça, de uma só vez, como se isso a acalmasse.

— Sei que é um choque para você. Pode acreditar, eu pirei pra *carajo* quando descobri. O *dirty talk* é uma parte da minha vida que, exceto os meus primos, ninguém mais sabe. Eu não deixo as pessoas terem acesso, porque é um risco para a minha carreira. Mas não é só isso.

Natalia tirou um tempo para absorver as coisas, talvez *me* absorver. O jantar chegou, começamos a comer e, quando Natalia pareceu pronta para falar, ergueu os olhos para mim. Estavam tão vulneráveis, com um receio imenso de que eu fosse machucá-la.

Mas eu não vou, Natalia. Só preciso que você confie em mim.

— Uma parte do motivo de você não se envolver emocionalmente é o *dirty talk*? — Natalia perguntou, me lendo além do óbvio. Ela sempre fazia isso: me quebrava. — Você teme que uma pessoa que conheça o Andrés não aceite o Secret?

Enquanto girava o macarrão ao redor do garfo, eu pensava em uma resposta. A sinceridade. Eu seria aberto sobre cada coisa que ela quisesse saber.

— Sim. Quer dizer, não mostro partes do meu corpo, é só uma voz. Mas uma mulher ao meu lado poderia considerar traição. Eu não me sentiria confortável em omitir também, *carajo*. Eu… — Natalia me encarou, enquanto eu me perdia nas palavras. — Seria complicado demais ter que explicar o que faço. O quanto esse trabalho pode ajudar as pessoas também, não só a mim. Eu jamais abriria mão dos meus ouvintes e do relacionamento que construí com eles. Então, dá para ver por que é difícil? Uma mulher da vida real entender que eu também posso ser algo imaginário… para outro alguém?

Natalia pareceu começar a se tranquilizar. Seus ombros foram abaixando, a tensão de seus músculos, cedendo. Eu, que achei que falar sobre isso com ela seria constrangedor, fui surpreendido quando minha subinspetora deixou um suspiro escapar.

— Você acha que uma coisa precisaria anular a outra? Que namorar na vida real te faria obrigatoriamente parar o *dirty talk*?

— Sim.

Natalia tomou mais vinho.

— E como são os sons? — ela perguntou, os olhos intensos me medindo. — São efeitos sonoros ou sexo real?

— Os beijos são efeitos sonoros, o som do sexo e o bate-bate dos quadris sou eu mesmo transando. Não com uma mulher, com brinquedos sexuais feitos para homens.

— Não é uma mulher com você? — Sua voz subiu uma oitava.

— Não. — Ergui uma sobrancelha.

— Ah. — Natalia ficou confusa por um segundo. — Ah, tudo bem. Você cria os textos, os roteiros dos áudios, você... não dorme, Andrés?

— Eu me programo nas minhas folgas de vinte quatro e quarenta e oito horas. Deixo tudo organizado para o site fazer o upload dos áudios sozinho. Estou sempre adiantado, com exceção... — Fiz uma pausa. — Eu mudei o cronograma quando fiz um áudio exclusivo para você.

Eu vi Natalia estremecer. Como se lembrasse da minha voz em seu ouvido.

— Como é para você saber que eu sou a Anônima? Como isso... *Dios*, Andrés. Como a gente lida com isso?

— Eu diria que é esquisito, maravilhoso e único. — Deixei uma risada rouca escapar. — Criei uma conexão com você e cheguei a pensar em te convidar para sair, independente do lugar em que você morasse. Brasil, Islândia, Grécia, Coréia... não importa. Saber que você estava ao meu lado facilitou as coisas. Pela Natalia, pela Anônima. Eu fui afetado pelas duas. E quer saber a verdade? Eu só penso que, mesmo se existissem os quatro dos seis continentes entre nós dois, eu ainda acharia uma forma de te encontrar.

Como se nos seus olhos dourados e esverdeados um cometa aparecesse, vi um flash de reconhecimento e entendimento, paixão também, passar por suas íris.

— E como é para você? — perguntei. — Saber que sou os dois homens?

— Achei que estava enlouquecendo por querer duas pessoas ao mesmo tempo e de formas complementares. O Secret me encantou pela sensibilidade, senso de humor e por parecer ter acesso a minha alma de forma que nenhum outro homem jamais teve. O Andrés pela força de caráter, beleza e intensidade. É estranho agora juntar isso. Saber que apenas *um homem é capaz de me desestruturar tanto. Cada lado seu que eu conheço me deixa mais atraída, Andrés.*

— Isso é ruim?

— Eu te avisei que o meu coração é mole.

— E eu te avisei o que a gente estava apostando hoje — rebati.

Natalia suspirou fundo. Continuamos a comer até que os pratos estivessem vazios. Pude sentir Natalia ficar mais relaxada quanto mais conversávamos. Ao mesmo tempo, sabia que sua mente estava rodando em todos os cenários possíveis.

A sobremesa foi *pannacotta* com geleia de damasco. Natalia quis repetir o vinho e eu fiquei apenas em duas taças bem-servidas, pensando que eu poderia dirigir na volta. Quando a sobremesa estava quase acabando, observei-a. Os seus cabelos bagunçados, a sua boca recentemente beijada por mim, o calor em suas bochechas que a dança, nós dois e o vinho causou. Foi a minha vez de exalar com força.

— Natalia, olhe para mim.

Ela ergueu o rosto da sua última colherada da *pannacotta*.

— Eu disse que, para mim, é tudo ou nada — murmurei. — Posso ser sincero?

Ela assentiu.

— Ok. — Prendi a respiração, enquanto Natalia descia os olhos para a minha boca. — Me sinto atraído por você, encantado pra *carajo* e envolvido o suficiente a ponto de pensar se você tomou café da manhã antes mesmo de eu perceber que estou com fome. Quero te conhecer cada vez mais, Natalia. Quero me perder no que é seu e no que é meu. Eu até já gosto do cacto que está na sua mesa, adoro a decoração doce da sua casa e já li todos os romances eróticos que tem na sua sala mesmo antes de ter te conhecido. *Carajo*, nós temos o mesmo gosto para música, comida e o mesmo senso de dever com o trabalho. Ao mesmo tempo, existe uma Natalia que me surpreende. Que tem um tapete antiderrapante de coelho que fica olhando para as partes íntimas de todo mundo que entra lá. — Ela riu no meio do meu discurso, o som mais bonito do mundo. — Eu quero saber todos os seus segredos, eu quero tudo o que você puder me oferecer, porque você me ilumina por dentro. E não é o tipo de coisa que é fácil para o coração de um De La Vega.

Natalia deixou a colher pousar lentamente na taça da sobremesa.

— Você me faz querer alguma coisa além da superficialidade. Eu quero você bem mais do que eu poderia estar dizendo num primeiro encontro — continuei.

— Andrés, eu...

— Mas — continuei —, apesar de eu estar te falando tudo isso, sobre como eu me sinto, sei que não depende só de mim. Existe você, o seu coração, que estava fechado quando me conheceu. Existe você e a sua proteção, sua ética profissional e o quanto você quer que a sua vida esteja alinhada antes de começar qualquer coisa com alguém. *Dios*, Natalia, você não se envolve sexualmente por medo de se apaixonar. Eu entendo, eu te leio, seu coração vem com um manual de instruções.

Ela continuou me encarando como se me visse pela primeira vez.

— Eu tenho a sensibilidade do Secret, mas posso ser o Andrés, se você quiser. Podemos parar por aqui. Ou vivermos uma noite, cinco noites, dez noites. Você pode estabelecer números, se quiser limitar nós dois e se proteger. Ficar comigo seria guardar um segredo ao meu lado e de todas as pessoas que você conhece. Não sei se você está disposta a me entender como um *dirty talker*. — Fiz uma pausa, consciente dos seus olhos nos meus. — Mas existe também a opção em que você pode simplesmente...

Permitir que eu me apaixone por você.

— Nos deixar fluir — finalizei.

Não sei se falei as palavras certas; eu não era o personagem de um livro de romance para saber que porra dizer em uma situação dessas. Além do mais, fazia anos que eu não me relacionava, nada além de sexo e perguntas mecânicas.

De qualquer maneira, eu queria que Natalia tivesse uma escolha, um poder de decisão sobre como seríamos, ainda que uma parte minha fosse morrer se ela nos limitasse.

Mas eu a respeitaria.

Dios, eu frearia tudo e me afastaria, se ela temesse o que poderíamos ser.

— Eu posso pensar? — ela indagou. Eu queria tocá-la, queria beijá-la, mas não o fiz.

Natalia precisava de espaço. E o meu coração foi reduzindo até ficar bem pequeno.

— Claro, você deve. É uma decisão importante demais para ser tomada no impulso.

— Não, eu só preciso digerir isso tudo.

Chacoalha mais um pouco a minha alma.

— Posso te levar para casa?

Ela assentiu.

Natalia Ortiz. Subinspetora. De Valência. A mulher que estudava o comportamento de assassinos também se emocionava ao ouvir as palavras de um homem em um encontro. Ela era doce. Sua boca era feita de vinho, seu cheiro era delicioso e seu coração, feito de açúcar.

Eu só poderia provar que não a machucaria, vivendo isso com ela. E se ela me desse um sim... Esteban e Rhuan que me perdoassem, mas teríamos mais um De La Vega apaixonado pra *carajo* nessa família.

Capítulo 18

Algo está me dizendo que estamos ficando sem tempo.
Faça o certo.
Se é para desmoronar, eu quero.
Azee — Fahrenheit

Andrés

Levei Natalia para sua casa e deixei o seu novo carro no estacionamento. A despedida foi tão estranha, como se ela estivesse comigo, mas sem estar. Precisando pensar e espairecer a cabeça, fui embora a pé.

Natalia e o seu beijo. Natalia e a sua entrega. Eu fui intenso demais? Secret misturado à minha personalidade era uma combinação perigosa que eu nunca tinha deixado que uma mulher tivesse total acesso. Mas Natalia... Meu coração ficou apertado no segundo em que meu corpo começou a se lembrar da sua língua ao redor da minha, a maneira que as suas curvas se encaixavam nas minhas mãos.

Tomei um banho demorado de banheira quando cheguei. Vesti uma boxer e, quando vi o celular em cima da cama, percebi que Esteban havia enviado uma mensagem no grupo com os primos, perguntando se eu tinha contado para Natalia sobre quem eu era de verdade. Não estava com ânimo para conversar com meus *hermanos*.

— Volte a si, Andrés — pedi a mim mesmo quando percebi que minha cabeça não estava correndo em direção alguma. Não que eu estivesse estressado ou coisa assim, mas era uma ansiedade crescente, uma agonia por não ter uma resposta.

Me escolhe, Natalia.

Respirei fundo, peguei uma garrafa de vinho e bebi do gargalo mesmo, descendo as escadas. Abri a porta do meu estúdio de gravação e me sentei na poltrona. O papel em branco me encarou de volta, o título do áudio e o roteiro que eu precisava escrever a única coisa rascunhada. A cena na minha cabeça era foda e eu precisava disso, eu precisava do *dirty talk*. Era a única coisa que me permitia relaxar.

Comecei a rascunhar a ideia, consciente de que agora eu tinha uma musa para preencher a silhueta vazia na minha mente.

Bebi mais vinho, me lembrando do gosto da bebida em sua boca.

Mierda, meu corpo começou a ficar aceso e a caneta tremeu nos meus dedos enquanto eu escrevia a cena erótica. Mordi o lábio inferior, incomodado, mas não ia parar. Precisava estruturar os áudios com antecedência e programá-los.

Quando já estava quase conseguindo finalizar a escrita, uma luz vermelha acendeu próximo ao teto, deixando-me saber que havia alguém na porta da frente e que tinha tocado a campainha.

— Porra, a essa hora? — Poderia ser Esteban ou Rhuan.

Saí do estúdio e subi as escadas, chegando na sala. Senti um frio na espinha quando pensei na possibilidade de não ser meus primos, mas algo relacionado ao trabalho. Coloquei uma mão na maçaneta, a pulsação acelerando, a garrafa de vinho na outra.

— Quem é?

— Sou eu — a voz suave e feminina soou do outro lado.

Abri imediatamente, meu coração indo do peito à boca, quando meus olhos encontraram os dela.

— Eu gosto da maneira que você arregaça as mangas da camisa cada vez que estamos estudando um caso, eu adoro a forma como você agradece ao Miguel com um olhar, além das palavras, toda vez que ele traz o café. Acho lindo o jeito que você mastiga e até como bebe um chope; sempre forma um suave bigode.

Natalia Ortiz.

Ela colocou uma mecha do cabelo solto e molhado do banho atrás da orelha. Estava com um vestido simples e preto dessa vez, como se tivesse colocado a primeira roupa que encontrou. As sandálias nos pés errados quase me fizeram sorrir ao imaginar a pressa para vir até mim.

— Você passa a mão no cabelo quando está nervoso e leva a mão até a arma por instinto quando sente uma ameaça. Gosto de como sei que você está chegando ou como sei que você esteve naquele lugar, porque o seu perfume invade o ambiente e denuncia a sua presença. Adoro o quanto você não consegue segurar a sua intensidade, como se houvesse uma fera indomável dentro de você. — Seus olhos brilharam. — Mas, especialmente, amo a sensibilidade que você mostra como *dirty talker*. É o seu coração criando mil amores sem se permitir viver nenhum deles. Eu adoro que você queira se permitir viver algo comigo, Andrés. Eu amo o risco que correu ao me levar para jantar e abrir cada parte sua para mim. Só precisei de uma hora para me organizar mentalmente e também de uma ligação para o Miguel para conseguir o seu endereço.

Ela viu cada parte minha e aceitou tudo.

Meus olhos dançaram por Natalia. O vestido preto não escondia os bicos durinhos dos seus seios pelo vento lá fora, a boca entreaberta, buscando ar; mesmo com o carro atrás dela, denunciou que ela correu até a minha porta. Algumas partes do seu vestido estavam coladas no corpo, como se tivesse saído do banho sem se secar direito.

— Você não vai dizer nada? — Ela pareceu confusa, minha mente levando nós dois para um infinito de possibilidades.

Natalia umedeceu os lábios quando percebeu como eu estava vestido.

Eu abri um lento sorriso.

Capítulo 19

Convoquei você, por favor, venha até mim
Não esconda dos seus pensamentos o que você realmente quer.
Elley Duhé — Middle Of The Night

Natalia

Em um instante, escorreguei meus olhos por Andrés. Para a garrafa de vinho em sua mão e seus ombros largos e musculosos. O tórax definido parecia saltar junto com as veias bem-marcadas, escolhidas a dedo por *Dios* para torná-lo ainda mais impressionante. Não, Andrés não era só gostoso, ele tinha sido desenhado para que uma mulher cometesse uma loucura, como pular em cima dele e lamber cada centímetro da pele.

O tom bronzeado era um absurdo e não havia sequer um pelo em seu peito liso. Desci os olhos, como se estivesse fazendo um *tour*, pairando na barriga com oito gomos salientes e perfeitos, a trilha de pelos do umbigo para baixo e o V erótico em seu quadril. Dios*, que vontade de percorrer com a ponta dos dedos e depois com a língua.* Mas então percebi que havia uma tatuagem no lado esquerdo, talvez a única, escondida por apenas uma...

Boxer.

Mordi o lábio inferior quando vi a única peça preta, com uma faixa branca, escrito Calvin Klein. E o seu pau bem-marcado, ainda que não parecesse completamente duro, apontando para a esquerda.

Meu cérebro apagou.

Era isso, Andrés ia me fazer desmaiar.

Mas eu ainda tive tempo de olhar para as suas coxas enormes, me lembrando dos seus músculos lutando contra a calça jeans no avião, agora entendendo bem o porquê. Até suas panturrilhas eram malhadas. A cada pedaço de pele, meu corpo se acendia mais. Senti os mamilos ficarem ainda mais duros e uma vontade descer do meu umbigo para...

— Entra. — Andrés deu um passo para o lado.

Resfoleguei. Eu queria beijá-lo. Eu queria subir em Andrés e só sair de cima dele quando desabasse. *Mas por que ele parecia tão...?*

— Só isso? Entra? — indaguei, minha respiração ofegante.

A minha parte racional queria me prender ao fato de que, mesmo Andrés sendo Secret, ele ainda era o meu chefe. Se tudo entre nós desse errado, seria horrível trabalharmos juntos. Mas o meu coração ganhou quando ponderou tudo o que os dois homens, que eram um, representavam para mim.

Então, eu estava na porta de Andrés *Secret* De La Vega.

E o queria tanto que mal podia colocar em palavras, embora eu tivesse tentado.

— Eu estava concentrado em uma coisa, pensando em você, então, como se eu tivesse te conjurado, você apareceu na minha porta. — A voz dele parecia tão sexy, tão rouca, tão Secret. — O meu cérebro apagou por alguns segundos.

— Está ocupado? Eu posso...

— Não. Eu quero você bem aqui, *pasión*. Então, por favor, venha.

Andrés virou as costas, e eu fechei a porta; sua bunda linda e musculosa na cueca levou meus olhos para lá. O convite era para segui-lo, não para admirar as suas costas deliciosas e a sua bunda...

Sua casa era ampla, grande demais para um homem sozinho. O ar-condicionado estava ligado, me arrepiando ainda mais, e passei alguns segundos processando o que via. À direita havia a sala, que mesclava tons de cinza-claro, cinza-escuro e preto. O sofá de couro ficava em frente a uma TV gigante. E ainda havia um ambiente com lareira, poltronas que combinavam com o sofá e uma estante de livros. À esquerda, percebi que sua cozinha americana era cinza-claro. Fomos além, por um corredor pequeno e então uma escada que nos levava para baixo.

— É agora que você vai me mostrar uma sala de BDSM?

Andrés se virou para mim. Levou alguns segundos para ele entender do que eu estava falando, suas sobrancelhas se ergueram em reconhecimento e ele riu.

— Os meus gostos peculiares você já conhece, Natalia. — Ele pegou a minha mão. — Vem comigo.

Eu adorava como ele me segurava, mesmo que não precisasse, como se quisesse se fazer mais presente. Podia ver a personalidade de Secret em suas nuances, assim como o Andrés que trabalhava comigo.

A junção era espetacular.

Descemos as escadas, minhas pernas tremendo, a pulsação no meu pescoço acelerada. *O estúdio?* Meus olhos confirmaram assim que ele abriu a porta acolchoada.

— *Dios, mi sueño.*

Com certeza não era como eu imaginava, uma cabine à prova de som pequena e um microfone apenas. Não. Era um estúdio profissional à esquerda, com uma parede de vidro que dividia os ambientes, a mesa de mixagem de sons, laptops, fones de ouvido, dois microfones profissionais, além de muitos aparelhos que eu não conhecia.

A poltrona preta com o S, a logo de Secret, bordada no encosto, me fez estremecer.

À direita, havia uma sala tão bonita que meu queixo caiu. O sofá de tecido nude em L contrastava com as paredes escuras e combinava com a meia-luz que Andrés deixava ligada. Então uma poltrona no espaço vazio. Havia algumas almofadas pretas no sofá. Meus olhos passearam pelas paredes, e a logo S e alguns quadros chamaram a minha atenção.

Andrés tratava Secret como uma profissão. Ele levava a sério cada um dos seus áudios e, especialmente, a importância do que fazia. Ao redor do S de Secret havia pequenos quadros com silhuetas femininas. Corpos curvilíneos, de diferentes proporções e tamanhos, altura e largura.

— O que é isso? — perguntei, parando em frente a um armário de vidro.

— São todas as coisas que preciso para fazer os sons. Zíperes, tecidos, brinquedos sexuais, lubrificantes. Algemas e cordas para os áudios BDSM, etc. Alguns sons são de *samples* na internet, que são pequenos trechos de algo que já existe, como uma festa ou conversas ao fundo de um bar. O resto é por minha conta.

Andrés deveria levar horas fazendo isso.

Ele me estendeu a garrafa de vinho, me pedindo com os olhos para eu segurá-la. Então, pegou a poltrona da sala e foi caminhando até a parte do estúdio de gravação. Eu o segui. Andrés colocou a poltrona perto da cadeira dele.

— Senta, *pasión*.

— Aqui?

— Sim. — Seus olhos sorriram.

Dios, ele ia me mostrar o Secret? Ele ia me apresentar aos bastidores?

Me sentei e Andrés pegou o vinho das minhas mãos, colocando-o sobre a mesa.

Ele se sentou confortavelmente e me estendeu um fone de ouvido grande, que eu encaixei na cabeça. Minha pulsação, que antes estava acelerada, começou a correr com ainda mais velocidade nas minhas veias quando Andrés se ajeitou. Ele pegou um pequeno controle remoto.

As luzes se apagaram, nos deixando na completa escuridão.

E, então, todas as lâmpadas se acenderam em um vermelho vivo. Minha respiração ficou suspensa quando pisquei e vi Andrés De La Vega na cor da luxúria.

Seminu.

Ele apertou um botão na mesa e colou seus lábios próximo ao microfone.

— Depois de passar por quatro mesas, acho que encontrei com quem quero conversar hoje à noite. — A voz em inglês soou. *Secret*. E por mais que o meu instinto me pedisse para fechar os olhos sempre que o ouvia, vê-lo ao vivo e sob a iluminação vermelha era centenas de vezes melhor do que imaginá-lo.

Eu não queria piscar.

Os olhos de Andrés focaram em mim, causando uma tempestade no meu estômago. Meu corpo ficou aceso com o jeito que ele me olhou, como se quisesse me devorar, escorregando a atenção por mim, parando no meu decote. Me remexi na poltrona.

— Hum... — ele gemeu, um sorriso se formando em sua boca, tão preguiçoso. Ele colocou uma de suas mãos atrás da cabeça. Seus olhos se estreitaram. — Me diz uma coisa, você está aqui para encontrar o homem da sua vida ou uma noite e nada mais?

Andrés sorriu.

— Então, o homem da sua vida pode ser do signo de touro, gostar de comidas deliciosas, de uma noite preguiçosa de filmes enquanto chove lá fora, ele pode ter uma voz que te faz dormir e relaxar. — O timbre de Andrés desceu um pouco, ficando calmo, bem tranquilo. — Mas ele também é capaz de te deixar bem molhada e quente, se quiser — brincou, com o timbre sensual.

Sua língua passeou por seu lábio enquanto o vermelho que pintava a pele do homem na minha frente parecia torná-lo ainda mais intenso. Seus mamilos ficaram tão duros quanto os meus e os pelos de seu umbigo se ergueram. Andrés abriu os lábios para respirar, e o meu clitóris pulsou.

— Você pode descobrir isso se me der uma chance de te mostrar. Eu só preciso dessa garrafa de vinho e da sua companhia. Quer sair daqui?

Ele apertou um botão, como se pausasse, então se ajeitou na cadeira para voltar a ler o roteiro. Entraríamos na segunda cena. Lentamente tirei os fones de ouvido, apoiando-os em cima da mesa, espiando o papel. Era isso, a próxima cena era em um quarto. Andrés viu a minha curiosidade e me lançou um olhar de canto e um sorriso perigoso de quem sabia que estava acabando comigo.

— Você está me olhando como se quisesse me tocar — sussurrou quando apertou o play, os olhos fixos nos meus. Sem os fones, sua voz era mais real e parecia dançar em sua língua. Meus seios pesaram sob o vestido, a barriga ficou quente, os lábios da minha vagina inchando à medida que sentia a atenção de Andrés me despir.

— Mas a verdade é que estou desesperado para colocar as mãos em você — Andrés grunhiu, o que foi um tiro direto no meu clitóris. — Então arranca essa roupa para mim bem devagar enquanto eu te assisto.

Me levantei em silêncio. Todas as inseguranças com o meu corpo desapareceram. Talvez ele estivesse esperando uma reação física, mas não estava esperando que eu seguisse o roteiro, muito menos fazer o que foi pedido. Percebi em seus olhos, que se estreitaram, a boca entreaberta, quando agarrei a parte de baixo do vestido e, aos poucos, comecei a passá-lo por meu corpo. Pelos quadris, pela minha cintura, pelo umbigo, pelo início da minha barriga e os meus seios. Só por um segundo, o vestido ficou sobre os meus olhos e, então, joguei tudo no chão.

Sem sutiã, com apenas uma calcinha de renda cor-de-rosa, encarei Andrés.

Ele passou os olhos pela minha pele, descendo e subindo, vendo os meus quadris largos, a cintura estreita, a minha barriga, a calcinha já molhada. Sem seu toque, só com sua voz. A tensão entre nós crepitava; um desejo que eu nunca havia sentido na vida. Meus mamilos ficaram mais arrepiados quando Andrés os encarou e umedeceu a boca. Respirando ofegante, me aproximei, ficando entre suas pernas. Ele inclinou a cabeça para trás, querendo me ver, e sua respiração bateu em alguma parte da minha pele.

— *Porra* — ele sussurrou, perdido nos meus olhos. Envolvi sua nuca com os dedos. — Quero sentir sua bunda nas minhas mãos, suas coxas, sua pele, cada parte.

Me ajoelhei aos seus pés.

Minhas mãos passearam por suas coxas, a ponta das unhas sentindo os pelos, os músculos. Andrés jogou a cabeça para trás, enquanto eu o arranhava, marcando-o como meu. Meus olhos foram para a ereção que estava completamente dura e incontida na boxer. Pude ver a glande escapar do elástico, precisando da minha boca.

Andrés segurou a minha nuca e me fez olhá-lo nos olhos.

Ele estava implorando.

— Posso deixar gravando? Só para nós dois?

Assenti.

— Então, me dá essa boca — falou em espanhol.

Andrés não me beijou. Ele me devorou.

Mordeu o lábio inferior e exigiu espaço para a sua língua entrar. Afundei mais as unhas em suas coxas, perdida na sensação de tê-lo. Seu beijo era um veneno doce que, antes que você perceba, está arrancando cada pedaço da sua alma. O jeito que a língua rodava em torno da minha iluminava cada ponto erógeno do meu corpo, toda a tensão e todas as vezes em que quis beijá-lo, como Secret e como Andrés, colidindo.

Deixei que ele brincasse no beijo, deixei que me consumisse. Enquanto isso, minhas mãos começaram a passear por aquele corpo rígido e firme, todo másculo. Sua barriga, seus mamilos duros na ponta dos meus dedos. *Como ele é delicioso.* O gemido de Andrés, que eu engoli, desceu pela minha garganta quando toquei sua ereção em cima da boxer. Abaixei a peça em um desespero de senti-lo e saí de seus lábios num instante, descendo para lamber a glande ao invés de sua língua.

Se eu estava perdendo o juízo, Andrés estava enlouquecendo.

— Na-natalia — sussurrou, entre um fôlego e outro. Sua mão agarrou o meu cabelo solto. Circulei a minha língua em volta da cabeça do seu pau, meus lábios raspando ali, então descendo em linha reta até as bolas, que ainda estavam escondidas pela boxer. Seu pau era gostoso, quente, longo e grosso e latejava a cada lambida. Subi de novo, engolindo sua glande, levando-o até o fundo da minha garganta ou o máximo que conseguia. — Você me coloca todo na boca, *pasión*. Você chupa um caralho tão bem.

Meus quadris começaram um vai e vem instintivo, enquanto eu respondia um *uhum* ainda o chupando, imaginando como seria tê-lo dentro de mim. Eu estava tão molhada que podia me sentir escorregadia. Chupei Andrés, sugando minhas bochechas, os lábios mantendo meus dentes longe, apenas a minha língua e a sucção.

— Você está sentindo a sua boceta pulsar enquanto me deixa rendido, Natalia? — perguntou, rouco, grave.

Fiz contato visual com ele. Eu queria ver o seu rosto enquanto dava prazer para aquele homem. Os cabelos uma bagunça, o olhar vertendo desejo, a pulsação acelerada no seu pescoço. Andrés mordeu o lábio inferior e acariciou meu rosto, o polegar pairando onde meus lábios o recebiam.

— Você gosta disso. — Um brilho passou por seus olhos. — Você gosta de chupar o meu pau, Natalia. É por que te fiz gozar demais pelos fones de ouvido e você quer me retribuir?

Secret. Dios. O som estalado, molhado, desesperado, sob aquela luz quente e perigosa me fez entender o quanto eu estava fora de controle. Mas continuei sugando, aproveitando para senti-lo, para fazê-lo tremer. Era delicioso, e eu não ia aguentar mais. Se eu me tocasse, gozaria e...

— Pode acreditar, você me recompensou nos meus sonhos, enquanto eu fodia mentalmente a sua boceta e imaginava como seria gostoso ouvir você gemendo o meu nome. Agora, a gente vai parar porque você gozou com a minha voz, mas não na minha boca ainda.

Ele me afastou do seu pau e me beijou de novo, se levantando da cadeira e me deixando em pé junto com ele. Toda a sua altura e o seu calor me deixaram louca. Beijá-lo em pé, com as pernas trêmulas, era demais para mim. Como se lesse meus pensamentos, suas mãos agarraram a minha bunda, me sustentando. Andrés apertou cada nádega, moendo-as e afundando os dedos na carne. A língua fez apenas uma volta na minha antes de ele escorregá-la, descendo por meu pescoço, me sugando ali.

— Eu vou chupar cada pedaço seu, Natalia. Eu vou deixar a sua pele marcada da minha boca. Eu vou lamber você inteira até você gritar o meu nome. Porra, é loucura o quanto quero foder você. Estou duro pra *carajo*.

Toquei sua ereção, terminando de abaixar a cueca até que ela caísse e Andrés se livrasse dela com os pés. *Dios*, eu não conseguia fechá-lo em meus dedos. E estava tão molhado da minha boca, tão quente, pulsando.

— Você quer me foder, Andrés?

— *Pasión*... — Ele soltou uma risada rouca, incrédula.

— Eu quero também.

Andrés tirou uma das mãos da minha bunda e segurou delicadamente o meu maxilar, me fazendo olhá-lo. Seu polegar na minha bochecha, suas íris em chamas; meu reflexo em suas pupilas dilatadas. O cheiro de vinho e sexo inebriando o ar. Andrés olhou dentro de cada um dos meus olhos, como se quisesse ter certeza de que eu estava ali com ele.

— Em cada lugar que as minhas mãos estiverem, a minha boca vai estar. Essa é a regra. E depois o meu pau vai entrar bem gostoso em você, e nós dois vamos assistir. Você vai ver exatamente como a gente se encaixa, Natalia. E vai gostar pra *carajo* disso. Agora, abre essas pernas para mim e me deixa chegar na sua boceta.

Me ergueu em seu colo, apenas para me colocar sentada na poltrona.

Andrés foi para o chão e eu... *Dios*. Seu cabelo estava bagunçado, suas mãos nas minhas coxas, me espaçando e colocando cada perna apoiada no lugar onde estavam seus braços. Andrés, ao invés de rasgar a minha calcinha, apenas deslizou-a para o lado, as costas dos seus dedos raspando na minha vagina molhada, enquanto meu quadril fazia um giro automático, querendo mais daquilo.

Mierda, Andrés.

— Essa boceta está toda aberta e molhada para mim, Natalia. — Andrés pegou a garrafa de vinho. — Eu quero beber você.

Me surpreendendo, uma trilha da bebida escorreu do meio dos meus seios até o umbigo. Andrés me fez agarrar o seu cabelo quando sua língua tocou a minha pele, meu quadril indo para frente, minha boceta tocando algum lugar de Andrés. A língua desceu entre o vão, indo para a minha barriga, percorrendo a volta do umbigo. Ele deixou o vinho cair no meu mamilo e o abocanhou, sugando, chupando, me deixando tremer. Então mais uma trilha da bebida gelada e sua língua quente em outro mamilo, escorrendo para a cadeira, mas Andrés não pareceu se importar. Ele lambeu e chupou do meu pescoço aos seios, as costelas e sobre minha barriga, indo para baixo. Cada vez que ficava mais perto, Andrés gemia e eu tremia.

Escutei a garrafa tocar o chão.

Andrés segurou um dos meus peitos com a mão, chupou o bico do outro e seus dedos tocaram o meu clitóris.

Acho que eu gritei. Ou gemi. Ou quase gozei.

Eu estava na beira.

— Andrés... — sussurrei quando a fricção começou a ficar mais gostosa.

— Seu clitóris está tão duro, *pasión*. Você vai gozar rápido?

— Se você continuar, sim... eu...

Pude sentir o ponto túrgido ainda mais rígido, e Andrés riu, prendendo meu mamilo suavemente entre seus dentes, depois liberando-o enquanto o abocanhava. Era como se ele estivesse em cada parte de mim, pele com pele, sua mão se dedicando sem parar em um dos meus peitos, sua língua no outro, o polegar no clitóris e...

— *¡Puta mierda!* — xinguei quando dois dedos entraram onde eu mais o queria, sem parar a língua em volta do meu seio, enquanto estocava deliciosamente na minha vagina.

Comecei a rebolar, entrando no ritmo, e foi aí que as coisas foram além do que eu podia aguentar. Andrés saiu dos meus seios e desceu com a língua, lambendo o meu clitóris de cima a baixo, apenas para tremer a ponta por toda a volta, os dois dedos entrando e saindo com pressa.

Agarrei meus seios, fazendo um círculo com meu quadril em sua boca, o prazer punindo tanto a minha cabeça que eu não conseguia pensar em nada além de ter um orgasmo com Andrés me chupando. O jeito que sua língua brincava era diferente, tão rápida, quase dando suaves tapas no meu clitóris, para depois acelerar e acelerar, girar e girar. Isso somado aos dedos que estavam sendo sugados por minha vagina, apertando ali. A barba de Andrés raspando suavemente nos lábios. *Dios*. Apertei meus mamilos, começando a vibrar, meus músculos se contraindo com tanta força que eu já podia sentir...

Andrés olhou para cima e me encontrou completamente perdida. Ele abriu um sorriso, sem parar a língua e os dedos, me mostrando o quão perfeito ele era no sexo.

— Quero você olhando para mim.

— Andrés...

E como se soubesse a última coisa que faltava, Andrés sugou o clitóris e estocou várias vezes com os dedos, me fazendo puxá-lo e apertá-lo.

— Vem — sussurrou. — Goza essa linda boceta para mim.

Tremi inteira, sendo varrida por uma onda mil vezes mais forte do que quando me masturbava. Dios*, o que é isso*? A tensão no meu clitóris percorreu cada centímetro, me fazendo pulsar e gritar o nome de Andrés, me agarrando ao seu cabelo, aos seus ombros, a tudo o que eu podia tocar. Seus olhos me assistiram; cada vibração das minhas coxas, cada impulso involuntário do meu corpo. Arfei, choramingando, quando Andrés lambeu mais uma vez, substituindo seus dedos pela língua, para depois percorrê-la por meus lábios, pelo clitóris, desacelerando tudo, até que eu pudesse respirar de novo.

Eu estava mole quando Andrés me beijou, nossas línguas com meu gosto e o seu brincando entre si, acariciando, dizendo tudo sem dizer nada.

A pressa pelo tesão deu vez a um carinho, um beijo mais lento, que dizia que não pararíamos até esgotarmos um ao outro.

Envolvi seu cabelo em meus dedos e Andrés me pegou pela cintura, me erguendo da poltrona, me fazendo agarrá-lo com as pernas e os braços. Fui beijando-o, sem querer parar aquilo quando uma de suas mãos desceu da minha cintura para a bunda, me carregando como se eu não pesasse nada.

O jeito que ele beijava me acariciava por dentro, especialmente o meu coração e a vontade não sanada; o melhor orgasmo da minha vida não pareceu suficiente.

Arranhei suas costas devagarzinho, seus ombros. Andrés começou a caminhar comigo e abriu a porta do estúdio, sem parar de me beijar. Levei minha boca para o seu pescoço, lambendo sua pele, sentindo quando Andrés começou a subir as escadas. Ouvi meus próprios batimentos nos tímpanos, o gemido de Andrés enquanto eu o provocava. De olhos fechados, busquei sua boca de novo e ele me encontrou.

Em algum momento, Andrés me deixou cair em uma cama macia e confortável, separando o beijo.

Abri as pálpebras quando não o senti se deitar comigo.

Ele foi acender o abajur.

Meia-luz. Andrés é perfeito.

Seus olhos estavam em mim.

— Imaginei você na minha cama desde o dia em que o seu celular caiu no meu pau.

Abri um sorriso, e Andrés escorregou o olhar para o meio das minhas pernas abertas. Ele agarrou seu membro, empunhando-o levemente, o músculo do seu maxilar saltando conforme me olhava.

— Você é melhor que todos os meus sonhos, *pasión*.

Ele continuou se tocando e começou a caminhar pelo quarto. Foi atrás de algo no banheiro da suíte e voltou com uma camisinha. Precisei congelar um segundo para olhá-lo. Nu, completamente delicioso, o pau imenso que ia além do umbigo, molhado e duro. Sem pelos, todo depilado, pude ver as veias dançando em sua pélvis, assim como o V dos seus quadris que descia direto para o cumprimento do seu sexo. A tatuagem que eu não consegui ver antes era de fones de ouvido com a frase: *Talk dirty to me*[1].

— Eu quero você, Andrés — falei, séria. — Eu quero *mesmo* você.

Seus olhos cintilaram como se carregassem uma galáxia inteira. Eu sabia que ele ia me fazer entender que tudo o que eu conhecia sobre sexo era uma grande mentira. Eu sabia que Andrés ia me fazer implorar.

Da mesma forma que eu entendia que, a partir dali, não tinha mais volta.

Quem cancelaria uma aposta quando existia Andrés De La Vega como prêmio final?

---

1 Em tradução livre, "fale sujo comigo." A frase representa o convite para quem quer que esteja na cama com ele, entre no jogo do *dirty talk* e vocalize seus desejos. (N.A.)

Capítulo 20

Você quer ser a única?
Aqui está a sua chance, garota, não perca
Esta não será a nossa única noite.
Black Atlass — Show Me

Andrés

— É, Natalia? Você me quer? — sussurrei.

Meu coração foi de zero a cem num segundo. Sua presença, seu perfume, o cheiro do vinho em seu corpo. Fui até os pés da cama e beijei um de seus joelhos, então o outro. Me encaixei entre suas pernas e lambi sua boceta molhada, arrancando um gemido de Natalia, subindo com a língua por sua barriga para abocanhar um dos seios.

O gosto de Natalia acabava comigo, mas, quando encarei aqueles olhos, soube o quanto eu estava fodido.

— Eu *preciso* de você — murmurou de volta.

Minha pele estava fervendo como a dela, minha boca me lembrando da vibração da boceta quando gozou nos meus lábios. *Carajo*, que mulher entregue. Gemi, rendido, e a beijei. Minha boca consumindo a sua, enquanto Natalia abria mais as pernas, me pedindo ali dentro. Ela se enroscou em mim como uma gata, seus pés passeando por minha bunda e as minhas coxas, se remexendo sob meu corpo, enquanto minha língua girava ao redor da sua. *Que delícia esse beijo.* Brinquei com o bico durinho do seu seio com meu polegar.

— Quero que sinta o meu pau na sua boceta, Natalia. O calor, a pulsação enquanto desliza, passeando por você. *Carajo*, você está tão encharcada por mim — grunhi.

— Por favor…

Cara, minhas bolas estavam tensionando, o tesão enlouquecendo, deixando cada parte do meu pau duro, teso e pulsante. Fiz o que prometi, me encaixando entre os lábios.

— Gostosa pra porra.

Sem penetrá-la, só passeando o meu pau em seus lábios, para baixo e para cima, vi nós dois perdendo a cabeça pouco a pouco. Sorri contra a boca de Natalia, voltando a beijá-la, minha língua girando do céu até a parte macia sob sua língua, indo o mais fundo que eu conseguia. Fui para o seu pescoço, adulando, lambendo o suor de sua pele... *Dios, me estoy volviendo loco.*

— Sua boceta é uma delícia; sua boca, um pecado, mas o jeito que você se entrega para mim é ainda mais gostoso — sussurrei contra sua pele, chupando o lóbulo da sua orelha, e senti o bico dos seus seios raspar no meu peito quando ela tremeu, antecipando, me arranhando, as unhas afundando nas minhas costas.

— Eu quero marcar você, Andrés.

Sua língua me buscou quando a encarei, a ponta desenhando meus lábios.

— Me marca.

— Eu quero morder você. — Natalia mordiscou o meu lábio inferior.

— Morde. — Minha voz era tesão puro, nossas respirações engolindo uma à outra. — Me leva com você.

— *Mierda, hombre.* — Ela me puxou pela nuca e enfiou a língua ao redor da minha.

A calma deu vez ao desespero. Desci a mão do seu seio, deslizando pela lateral do seu corpo, indo até embaixo para que eu agarrasse a sua bunda. Apertei com força e Natalia moveu o quadril até que a entrada da sua linda e encharcada boceta tocasse a glande.

La puta madre.

— Me fode, Andrés. Eu não aguento mais.

— Me quer dentro?

O desejo estava crescendo na base do pau, como se ele conseguisse ficar mais duro que já estava, o pré-gozo se formando na ponta, querendo rasgar meu autocontrole.

— Você inteiro dentro de mim. — Natalia se remexeu e, em meio segundo, a glande deslizou alguns centímetros.

Fechei os olhos, saboreando a sensação de deslizar dentro dela. Só na entradinha, senti-a pulsar, se alargando para me receber. A glande tensionou, minhas bolas enrugando de prazer, o desejo me lambendo do saco à cabeça.

— Quero os seus olhos nos meus. Quero ver o instante em que você percebe o quanto eu sou sua, Andrés.

Abri as pálpebras. A boca vermelha dos meus beijos, os olhos quase amarelos, a porra da mulher mais linda que eu já vi me deixando fodê-la gostoso.

— A sua boceta está implorando por mim?

— Você está me desmontando — ela gemeu.

— Está pulsando e molhada querendo o meu cacete, né? — Apoiei os cotovelos e me ajeitei entre as coxas da Natalia, suas pernas se abriram ainda mais, flexível pra cacete. Suas unhas ainda estavam passeando por mim quando meus olhos se fixaram nos seus. Raspei os lábios nos dela. — Vou entrar devagar para você se acostumar comigo.

— Ai, *Dios.*

— Devagar, sem pressa — murmurei, lambendo sua boca.

— Andrés...

Tão lento quanto aguentaria, fui deixando meu quadril cair e o meu pau entrar, centímetro a centímetro.

Quente.

Molhada.

Mierda.

Pulsando.

Vibrando.

Me sugando para dentro.

Um gemido foi arrancado do fundo da minha garganta, misturado ao seu nome.

A sensação era surreal, o jeito que a boceta da Natalia me recebia, a maneira que o seu quadril preenchia o espaço, já que eu queria ir com calma, sem desespero.

— O quão fundo você me quer? — sussurrei e sorri quando ela tremeu. — Mais?

— *La puta madre,* Andrés. Sim, mais fundo.

Ela xingava quando estava com tesão. Linda. Cheguei ao limite, surpreso por ela me acomodar todo sem parecer machucá-la, ainda que fosse bem apertada. Minhas bolas sentiram a umidade escorregadia do seu prazer. Meu maxilar ficou tenso, nossos perfumes, vinho, sexo e suor nos meus lençóis.

— Andrés, você é tão gostoso. *Dios,* é a minha primeira vez...

Parei o movimento.

— O quê?

— Com um pau desse tamanho.

— Porra. — Sorri contra a sua boca. — Está tudo bem?

— Sim, está mais do que bem.

— Eu vou começar a me mexer.

— Sim, sim — choramingou.

Peguei a bunda da Natalia e afundei os dedos nela, meu quadril recuando apenas um segundo para que eu sentisse...

Ah, bem isso.

O recuo fez Natalia pulsar. Quando mergulhei de novo, ainda devagar, testando nosso encaixe, o meu pau inchou em seu máximo na camisinha. Era oficial, o meu cacete amava a boceta da Natalia.

O jeito que a gente deslizava; bem molhado, o jeito que ela vibrava; bem entregue.

— Aperta essa boceta para mim.

Ela levou as mãos para a lateral do meu rosto e gemeu quando sua boceta me obedeceu.

Foi o suficiente para eu mandar o controle para *mierda.*

Eu desisto, me leva com você.

Sua língua entrou na minha boca e o meu quadril se afundou em Natalia, minhas coxas se espaçando para que eu pudesse montar nela e fodê-la como merecia, suas pernas bem abertas para mim. A minha bunda fez um movimento lento, ondulando para que meu pau se encaixasse, apenas para voltar e se afundar de novo. Os pés da Natalia começaram a escorregar da minha bunda, e eu...

Infierno, acelerei.

O som estalado do meu quadril contra o dela fez um grunhido sair do fundo da minha garganta enquanto minha pulsação aumentava. Nos dispersamos do beijo, encarando-nos olho no olho, e eu fazia só o vai e vem da minha bunda a ponto de apenas o meu pau sair e mergulhar nela. Conectado em seu corpo, sentindo seus seios balançarem contra o meu peito, soube que nunca mais conseguiria foder uma mulher que não fosse Natalia Ortiz. Esqueça todas as transas, isso aqui, o que estávamos tendo, era uma foda de verdade.

O bate-bate soou delicioso junto com os nossos gemidos, suas mãos passeando por mim, enquanto sua vagina arrancava cada vibração que o meu pau oferecia. Bem na glande, o prazer não parava de crescer, a tensão me fazendo trincar o maxilar.

— Estou sentindo seus quadris em mim, o seu pau me levando cada vez, latejando comigo e... *Andrés, isso*! — Ela afundou as unhas nos meus ombros, mordendo meu pescoço, acompanhando meu quadril a ponto de encontrá-lo no meio do movimento.

O estalo ficou mais rápido.

Mais alto.

Mais forte.

Quiquei naquela boceta, o osso da minha pélvis batendo suavemente no seu clitóris, acelerando a ponto de ir bem fundo. Eu ondulava a minha bunda a cada vez que entrava, sentindo o prazer de Natalia crescer, pulsando em mim. Cada segundo mais molhada, suada. Porra. Eu a beijei na boca, no pescoço e me curvei para continuar fodendo enquanto chupava seu mamilo. Suas mãos foram para o meu cabelo, puxando e me mostrando como a minha língua deveria brincar com ela.

Tê-la assim, embaixo de mim, me preenchia com todas as sensações mais agonizantes e perfeitas. A maneira quente que me acolhia, cada centímetro do meu pau sendo acomodado naquela febre, no seu tesão, me comportando todo.

— Você não precisa mais me imaginar fodendo você — sussurrei no seu ouvido, em inglês, como Secret. E fui para a outra orelha, a esquerda. — Porque estou aqui agora.

Natalia tremeu embaixo de mim, quase gozando.

— Ainda não.

— Andrés!

— Não. — Beijei sua boca, reduzindo o vai e vem até que eu saísse de dentro dela. Tirei Natalia da cama e a puxei, pela mão, até que eu me sentasse no sofá de dois lugares do meu quarto e ela ficasse em pé.

Seus olhos desceram por mim, admirando o meu pau que visivelmente pulsava.

— É agora que eu vou sentar em você?

Minha risada saiu rouca.

— É, mas... — Parei. Natalia começou a se aproximar, um brilho delicioso em seus olhos, de quem iria montar em mim, mas toquei levemente a sua barriga. — Se você sentar de frente, vai se cansar. De costas, *pasión*. Assim posso brincar bastante.

— Não sei se já fiz isso antes.

Com que tipo de babaca você transou, Natalia?

Umedeci a boca, o gosto da sua boceta ainda em meus lábios.

— Senta nesse pau que eu te guio.

Ela envolveu seu cabelo e deu voltas e voltas até que formasse um nó.

— Eu só prendo o cabelo quando sei que a coisa vai ficar selvagem.

Esse senso de humor da Natalia ia me matar, cacete. Acabei rindo, mas a risada sumiu quando ela se virou e apontou a sua linda bunda para mim. Deslizei os dedos por sua pele, apertando e fazendo Natalia gemer quando me inclinei para beijar uma nádega e deixar uma mordida na outra.

— *Muy bien,* amor. Agora senta nesse pau, por favor. — Toquei sua cintura, delicadamente a guiando em direção à glande. Natalia agarrou a minha ereção, nos posicionando. Sorri quando ela me apertou com força, me levando direto até a sua entrada. — Gosto do jeito que você pega no meu caralho, sabendo que não vou quebrar.

— Ah, sei muito bem. É por isso mesmo que deve ser uma delícia montar em você.

Mierda, mujer.

— *Carajo* — gemi quando sua bunda foi descendo, a boceta me engolindo. Meu nome escapou de sua boca quando completou o espaço que faltava. Minha glande lá no fundo, seus lábios tocando as minhas bolas. Natalia rebolou, sem se conter. — Shh, espera.

Suas costas se deitaram no meu peito, e eu beijei seu pescoço, passando as mãos pelos seus quadris, por seus seios, apertando-os. Natalia, inquieta, começou a se remexer.

— Só quero uma perna dobrada, seu pé apoiado na minha coxa. Isso vai servir para você erguer o quadril e controlar também quando eu acelerar — pedi, e ela obedeceu. Soltei um grunhido quando vi sua boceta bem aberta para mim. À nossa frente, havia o meu guarda-roupa, que era na cor preta como tudo em relação ao meu quarto, mas nos refletia o suficiente devido à meia-luz. — A outra perna fica no chão. Eu quero tocar no seu clitóris enquanto te fodo.

— Mas...

— Você está perto, eu sei. Me aproveita e relaxa.

Natalia gemeu alto o meu nome quando puxei sua cintura para cima, fazendo meu quadril subir para encontrá-la. Ela afastou a sua bunda do meu colo, entendendo o que eu queria, me recebendo com vontade quando acelerei. O estala-estala ecoou por nós, e fechei os olhos por um segundo, curtindo a loucura de fodê-la com tanto tesão e tão rápido. Meu pau estava em êxtase, cada vez mais perto, a pressão crescendo bem onde nos conectávamos.

— Gosta forte, Natalia? *Ay, dale, mujer.*

— Bem assim, Andrés — ela gritou o meu nome quando desci a mão para o seu clitóris, rodando com a ponta dos dedos. Nossas peles começaram a ficar mais suadas, um escorregando pelo outro cada vez que o meu quadril batia na sua bunda.

Espiei nós dois pelo guarda-roupa. *Carajo, que visão.* Os peitos da Natalia balançando, os lábios da sua boceta inchados e sumindo cada vez que eu metia bem fundo. Meus dedos na sua pele avelã, rodando seu clitóris com carinho. A sinfonia obscena do seu clitóris junto ao estalar dos quadris cada vez que a tinha mais profundamente me enlouqueceu. Natalia perdeu o ritmo e eu mordi o seu ombro quando parei de fodê-la e só me dediquei ao seu clitóris.

Perto, quase pulando do precipício.

Natalia rebolou no meu pau, indo e vindo, acompanhando os meus dedos e...

Desci os olhos para onde nós nos encontrávamos.

Ela rebolou no meu caralho, apertando-o, quase me arrancando do transe. *Cacete.* Suguei seu lóbulo e comecei a sentir a minha *mujer* tremendo.

— A pressão está crescendo — falei com nada além de um gemido de rendição. — Estamos na beira, amor. Sua boceta está me chupando e você vai gozar. Você vai gozar bem gostoso nesse pau. — Mordi seu lóbulo quando Natalia deixou seu peso cair no meu colo. Ela literalmente se sentou, abrindo as duas pernas, apoiando um pé em cada uma das minhas coxas.

Porra!

Agarrei a parte de trás das suas coxas, sustentando suas pernas para cima e as abrindo para mim.

— Toca o seu clitóris, não para — exigi e voltei a fodê-la com força. Uma veia saltou no meu pescoço e eu trinquei os dentes. — Vou mais forte ainda. Cacete, como é bom estar dentro de você.

— Eu vou...

— É?

Sorri quando vi o quanto ela estava louca para gozar. *Carajo*, que mulher linda. O tipo que entrega cada parte e deixa você beber da sua alma. Era um tesão transar com alguém que vive a experiência, com alguém que rebola no seu pau e quica em você com vontade de chegar lá, que se preocupa em construir o prazer junto.

— Fala comigo — ela pediu. — Preciso...

— Quer escutar a minha voz gozando no seu ouvido?

— Andrés, por favor...

— Eu preciso gozar olhando para você — implorei. — Vira, amor.

Natalia saiu do meu colo e montou em mim de frente. As pernas trêmulas me envolvendo, os joelhos em cada lado dos meus quadris, sua boceta acomodando e deslizando no meu pau facilmente por causa dos nossos fluidos.

Ela não foi gentil, se sentou em mim com vontade, apenas a sua bunda indo e vindo, para depois ela quicar nas minhas coxas. Arfamos quando agarrei sua bunda, e gemi dentro da sua boca quando Natalia me beijou.

O ritmo era louco, eu não queria parar. Natalia afastou nossas bocas, e eu colei os meus lábios no seu ouvido. Ela ficou parada por alguns segundos, e só eu a fodi, meu pau indo lá no fundo. Entrei em um looping de movimento que fez minhas bolas queimarem.

— O jeito que você treme em mim faz o meu pau ficar louco por você. Estou sentindo o tesão em cada centímetro e vou gozar sussurrando o seu nome.

Ela afundou as unhas em mim.

E isso foi o suficiente para nós dois.

Ela vibrou, cada parte sua tremendo, seu gozo esguichando entre nós, literalmente, enquanto suas coxas lutavam para se manter em movimento. Parei Natalia quando vi que ela estava no meio de um *squirting*, afundando meu pau e recuando várias vezes, prolongando aquilo para ela; por sua surpresa, percebi que era a primeira vez.

E o meu próprio prazer veio quando ela gemeu o meu nome.

Natalia se enroscou em mim, ainda gozando, talvez pela segunda vez, enquanto a minha boca raspava em seu lóbulo, meus gemidos ecoando nos seus tímpanos enquanto eu me rendia. Molhado dela, de nós, me afundei uma última vez, até que a onda mais fodida varreu a minha consciência.

Afundando os dedos na sua carne, grunhindo e tremendo, Natalia me sentiu gozar e pulsou no meu cacete. Meu calor foi barrado pela camisinha, mas os jatos preencheram com força cada centímetro a ponto de eu precisar estocar uma vez seguida da outra, até que a última gota saísse. Fui metendo ainda, gozando, estocando bem deliciosamente, enquanto meu pau, ainda sensível, curtia a sensação.

Natalia tremeu em meus braços até que eu buscasse a sua boca para beijar.

Minha língua dançou na sua com calma, nós dois uma bagunça de fluidos e tesão, e os músculos trêmulos quase a fizeram escorregar em mim. Peguei Natalia no colo e a levei para a cama, me deitando sobre ela, meu pau entrando na sua boceta, mas sem intenção sexual, só a de pertencimento mesmo.

Puta madre, eu a beijei tanto.

A língua envolvendo a sua, nossos corações lutando um contra o outro no peito, querendo se encontrar. Suas mãos passaram por meu cabelo e nuca, um frio gelado descendo pela minha espinha. Suas pernas me envolveram, seus dentes puxaram meu lábio, e eu só parei quando os nossos corações entraram em um ritmo mais tranquilo.

Encontrei seus olhos se abrindo para mim.

Vulneráveis.

Passionais.

Com medo.

Com coragem.

Mil sentimentos percorrendo o ouro e a esmeralda, como se, de repente, pedras preciosas fossem capazes de sentir.

Acariciei sua bochecha e dei um beijo suave na ponta do seu nariz. Me levantei para me livrar da camisinha e, quando o fiz, voltei a cobrir seu corpo.

— Tudo bem?

— Sim. — Sua voz ainda estava ofegante.

— Arrependida?

— Nem um pouco.

Me aninhei nela. Natalia não reclamou do meu peso, mas com certeza não esperava o que eu ia fazer. Escorreguei a ponto da minha cabeça deitar entre seus seios, escutando as batidas do seu coração. Envolvi os braços na sua cintura, Natalia espaçando ainda mais as coxas para mim, como se me quisesse ali, relaxado sobre ela.

Suas mãos começaram a acariciar o meu cabelo, e eu fechei os olhos.

— Com medo? — sussurrei.

— Sim — ela confessou.

— De nós dois?

— De como eu estou me sentindo. — Sua voz saiu baixinha.

— É um sentimento bom?

Seu coração acelerou no meu ouvido e eu sorri.

— É, sim, Andrés.

— Estou sentindo a mesma coisa. — Suas mãos vacilaram no meu cabelo, e apoiei o queixo no meio dos seus peitos lindos, observando seus olhos. Abri um sorriso largo. — Vai nos deixar fluir?

Natalia piscou e umedeceu a boca.

— Para um homem de um e noventa e poucos de altura, você consegue fazer um rostinho bem adorável, sabia disso?

Eu ri.

— Porra, é mesmo? Não sei não.

Seus olhos não se desviaram dos meus. A coragem neles junto ao receio batalhava por espaço.

— Não vou segurar o que estou sentindo, não vou fugir. Vou nos deixar sermos o que tivermos que ser. — Sua voz tremeu. — Mas se vier com o papo de homem canalha de que eu estou criando expectativas sozinha e que interpretei as coisas de forma errada, o que está bem comum hoje em dia, dou um tiro nas suas bolas.

— Ei. — Toquei seu queixo. — O lance da responsabilidade afetiva não é só do Secret, eu tenho isso também. Se estou falando que quero você, eu quero, Natalia. Eu quero tentar. E, sério mesmo, posso até me atrapalhar um pouco e ser intenso demais, porque faz tempo que não me relaciono com alguém. Aliás, nem sei se já me senti assim antes, mas prometo dar um passo de cada vez. Agora, só quero saber se você está nessa comigo.

— Estou dentro. — Ela sorriu, a emoção passando por seus olhos.

— Apostando o coração e tudo?

— É, tudo isso. — Natalia riu.

— Então vamos levantar, trocar os lençóis, tomar um banho e tentar dormir.

Seus olhos mediram o meu rosto e, naquele segundo, olhando para Natalia, admirando-a, eu soube que se ela decidisse dar para trás, nunca mais ficaria inteiro.

Capítulo 21

Mesmo na calada da noite, no frio do dia
Na luz ardente, da maneira mais escura
eu andarei com você.
Janelle Kroll e Autograf — Walk With You

Natalia

Acordar ao lado de Secret e Andrés, dois homens em um, foi uma das coisas mais interessantes que já haviam acontecido comigo. Depois de termos dormido abraçados a noite toda, às cinco da manhã, Andrés se levantou e me perguntou se eu queria acompanhá-lo. Descemos as escadas e eu assisti, ao vivo e em cores, a interação dos comentários de Secret e seus seguidores. Ele levou um bom tempo para responder às pessoas e o jeito que ele ria das mensagens deixou meu coração quentinho.

Secret amava o seu público. E eu amava ainda mais tê-lo tão perto de mim.

Subimos as escadas, e Andrés se vestiu para o seu outro trabalho, como se tivesse que sair da pele de um *dirty talker* e virar um inspetor. Como os heróis que trocavam de identidade de dia e de noite. Logo em seguida, começou a fazer o café da manhã para nós. Enquanto ele cozinhava, meus olhos dançaram pelo inspetor De La Vega. O coldre, a 9mm, a camisa social branca com a calça jeans preta agarrada à sua bunda...

Como se sentisse que estava sendo observado, ele lançou um olhar sobre o ombro.

— Tudo bem, *pasión*?

— Mais do que bem.

Escorregou a atenção até parar na minha boca.

— Você já disse isso quando eu estava ocupado te fodendo gostoso — sussurrou.

Umedeci a boca e me remexi na cadeira. *Sua voz pela manhã...*

Andrés caminhou em minha direção com as torradas prontas e uma xícara de café. Seu perfume no ar, a sua postura naquela cozinha, tudo nele parecia tentador demais.

— Posso te fazer mais algumas perguntas? — Havia coisas que eu precisava saber.

— Todas que você quiser. — Ele relaxou na cadeira e, com uma mordida, arrematou metade da torrada com tomate e azeite.

— Como você hospeda o seu site? — indaguei. — Não tem medo que alguém da polícia descubra? E o dinheiro que você ganha com isso? Como faz?

— Oitenta por cento do dinheiro é doado para caridade. Vinte por cento me permite viver uma vida mais tranquila do que só com o salário de inspetor. Nada está no meu nome. E o site está hospedado em outro país.

Engoli em seco.

— Você está ciente de que agora isso não é apenas um segredo seu, mas nosso?

Seus olhos não hesitaram. Nem uma centelha de dúvida, nada além de confiança total em mim.

— Sim, absoluta. — Ele pegou a caneca sobre a mesa, sem desviar a atenção dos meus olhos. — Eu já disse, no jantar, que eu sabia que, para decidir se ficaria comigo, você teria que aceitar guardar esse segredo de todo mundo. Quando você bateu na minha porta, Natalia, até antes disso, eu só...

— Você confia em mim.

Andrés tomou um gole do café com leite.

— Você tinha dúvida?

— Não, eu só queria entender como está a sua cabeça. Antes de a gente ser qualquer outra coisa, eu sou a sua parceira. Tirando o meu coração da equação, mesmo que fôssemos só amigos, eu jamais falaria nada. Por *Dios*, mesmo que fôssemos só colegas de profissão, eu jamais diria sobre o *Dirty Talk* para alguém. Primeiro porque... não acho errado o que você faz. Na verdade, acho uma pena o mundo inteiro não ter a chance de te conhecer. Segundo porque você me deu mais liberdade sexual do que nenhum outro homem jamais deu. Claro que sou suspeita porque ganhei um belo de um combo... — Ri, leve, tentando suavizar o olhar de Andrés em mim.

Mas nada pararia aquela tormenta obscura, nada.

— É bonito, Natalia.

— O quê? — sussurrei.

— Viver no mesmo tempo, na mesma dimensão e na mesma época que você.

Meu coração não sabia se batia ou se parava de vez. Abri a boca para dizer algo, mas Andrés apenas sorriu para mim por trás da xícara.

— Pode perguntar.

— Hã?

— Você disse que tinha mais perguntas sobre mim.

— Tudo bem. — Meu lado subinspetora não conseguia me deixar ir, mesmo que eu quisesse. — Você sempre frisou ser o Andrés-Três-Encontros e como conseguia separar o racional do emocional. O que mudou para você me querer? Para não se importar em limitar nós dois? E, como você mesmo me pediu, nos deixar fluir?

— Você quer a resposta longa ou curta?

— A longa.

Andrés entrelaçou os dedos embaixo do queixo, os cotovelos apoiados sobre a mesa. Senti frio na barriga.

— Criei uma conexão emocional com uma mulher que eu jamais tinha visto o rosto, só ficava curioso para saber cada vez mais sobre ela. Essa conexão emocional era interessante, porque eu pensava nessa mulher ao longo do dia. Eu tentava usar o meu racional para me parar, até entender que ela me despertava essa vontade incontrolável de quebrar algumas regras. Então, do outro lado, havia Natalia Ortiz, a subinspetora que me atraiu sexualmente desde o primeiro segundo em que troquei olhares com ela. Uma mulher inteligente, intuitiva, que não tem medo de ser sensível, mesmo em uma carreira tão *jodida*. Eu me apaixonei duas vezes por você, Natalia. Acho que me apaixonaria por todas as versões suas que você conseguisse me mostrar.

— Você... — Meu cérebro ficou do tamanho de uma noz.

— Eu não tenho medo de dizer como me sinto. Eu te quero pra *carajo*. Não quero só o seu corpo, quero a sua opinião sobre os meus áudios, quero a sua intuição no nosso trabalho, quero a garota que odeia sorvete de limão, quero a mulher que não espera se secar do banho para bater na minha porta. Quero você com fones de ouvido e a minha voz, quero você apontando uma arma, ombro a ombro comigo, e quero você gemendo na minha cama e dizendo o quanto é minha. Não sei a sua definição de estar apaixonado. Mas, para mim, é tudo o que você me faz sentir.

— Eu...

— Você não precisa dizer só porque eu disse — falou, despreocupado.

— Mas eu...

— Quer que eu te leve em casa para você se vestir e de lá a gente vai para a delegacia juntos? Ou prefere pegar o carro e ir sozinha? — Andrés acrescentou.

— Não fuja, Andrés.

Vi seu rosto suavizar, embora eu sentisse o quanto para ele aquilo era fora do comum. Dormir com uma mulher, acordar pela manhã e dizer que estava apaixonado por ela. Quando ele fez isso? Nunca? Uma vez?

— Também estou apaixonada por você. — Fiz uma pausa. — Estou apaixonada pelos dois homens que você me mostrou. Mesmo quando eu me sentia conectada com o Secret, quando vi Andrés me esperando na porta de casa, eu também me vi completamente apaixonada por você. — Parei por um segundo. — E sobre me levar ou não para o trabalho, a pergunta implícita é: você quer que as pessoas saibam de nós? Ou quer nos manter no escuro? Eu quero ir para a luz com você, Andrés. A única coisa sobre a gente que ficará guardada é o *dirty talk*.

— Você está apaixonada — ele afirmou, um sorriso largo surgindo em seus lábios. Lento, perigoso, meu.

— Eu estou mesmo apaixonada. É louco porque...

Andrés se levantou da mesa em um rompante. Eu nem soube o que me acometeu primeiro. Suas mãos estavam em minha cintura, me puxando para cima, então me levando para a pia da cozinha, enquanto sua boca me beijava em meio segundo. Andrés De La Vega era uma avalanche. Não apenas o seu beijo, mas a sua incapacidade de viver pouco tendo um coração tão grande.

Agarrei seus ombros e desci as mãos, desfazendo os botões da camisa que ele tinha acabado de vestir. Escutei o coldre saindo de seus ombros e a arma sendo apoiada em algum lugar atrás de mim, enquanto seu peito virava refém das minhas unhas. Sua língua girou ao redor da minha, o sabor de café com algo primitivo, como posse, incendiou cada centímetro da minha boca. Gemi, e Andrés engoliu a minha voz como se quisesse se embebedar de mim. Nossas respirações nem tinham espaço para existir, a rendição daquele homem fez tudo o que eu entendia sobre a química entre duas pessoas ser um grão de areia. Eu estava pronta, se ele simplesmente abaixasse a calça e levantasse a sua camiseta que eu vestia, nós...

Escutei ao fundo alguém tocar a campainha.

Mas Andrés não parou. Ele afundou a ponta dos dedos nas minhas coxas e me trouxe para perto, me fazendo sentir a sua ereção nada simplória e...

O som ecoou de novo.

— *Mierda* — Andrés gemeu, parando o beijo, os olhos cerrados e a sua testa colada à minha. — Vou ter que atender.

— Eu sei.

Sua mão tocou o meu rosto, o polegar dançando na minha bochecha, enquanto ele abria as pálpebras devagar e me encarava.

— Estou apaixonado por você. Quero ir para a luz também, Natalia. Você está nessa comigo?

A campainha tocou pela terceira vez.

— Estou.

Ele beijou a minha boca e se afastou. Minhas pernas ainda estavam trêmulas. Andrés me lançou um olhar e um sorriso antes de abrir a porta; isso fez um segundo durar uma eternidade. Talvez justamente essa intensidade dele que me fizesse estar tão apaixonada.

— Andrés, precisamos conversar.

Congelei por um segundo e o meu sangue desacelerou. Como se todo o calor que eu sentisse se transformasse em frio.

Comandante Gutiérrez?

— Natalia, eu sei que você está aí. Vi o carro da delegacia em frente à porta. Que bom, porque vou poder conversar com os dois.

A comandante entrou. Sua expressão altiva me fez ter a força necessária para voltar à pose de subinspetora. Lancei um olhar para Andrés e, pelo seu semblante, ele estava preocupado. Algo estava acontecendo? Algo que eu não sabia?

Gutiérrez lançou um olhar para o coldre do Andrés no chão. Então voltou a me encarar nos olhos como se quisesse ver através de mim. Saiu de sua análise minuciosa e encarou o peito nu do seu subordinado. Andrés cruzou os braços e ergueu o queixo.

— A que devo a honra da sua visita na minha casa, comandante?

Ela não parou nem por um segundo. Nem para respirar, nem para desviar o olhar de Andrés. Simplesmente jogou a bomba ali mesmo.

— Vocês dois estão afastados por má conduta — avisou — , uma licença administrativa remunerada até os ânimos se acalmarem.

Ser traída é doloroso. Terminar um relacionamento é cruel. Mas ser afastada do trabalho logo no começo da carreira era o tipo de baque que, com certeza, eu nunca ia esquecer.

— Posso saber por qual motivo? — Andrés questionou, soltando os braços da frente do peito, a voz assustadoramente calma.

— Você ameaçou o dr. Fuentes enquanto *conversava* com ele. Não era um interrogatório, não era a droga de uma prova irrefutável numa sala na delegacia. A única coisa que você tinha era a sua paranoia. Que, por sinal, já te confirmo, está errada. Ele enviou um e-mail na hora do assassinato da Lina e agora toda a equipe está questionando se eu fiz certo em colocar a caça de um serial killer nas mãos de um inspetor inexperiente. É por isso, Andrés.

Andrés não disse nada. Ele travou o maxilar e manteve a postura. E, como se conhecesse Gutiérrez de outras vidas, esperou-a falar mais.

— Você tem quatro dias para colocar a cabeça no lugar. Está me ouvindo? Vá para a casa de campo do seu primo, saia de Madrid e não ligue a maldita televisão. Eu estava correndo um risco enorme em te colocar a cargo de algo tão importante, mas achei que o Goméz tinha te orientado melhor. Me enganei.

Andrés continuou em silêncio. Gutiérrez apontou para o peito dele.

— Era o que eu tinha que falar como sua comandante. Agora, vou dizer como uma mãe faria com um filho. Você, Andrés, é o melhor homem que já conheci. É intuitivo, proativo, tem um faro de cão e sabe ler as pessoas como se fosse vidente. Então, pelo bem desse caso e pelas garotas que precisam de justiça, se recomponha. Ainda estou apostando em você, ainda preciso desesperadamente de você, mas não posso te deixar ser visto na delegacia agora, e é por isso que vocês vão tirar umas férias curtas. — Ela suspirou. — Vai conseguir voltar com a cabeça em ordem?

— Sim, senhora.

— Tem alguma dúvida?

— Tenho um pedido.

— O quê?

— Não puna a Natalia também só porque nós estamos juntos.

Gutiérrez virou o rosto para mim.

— Sua pausa também é necessária, Natalia. Eu só estou colocando vocês dois na mesma situação porque você errou ao não me reportar. Não me importo se dormem juntos ou se vão se casar amanhã. O que eu quero é transparência. Combinado?

Assenti uma única vez.

— Quem vai ficar no comando? Não parem a investigação — pedi.

— O Miguel e o Ferraz. Não vamos parar. Estejam com o telefone ligado, caso eu sinta que preciso chamar vocês antes do prazo estipulado. Eu só preciso acalmar os ânimos dos superiores e achei a desculpa perfeita para que isso não comprometa a investigação quando for a julgamento, como também não manche a carreira de vocês. A questão da má conduta é a única solução e, dessa forma, vocês voltam em quatro dias. Se fosse uma punição mais severa, teríamos problemas.

Meu coração ficou pesado, pequeno. Racionalmente, eu sabia que o que Andrés tinha feito foi errado. Pensei em reportar, mas não consegui. Pelo nosso encontro, por tudo o que estávamos vivendo, eu não consegui dizer uma palavra sobre ele.

Andrés lançou um olhar para mim, enquanto Gutiérrez fechava a porta da frente.

Ele leu todas as minhas dúvidas e o quanto aquela visita tinha me afetado.

— Não se culpe. O meu temperamento é responsabilidade minha. O que eu fiz prejudicou a nós dois. Prometo que nunca mais vou fazer você passar por isso, Natalia. Eu vou te ouvir, vou me segurar.

— Não desconfio da sua capacidade de se controlar.

— Então, o que é?

— É que não sou racional no que diz respeito a você.

Ele se aproximou de mim. Foi devagar, um passo de cada vez, até que me pegasse e me colocasse na bancada da cozinha. Seus olhos estudaram os meus, e seu polegar dançou na minha bochecha de novo assim que sua mão cobriu a lateral do meu rosto.

— A gente estava correndo contra o tempo. Quatro dias é muito quando há um assassino à solto na cidade. Quatro dias é uma eternidade e pode valer uma vida — ele ponderou. — Quer mudar de parceiro? — sussurrou.

— Não.

— Tem certeza? Acha que ficaríamos mais seguros se não estivéssemos emocionalmente envolvidos?

— Eu nunca me preocupei com alguém da mesma maneira que me preocupo com você. Acho que podemos ser bons juntos, Andrés. Eu tenho certeza de que a gente pode.

— O que você quer fazer?

— Transformar o que estamos sentindo em força. A paixão é sempre vista como algo frágil, como um empecilho. Vamos provar que eles estão errados. Vamos mostrar que a nossa conexão solucionará esse caso. Vamos nos tornar um só.

— Não vamos poder fazer isso enquanto estamos afastados — ponderou.

— Quando voltarmos — garanti. — Quando a gente voltar, vamos resolver.

Ele exalou fundo.

— Quer tirar umas férias de quatro dias comigo? — Sorriu contra a minha boca.

A vida estava caótica. Nosso trabalho, um pesadelo. Mas eu tinha Andrés. E nunca me senti tão forte por estar apaixonada por alguém. O amor sempre me enfraquecia, mas com esse homem? Eu sentia que podia salvar o mundo.

— Para onde vamos? — indaguei.

— Para um lugar em que sejamos só nós dois — ele arrematou e me beijou.

Capítulo 22

Eu só quero te amar e te dar tudo
Mimar você e te dar mais do que qualquer coisa
Levar você para uma ilha longe de tudo.
Sal Houdini — Tranquilo

Andrés

— Então, essa é a Natalia? Me lembro vagamente do dia do avião — Rhuan sussurrou, a voz rouca e grave, bem parecida com a minha, enquanto ele descia os olhos pela minha *mujer*. Exatamente como fizemos no dia em que vimos Victoria, a agora esposa do Hugo, pela primeira vez.

— A Natalia é uma princesa... *carajo,* hein, primo? — Esteban se aproximou, puxando-a, enquanto dava um beijo de sua bochecha. — Oi, Nat.

Meu maxilar travou. Agora eu entendia a porra do ciúme do Alejandro Hugo.

— É um prazer conhecer... vocês dois. — Natalia ficou um pouco confusa.

E com razão, para ser sincero. Eram bonitos pra cacete. Sempre que apareciam algumas mulheres em reuniões de família ou até nas nossas saídas, eles conseguiam uma companhia ou mais na porra da velocidade da luz.

— O prazer é todo nosso. — Esteban abriu um sorriso largo. Rhuan a puxou também para um beijo no rosto.

— Me dá a porra da chave, *hermano* — pedi a Rhuan.

— A tia te educou melhor que isso. — Me entregou a chave. — Daqui a três dias vai ter a despedida do Esteban, antes de ele voltar para os Estados Unidos. Então, espero vocês na casa da minha mãe.

— Teste bom em família esse, hein, Natalia? — Esteban brincou. — Conhecer a galera toda. Vamos fazer uns *body shots*?

— Se for no seu primo, faço quantos ele quiser. — Ela arqueou uma sobrancelha.

— E em mim? — Esteban provocou.

— Estou caindo fora — avisei aos dois. — Se vocês prometerem se comportar quando eu levar a Natalia, a gente vai.

— Calma, inspetor. — Rhuan ergueu os braços como se estivesse se rendendo.

— A gente vai se comportar — Esteban garantiu.

Natalia e eu tínhamos feito uma pequena mala. Ela avisou a Pablo e Daniel que ficaríamos fora, e eu oficialmente fui apresentado aos seus dois melhores amigos. Eles me pediram para cuidar dela e para não deixá-la pensar em trabalho. Eu estava puto demais com nosso afastamento, mas já que havia essa pausa...

Rhuan deu um passo à frente, inclinando a cabeça para o lado, como se me avaliasse. Eu odiava quando ele bancava o psicólogo, ainda que o cara não conseguisse se controlar.

— O que está rolando?

— Caso difícil e fomos afastados por uma *mierda* que eu fiz.

— Sem pensar em trabalho na minha casa de campo e sem se culpar por *carajo* algum — exigiu. — Me liga se precisar de qualquer coisa. A casa está abastecida, tem comida, tem tudo o que vocês precisam. Só esteja na casa da minha mãe para a despedida do Esteban.

— Ótimo.

— Boa viagem, *hermano*. — Rhuan deu dois tapas leves no meu ombro, e o puxei para um abraço.

A ligação que eu tinha com meus primos era profunda. Fomos criados juntos. Até mesmo Alejandro e Diego que, independente da distância, sempre foram nossos *hermanos*. Éramos um só.

Me despedi de Esteban também e entrei no carro. Natalia parecia aérea por alguma razão. Achei que era por causa dos meus primos serem meio bonitos demais pessoalmente, mas então ela me surpreendeu quando colocou o cinto e me encarou.

— Eles têm o mesmo coração que você, só não perceberam ainda, mas possuem um e é gigante. Dá para ver a alma nos olhos deles, da mesma forma que vejo nos seus. Eles serão... espero que um dia eles possam se permitir viver o que estamos vivendo agora.

Pisquei, surpreso. Não que Natalia não conseguisse ler as pessoas de forma ímpar, eu já sabia dessa habilidade desde o começo do nosso trabalho juntos, mas ela foi a primeira pessoa a perceber o que eu sempre senti em relação aos dois.

Me aproximei, segurei seu rosto e me perdi por um segundo naquela boca. Um rápido contato de lábios, os seus suavemente se encaixando nos meus, mas todo o meu corpo parecia responder àquela mulher como se houvesse um encantamento. Não era só desejo, *mierda*. Era uma paixão desenfreada e que eu sabia, lá no âmago, que não teria fim.

— Esse beijo... — Natalia respirou contra os meus lábios. — Por quê?

— Você é tão parecida comigo que me assusta.

— Você consegue ver o mesmo que eu? Em relação ao Esteban e Rhuan?

Sorri na sua boca e foi toda a resposta de que ela precisou.

Estar com a pessoa certa é sentir o mundo se alinhando, como se tudo o que você conhecesse antes fosse uma mera ilusão e a realidade aparecesse bem na sua frente. É entender que você não precisa caminhar sozinho, há alguém que traduz a sua alma como se fosse a única capaz de ler aquele idioma. Natalia fazia eu me sentir vivo.

— Vamos pegar a estrada, *pasión*. — Dei partida e acelerei.

— Mas essa casa é muito... uau, Andrés. Desde as flores no lado de fora, o jardim impecável, até a estrutura em vidro e madeira. É enorme! Tem até uma lareira!

— Há lareira nos três quartos também, porque o inverno aqui, você já sabe. É bonita pra *carajo*, né?

— É perfeita. Sua família vem muito aqui?

— É o nosso refúgio na Espanha para sairmos da realidade, mas não para a família, só para a gente. O Esteban, o Rhuan e eu sempre a usamos quando a vida parece difícil demais para lidar. Fica distante de tudo, ninguém sabe a localização e só... nos permite a desconexão com a vida real.

A casa de campo do Rhuan era inacreditável. Misturava madeira, vidro e tinha uma estrutura própria de energia solar. Completamente autossustentável. Havia até uma horta. Era óbvio que Rhuan pagava uma pessoa para cuidar, ou até mais de uma. Parecia impecável e pronta para uso, sempre.

— Vai se tornar o nosso refúgio também? — Natalia sussurrou.

Ela tinha se trocado para viajar. Estava sem a roupa social e os pijamas que sempre a via usar. Usava short jeans e regata branca, nada extraordinário, mas naquele instante parecia a mulher mais linda do mundo.

Me aproximei dela, meus olhos dançando por aquele rosto criado para um homem se apaixonar. Era irritante o quanto eu estava de joelhos por ela. Eu ficaria puto se conseguisse racionalizar, porque me sentia o homem mais rendido do universo, mas não poderia fazer nada a respeito. Aliás, eu não queria fazer. Estava caindo e adorando a queda. Era uma delícia ter Natalia Ortiz nas minhas mãos.

— Você quer fugir comigo? — murmurei, tocando sua cintura sob a regata. Ela estremeceu quando ouviu minha voz rouca ao pé do seu ouvido. — Quer fugir toda vez que a vida for difícil demais?

— Você já é a minha fuga, Andrés. — Ela afundou os dedos nos meus ombros, como se quisesse ter certeza de que eu estava ali. Mordi seu lóbulo e ouvi o suspiro fugir dos seus lábios. — Nos fones de ouvido até a sua presença. Sinto que posso fazer qualquer coisa.

— É? — perguntei, e ela assentiu uma única vez. — Então vem comigo.

Subimos as escadas, indo para o segundo andar. Não era dado a impulsos, mas aquela *mujer* me fazia ter vontade de mostrar o quanto merecia tudo que eu poderia oferecer. Fomos para o banheiro da suíte principal, de mãos dadas, e pairei sobre sua presença, tão próximo quanto podia, mas sem tocá-la. Senti sua respiração se alterar, como se só a minha proximidade a bagunçasse. *Carajo, Natalia.* Seus olhos cintilaram, seu corpo se arrepiou, pude ver os mamilos apontados para mim por baixo da regata, e umedeci a boca, me lembrando de como era macio rodar a língua bem ali.

— Vou tirar a sua roupa — sussurrei. — Mas não é para o que você está pensando.

— Não?

Sorri e coloquei a ponta da língua no meu lábio superior.

— Não.

Comecei a despi-la. A regata subiu e caiu no chão, o short desceu junto com a calcinha. Em menos de um minuto, ela estava nua para mim. Comecei a encher a banheira, deixando a água quente se misturar à fria, e peguei o controle remoto que controlava a luz do ambiente. Ficamos em uma parcial escuridão. Acendi as velas, uma a uma.

Semanas atrás, eu teria rido se me dissessem que eu estaria fazendo isso por alguém. Mas a verdade é que o amor nem sempre chega de fininho, pode vir com força. E quando você menos espera...

— Tem sais aqui — Natalia disse. — Podemos usá-los?

— Sim. — Lancei um olhar para o seu corpo, sentindo o meu responder. As curvas dos seus quadris e cintura, aquele corpo violão. Por que eu não estava beijando cada centímetro e a fazendo gozar na minha boca?

— Você está me olhando como se quisesse me comer.

— Quero devorar você.

Natalia abriu um sorriso, assistindo à minha luta entre beijar cada parte do seu corpo e simplesmente ser um cara comportado. Ela teve a força que eu não tive quando arqueou as sobrancelhas, fingindo que estávamos bem.

— Então, posso entrar na banheira?

— Deve — pedi, com a voz gutural.

O som da sua perna imergindo na água arrepiou cada pelo do meu corpo. Assisti às velas dançando em sua pele, como se estivessem tão desesperadas para tocá-la quanto eu. Respirei fundo, Natalia se acomodou na água borbulhante e gemeu quando relaxou.

Comecei a me despir com aqueles olhos lindos em mim. A calça social, a camisa, os sapatos e as meias. Natalia semicerrou as pálpebras quando me viu de boxer branca, a ereção saltando do elástico. Ajeitei meu pau e ela mordeu o lábio inferior.

— Ignora.

— Pode deixar. Porque parece que você tem algo para fazer por mim que é melhor do que sexo gostoso, então...

Acabei rindo.

Fui de boxer para a banheira, porque me faria lembrar do motivo de eu estar fazendo aquilo por ela, por nós. Me acomodei do lado oposto. A hidro para quatro pessoas era o tipo de coisa que Rhuan usava para os *ménages* que ele curtia fazer, mas para Natalia e eu... éramos apenas nós dois. Ela colocou os pés no meu peito, e eu peguei um deles, massageando. Seus olhos não saíram dos meus.

Senti o meu corpo relaxar com os jatos d'água.

— Preciso que feche os olhos para mim, *pasión*.

— Mas eu quero te olhar.

— Você disse que tenho a capacidade de te levar para qualquer lugar, não disse?

Um vislumbre de compreensão passou por seus olhos.

— É por isso que estamos aqui?

— Sim, eu vou te relaxar com a minha voz. Qual é o seu lugar favorito?

Ela ponderou por um segundo.

— Praia. Mar.

— Então, feche os olhos para mim, *pasión.* — Minha voz ficou suave, o tesão reduzindo, enquanto o meu emocional se balançava pela conexão que eu tinha criado com Natalia. — Estamos em uma casa na beira da praia, o dia está tão ensolarado que você consegue sentir o calor aquecer suavemente a sua pele. O calor da manhã.

Ela relutou por um segundo. Então, abriu um sorriso suave, como se estivesse vendo. Naquele momento, eu era o Secret. Mas não o Secret que a fazia gemer e tremer na cama. Eu era o Secret que a levava para longe de todos os lugares reais.

— Seus braços se abrem enquanto você está na varanda, assistindo à melhor vista do mundo. A areia é tão clara e fina, e o mar é da cor da liberdade. Verde, azul, infinito. Você sabe o quanto está leve, sabe que está segura, porque eu estou com você — sussurrei, percebendo sua expressão relaxar e o sorriso ficar ainda maior largo. — Eu envolvo os braços ao redor da sua cintura e não digo uma palavra, não preciso, você sabe que estou aqui. Sente as batidas do meu coração nas suas costas?

— Está acelerado.

— É porque estou perto de você. — Sorri. — Delicadamente, passo as mãos por você, por seus braços e, como o Jack e a Rose, nos deixo voar. Nós dois com os braços estendidos, olhando o horizonte mais lindo. Consegue sentir o cheiro do oceano?

— Sim...

— O sol fica ainda mais acolhedor e o vento, mais suave, como se o universo desse uma pausa para nós. A paz que sentimos juntos apaga qualquer traço de angústia do seu coração. Só há felicidade, Natalia. Você consegue sentir?

— Está no canto dos pássaros.

Você é linda como se meus olhos só entendessem o que é beleza quando observam você.

— Inspire essa liberdade, esse carinho. Tudo isso se espalha em você. Você é rara, é a própria natureza, não é lindo o fato de você existir?

Fui para o seu outro pé, massageando-o e a fazendo ficar bem relaxada para nós.

— Existimos e estamos vivos, Andrés.

— Agora vire de costas para a paisagem e me observe. Como eu estou vestido?

Ela mordeu o lábio inferior.

— Você está todo de branco. Bermuda branca e camiseta branca. Os seus cabelos estão um caos pelo vento.

— Estou sorrindo?

— Sim, está. Você está olhando para mim como se eu fosse o seu universo.

A emoção preencheu a minha garganta.

— Eu me aproximo suavemente, seguro as laterais do seu rosto e te faço sorrir enquanto você também olha para mim. O seu coração acelera, o meu alcança o sol. Então, eu umedeço os lábios e você sente que algo importante está para acontecer.

— O que está para acontecer?

Engulo em seco.

— Observe o meu rosto, observe o meu sorriso, o momento.

— Você está tão lindo.

Abri um sorriso.

— Você vê os meus lábios se movendo no mesmo instante em que as palavras saem da minha boca. — Faço uma pausa. — Quer namorar comigo, Natalia?

Ela cobriu a boca com as duas mãos e abriu as pálpebras como se quisesse me ver.

— Isso era para eu relaxar? — Riu.

— Eu realmente quero dar um nome para a gente. Estou disposto a considerar, se você quiser, mas eu...

Ela não me deixou terminar de falar. A água da banheira voou para todos os lados quando ela veio para o meu colo e me beijou. O gosto salgado das suas lágrimas pareceu o mar que eu a fiz visualizar, e gemi em sua boca, me perdendo em toda a vontade contida, que nunca parecia cessar.

A verdade é que eu poderia viver o resto dos meus dias com ela, e ainda não seria o suficiente para sanar a expectativa que Natalia me fez criar. Como Anônima, como *ela*.

— Estou supondo que isso é um sim. — Sorri contra a sua boca.

— Eu preciso de você como nunca precisei de algo na vida — sussurrou contra os meus lábios.

— Oxigênio.

— Para, Andrés!

Eu ri e sussurrei na sua orelha.

— Estou apaixonado demais, Natalia.

— Agora você não é mais o amante por acaso — ela sussurrou. — Agora você é meu.

— Seu.

— Namorado por acaso?

— Não, isso é coisa do meu primo.

— Qual primo?

— Natalia, dá para a gente só... se beijar mais um pouco?

— Ah, sim. É. Tudo bem.

Éramos isso. Nunca seríamos pouco, seríamos muito. Íamos fundo como talvez outros casais não pudessem ir. Tínhamos partes um do outro que só nós conhecíamos. Eu a pedi em namoro, desejando que fosse o pedido de uma vida inteira. Não havia nada neste mundo que ressoava mais forte do que o amor que estávamos construindo.

Capítulo 23

E acho que rezo apenas pela visão de você
Você acha que me deixaria ver dentro de você?
Sabrina Claudio feat ZAYN — Rumors

Natalia

Saí da piscina e vi um drinque feito por Andrés na mesa ao lado da espreguiçadeira. Era o nosso segundo dia aproveitando a casa de campo e, se eu pudesse, ficaria ali pelo resto da minha vida. Embaixo do copo, havia um bilhete.

> *Estou cortando lenha para a gente acender a lareira do nosso quarto mais tarde. Eu, você, uma lareira, roupa nenhuma. Enquanto isso, aproveite esse momento só seu, pasión.*

É bem delicioso namorar Andrés De La Vega. E é ainda melhor perceber que ele era bom em tudo o que fazia. Já sabia que ele era habilidoso, mas nunca imaginei que, em vinte e quatro horas, esse homem fosse cozinhar, arrumar a horta do primo e ainda...

Olhei para a frente quando o som do machado contra a madeira soou.

A alguns metros de mim, Andrés estava cortando lenha com... *afinco*.

Ergueu os olhos, tirando o cabelo da testa, e abriu um sorriso. Me deitei na espreguiçadeira, como se fosse uma milionária que não tivesse uma conta para pagar, enquanto provava o drinque que parecia ter vodca e morango. Me senti naqueles filmes em que uma dondoca esnobe contrata um homem gostoso para cuidar da casa e fica admirando-o a tarde inteira.

Meus olhos brilharam para Andrés.

Ele estava sem camisa, com um machado gigante na mão. O bronze em sua pele parecia ainda mais acentuado, como se no tempo que passei mergulhando na piscina, o sol decidisse me trair e beijar o meu namorado. Tentei respirar, tentei me concentrar em qualquer coisa, exceto Andrés destruindo a madeira com apenas um golpe.

Eu jamais me fartaria de Andrés? Quer dizer, sempre teria uma vontade incontrolável de ouvi-lo falar sobre os seus dois trabalhos, o amor pela família e ainda querer devorar o homem sem pausa para respirar? Quando me transformei nessa safada?

Peguei o celular de cima da mesa e gravei o meu namorado, enviando o vídeo para Pablo e Daniel. Reli as mensagens acima, quando contei para os meus dois melhores amigos sobre o pedido de namoro. Deus, eu estava parecendo uma adolescente.

> ***Eu:*** *Vídeo do Andrés cortando lenha porque não é justo eu ver isso sozinha. Amo vocês!*

Coloquei o celular em cima da mesa, sabendo que me responderiam só mais tarde, liguei uma música sexy e terminei de beber o drinque, sentindo a cabeça girar no final. Não estava acostumada com nada com vodca, mas o drinque parecia tão leve...

Meus olhos encontraram Andrés, e ele estava concentrado na tarefa, me deixando ter um momento só para mim. Mas a questão é... poderíamos relaxar de *outra* forma.

Aumentei o volume.

Seus olhos vieram para mim, o machado pendendo em sua mão.

— Gostei da música, amor — ele gritou a distância, sorrindo.

Amor.

Ergui uma sobrancelha.

— É porque eu quero te assistir com uma trilha sonora.

Meu namorado pegou uma garrafa de água e tomou metade de uma vez. O suor estava descendo por ele como as gotas da piscina desciam pela minha pele arrepiada. Não pela diferença da temperatura da água para o sol, mas porque Andrés parecia um modelo de comercial de perfume. Ele voltou a me encarar, apoiando a garrafa no chão. Então, agarrou o machado, o gingou para trás das suas costas e arrematou uma larga tora de madeira ao meio.

— Você acha sexy o que estou fazendo? — gritou sobre a música.

— Não sei — me fingi de inocente. Dobrei as pernas, apoiando os pés na espreguiçadeira, e deixei meus joelhos espaçarem. Passei a ponta dos dedos pelas minhas coxas, depois barriga, voltando a descer… — Eu deveria?

Andrés engoliu em seco, mas então uma determinação cruzou seus olhos, quase como se agora ele soubesse o que eu estava fazendo.

— Você está me provocando, Natalia.

— Eu quero você.

— Ah, quer? — Ele deu uma risada rouca, safada. A risada do Secret. — Mas não vai ter. Primeiro, preciso terminar isso aqui.

— Quem disse?

— Eu. — Seus olhos estavam desafiadores. — Você consegue me fazer perder a cabeça e sair daqui? Estou bem determinado, *pasión*.

Me levantei.

— Você é excelente, é verdade — elogiei. — Mas ainda não me viu obstinada a fazer um homem ficar de joelhos por mim.

— Quer me pôr de joelhos? — A voz dele ficou tão perigosa que os arrepios dançaram da minha nuca até a parte de baixo do biquíni.

Mierda, o homem era um professor na arte da sedução. O que eu estava falando? Dane-se, vou manter a pose. Vou me sentir a bela de uma gostosa e vou deixá-lo de joelhos.

Senti seus olhos em mim quando preferi não responder, e sim fazer. Eu estava completamente molhada, o sol mostrando todas as imperfeições do meu corpo. Mas Andrés estava me admirando a metros de distância como se adorasse o que via. Ainda assim, havia uma segurança em seu rosto, de que conseguiria resistir se quisesse.

Ele voltou a cortar a lenha, e eu comecei a dançar.

Fechei os olhos para não observá-lo e correr o risco de perder a concentração. A dança me dava confiança. O jeito que meus quadris se moviam, como se tivessem vida própria, as ondas na minha barriga e a minha cintura parecendo feitas de mola. Como meus braços acompanhavam os meus pés e eu conseguia dançar sozinha como se o mundo fosse o meu palco. Pude sentir meus cabelos soltos batendo nas costas, o cheiro do sol com a água da piscina evaporando do meu corpo.

Após alguns minutos, o som do machado contra a lenha cessou.

Abri os olhos.

Andrés estava parado, me observando, mas incapaz de mover um músculo.

Comecei a dançar com mais vontade, seguindo o ritmo, como se fosse feito para ressoar nas minhas veias. Eu queria fazer o coração de Andrés acelerar na mesma velocidade que o meu. A cada batida do grave, meus quadris obedeciam ao comando da música. Não era rápida, e sim lenta o suficiente para ele me assistir com cuidado. Levei uma das mãos para as minhas costas e agarrei uma das cordinhas do biquíni, sem nunca parar de dançar. Um sorriso se espalhou na minha boca quando Andrés desceu seus olhos por mim, vidrado nos meus movimentos, e em como lentamente escorreguei a parte de cima do biquíni até que caísse no chão.

O machado caiu sobre a madeira que ele estava usando como base para cortar, em um único impacto.

A confiança que isso me trouxe, ninguém apagaria. Porque era a tempestade em seus olhos em forma de um desejo primitivo e possessivo. Era Andrés me devorando de uma forma que ninguém mais poderia. Sem me tocar, naquela distância física quase palpável, eu pude senti-lo deslizando em mim.

Enganchei os polegares na calcinha do biquíni, me livrando da última peça. Meus mamilos estavam livres e arrepiados, o desejo dançando só por ter a atenção de Andrés. O sangue começou a circular mais depressa, um frio cobriu a minha barriga e deslizou em forma de espiral para baixo, bem no meu clitóris, fazendo-o latejar.

Nossos olhares se encontraram.

Chutei a calcinha do biquíni para longe.

Seus lábios estavam entreabertos, como se ele estivesse tentando recuperar o fôlego. Eu também estava uma bagunça, porque a minha atração por Andrés independia do toque. Era o que sentíamos um pelo outro. Através dos fones de ouvido ou das conversas com Secret. Como também as trocas de olhares com o inspetor e a maneira que meus olhos sempre se fixavam em sua boca quando ele falava. Ficamos tanto tempo nas entrelinhas, mesmo que eu não estivesse fascinada por seu corpo, que eu me excitaria só por ele ser quem era.

Seus joelhos desceram até tocarem a grama.

— Estou de joelhos — ele disse, abrindo os braços para mim. — Vem me pegar.

Caminhei com calma, embora minhas pernas estivessem tremendo. Meu coração subiu do peito até a boca, conforme Andrés ficava segundo a segundo mais perto. Completamente nua, senti a respiração de Andrés bater na minha pele quando fiquei a centímetros de distância. Suas mãos tocaram os meus quadris, mas não com as palmas na minha pele, apenas a ponta dos dedos passeando pela minha cintura, a curva, para depois subirem de novo pelas minhas costelas. Com aquele olhar preso ao meu, de cima a baixo, Andrés me descreveu o seu desejo sem precisar de uma palavra sequer.

— Eu disse que você poderia me colocar de joelhos, Natalia. Mas...

Ergui uma sobrancelha.

— Tem um *mas*?

— Eu nunca disse o que eu faria quando eu ficasse em pé.

Em um rompante, Andrés se ergueu. Sua mão agarrou a minha bunda e a sua boca encontrou a minha como uma punição. Sua língua não me deixou espaço para respirar ou resfolegar, ele me consumiu como se o amanhã nunca fosse chegar. O que eu não me importaria, já que o agora era a coisa mais perfeita que poderíamos viver.

Entreguei tudo de mim quando sua língua impiedosa girou ao redor da minha; do ponto em que nossas bocas se encontravam, o desejo se espalhava. Eu estava tão desesperada por aquele homem que meus dedos se afundaram em seus ombros e, em um impulso, envolvi as pernas ao redor da sua cintura e deixei que ele me levasse.

Andrés me colocou contra uma parede, uma de suas mãos me mantendo no alto, enquanto a outra ia direto para o meu pescoço. Um aperto suave, nas laterais onde corria o sangue, me deixou desejosa.

— Fiquei imaginando como seria se eu te mostrasse o quanto eu sou seu, Natalia. Não como se eu tivesse poder sobre você, como se *você* tivesse poder sobre mim. Bem assim, perdendo a cabeça a ponto de beijar a sua boca e enlouquecer, apertando suavemente o seu pescoço, deixando a minha língua entrar na sua boca com vontade, fazendo meu quadril ir para a frente e te fazendo sentir, bem na boceta, o quanto o meu pau quer estar dentro de você. — Ele fez uma pausa, aliviando o aperto, mas a sua mão na minha bunda ficou mais forte. Pulsei, me sentindo úmida e pronta tão rápido, meus mamilos se esfregando no seu peito quente do sol e suado pelo calor. — Mas então eu também sonhava em entrar em você bem devagar, construindo o seu prazer de um jeito tão suave... como quando o sono vem te abraçar, sabe? A sensação? De ir caindo devagar no sono? Eu também queria cair devagar em você.

Umedeci os lábios, encarando seus olhos negros. Sua respiração bateu na minha boca e eu estremeci contra a parede de vidro da cabana.

— Quero te fazer gritar e me arranhar por eu estar sendo malvado. — Sua risada saiu rouca. — E também fazer você dizer o quanto está apaixonada por mim quando eu sou carinhoso.

Andrés me tirou da parede de vidro, começou a caminhar comigo e, em poucos passos, minhas costas encontraram a espreguiçadeira. Andrés me deixou com as pernas abertas, seu corpo fora da espreguiçadeira. Estremeci quando vi seu rosto bem onde eu mais queria ser tocada.

— A sua boceta está toda inchada, molhada... — Ele passou com as costas dos dedos de cima a baixo, e eu ergui o quadril. Um sorriso de surpresa despontou em sua boca, e meu namorado umedeceu o lábio superior. — Você me quer tanto assim, Natalia?

— Eu quero você em todos os lugares — implorei, agarrando meus seios. Meus quadris começaram a circular, o desespero me fazendo dizer coisas que eu morreria de vergonha se fosse com qualquer outro homem. — Eu quero você me chupando, Andrés.

— Ah, você quer, é? — A risada vibrou exatamente no ponto em que eu o queria, porque estava tão perto. Mas Andrés beijou apenas um lado da minha virilha, só com a boca, para depois ir para o outro lado. Joguei a cabeça para trás, frustrada, sentindo sua respiração em todas as partes certas. — Dá para ver os seus lábios implorando pela minha língua. Seu clitóris está pulsando, amor?

— Está...

— Bem gostoso?

— Uhum... — gemi quando sua língua deslizou de cima a baixo, apenas uma vez. E tremi de frustração quando Andrés a afastou, lambendo a virilha, me atiçando a ponto de querer puxá-lo pelos cabelos e fazê-lo ir para o ponto em que meu desespero pulsava. — Andrés, por favor.

— Por favor o quê? — sussurrou. — Você quer que eu vá bem aqui? — Chupou meu clitóris. Então, a ponta da sua língua tremulou, e senti o prazer se construir como se me avisasse que eu não duraria muito tempo. Agarrei meus seios com mais força, os bicos na minha palma tão duros como se eu estivesse nua no inverno. Mordi o lábio inferior, descendo os olhos para onde Andrés me tinha.

Completamente exposta.

Ele gemeu enquanto me chupava.

Eu nunca vi um homem responder a sexo oral como Andrés fazia. Ele não era delicado nem bruto demais, era na medida certa para me deixar maluca. Sua boca me sugou e sua língua entrou na minha boceta, apenas para depois me lamber de cima a baixo, subindo e descendo, dando tanta atenção ao meu clitóris que fez a minha barriga ondular. Pude sentir a minha vagina vibrando, querendo o pau de Andrés dentro de mim...

— Andrés...

— Você só vai ter um orgasmo suave agora. Quero você chupando o meu pau com a sua boceta quando eu estiver aí dentro. Quero você arrancando a porra toda de mim, Natalia. Quero que a gente fique de joelhos um pelo outro.

Mierda.

Sua língua circulou e bateu no meu clitóris com força quando o desejo ficou insustentável. Como se conhecesse cada terminação nervosa, Andrés lambeu os lábios e tremeu a ponta da língua, usando também sua boca quente para me deixar cada vez mais molhada. Eu podia sentir o meu prazer se misturando à sua saliva, escorregando entre a minha bunda. Rebolei em sua boca sem vergonha alguma, o sol sobre nossas cabeças aquecendo a minha pele a ponto de ser quase uma segunda tortura, mas eu não queria parar. Eu precisava ir ainda mais fundo.

Andrés jogou minhas pernas ao redor dos seus ombros, me puxando para os pés da espreguiçadeira ao fazer isso. Fiquei quase sentada, agarrando sua cabeça com as duas mãos, as pernas tão abertas que precisei colocar a ponta dos pés em seus ombros. Fiquei exposta, os músculos da minha coxa tremendo, arqueando a coluna e rebolando em sua boca como se eu precisasse disso para viver. Andrés gemeu enquanto me chupava, a sua barba realizando pequenos milagres junto com a sua língua e sua boca. Não podia acreditar no quão desesperada estava para gozar, mas era....

Lá debaixo, seus olhos encontraram os meus e sorriram.

— Você vai gozar essa boceta para mim, Natalia. Você vai tremer e vai vibrar, vai pulsar e derramar todo o seu mel na minha boca — prometeu, e eu vibrei com a sua voz regada por tesão. — Então vou enterrar o meu pau em você até derramar cada gota da minha porra lá dentro. Você vai gozar comigo, bem gostoso, como você merece.

A voz dele contra o meu clitóris, rouca e grave, me deixou no limite. Mas foi a sua língua e um movimento circular, com o rebolado do meu quadril, que fez o estalo vir. A onda de tesão, somada à expectativa, fez o orgasmo me rasgar de onde Andrés estava me chupando até o meu coração. Senti cada músculo do meu corpo se agitar involuntariamente e Andrés me agarrou como se me conhecesse o bastante para saber que eu viraria a maldita espreguiçadeira. Me deitei, tremi e abri ainda mais as pernas, sendo sustentada por um orgasmo que me fez flutuar. Era uma agonia infinita capaz de durar apenas alguns segundos, em que meu corpo inteiro criava um estado de alerta nervoso e muscular, cada célula em pausa, enquanto eu vivia aquele transe. Não tive coragem de fechar os olhos, porque era naqueles orbes ônix que eu queria focar, e naquele rosto lindo do homem por quem eu estava apaixonada, que me tirava todos os pudores e inseguranças.

Eu gozava com liberdade porque Andrés via beleza em cada um dos meus medos.

Puxei-o para a minha boca, sentindo meu sabor em sua língua. Eu já me sentia parte dele, como se fôssemos uma única alma esperando a vida inteira para se reencontrar. Partes minhas, que eu nunca consegui entregar a ninguém, estavam com Andrés agora. E quando ele me beijou com um carinho, misturado ao cuidado e à surpresa, eu soube que não havia nada que eu precisasse dizer a ele que o faria entender, porque ele já sabia.

Andrés me tirou da espreguiçadeira e me levou para a superfície acolchoada que estava sob uma tenda, na área externa. Eu sinceramente não me importaria de fazer sexo com esse homem contra uma pedra, mas quando ele me deixou e se ergueu apenas para tirar a calça, me olhando com carinho e com amor, entendi que ele nunca faria nada que me machucasse.

Mesmo os seus tapas na minha bunda eram pelo meu prazer. A maneira que ele segurava o meu pescoço era uma forma de dizer o quanto eu podia confiar nele. Até quando seu quadril descia em direção ao meu...

Tudo era uma dança de confiança e sentimento que nenhum outro homem jamais foi capaz de me dar.

Então quando ele me beijou, o seu pau deslizando por meus lábios em um vai e vem suave, sem entrar e só me atiçar...

— Quero entrar em você com força e depois vou ser cuidadoso. Eu só preciso me afogar no seu corpo como se eu quisesse morrer em você, Natalia. Porra, quero me doar todo para você. — Ele lambeu o meu pescoço e então mordeu o lóbulo da minha orelha. Uma de suas mãos foi para o meu quadril e a outra agarrou um dos meus seios. Abri as pernas ainda mais, e Andrés tremeu quando a glande do seu pau beirou a entrada. — Eu vou te fazer gozar tão forte.

— Você vai. Você vai se enterrar em mim e me fazer sua. De novo e de novo. Por todas as vezes que você quiser.

— Eu não vou a lugar algum.

Segurei seus cabelos, sentindo a textura dos fios grossos entre meus dedos.

— Se rende para mim, amor — pedi.

Andrés travou o maxilar, me encarando. Ele não me beijou, mas disse o quanto estava apaixonado por mim quando se afundou na minha boceta, até o fundo, de uma só vez. Eu me vi tão receptiva para ele, todos os nervos da minha vagina o recebendo como se estivessem desesperados para senti-lo. Eu tremi, a maneira que Andrés me preencheu quase me fez gozar de novo. Afundei as unhas em sua pele, ele gemeu do fundo da garganta e xingou quando me sentiu completamente molhada. Andrés ficou um tempo parado dentro de mim, e então mordeu meu lábio inferior, me olhando fixamente.

— Preciso recuar, mas quero viver aqui para sempre.

— Me come, Andrés.

— Quer que eu te coma? — Ele soltou meu lábio em um *ploc* suave. Um sorriso de canto se formou em sua boca. Eu tremi. — Você quer esse homem que se masturbou por dias pensando em você... te fodendo?

— Esse homem é meu agora.

— É — Andrés gemeu. — Esse homem é todo seu.

Andrés recuou o quadril e me fez ver estrelas quando se afundou de novo. O tipo de estrela que você não vê em qualquer sexo, o tipo de coisa que só acontece quando o encaixe é perfeito e você é capaz de sentir. Eu nunca me senti tão pronta para um homem como me sentia por Andrés. Minha boceta o acomodava como se o amasse, os meus seios ficavam tão sensíveis como jamais estiveram antes, cada centímetro implorando por seu toque.

E ele me beijou.

Recuando de novo e se afundando em mim.

Sua pélvis batendo no meu clitóris a cada investida.

Deixei minhas pernas soltas ao lado do seu quadril, porque Andrés começou a ir e vir mais rápido. Ondulando, sem mover seu corpo, apenas a bunda trabalhando, enquanto seu pau me preenchia. Era tão gostoso, eu sentindo a minha boceta ficando cada vez mais molhada, o orgasmo sendo construído de dentro para fora, pulsando em volta de cada centímetro do pau de Andrés que era colocado em mim. Seu maxilar ficou mais solto, a boca se entreabriu e sua respiração se misturou à minha.

Seus olhos jamais desviaram dos meus.

Sua mão apertou meu seio com mais força, os outros dedos afundados na carne do meu quadril a ponto de deixar marca. Acompanhei seu ritmo, ondulando para recebê-lo bem fundo a cada vez que vinha. Seu pau quente e latejante a cada investida, pulsando como se nós dois juntos formássemos um novo coração que nos conectava. Rebolei com Andrés, o som molhado do sexo não sendo mais alto do que os gemidos e as nossas respirações trôpegas. Os colchonetes sob meu corpo começaram a dançar com a gente, mas nada importava. O suor de Andrés caía em mim, e eu queria lamber aquele homem até que nada mais existisse além de...

— Como é bom dar essa boceta para você. — Agarrei seus ombros, erguendo meu quadril, e ele montou em mim. Abriu mais as pernas, os joelhos apontados em direções opostas. Sua boca raspou na minha e eu lambi seu lábio inferior.

— Não há nada como estar dentro de você, amor. Consigo sentir cada centímetro do meu pau sendo apertado pelo seu prazer. É molhado, é quente, mas todo o seu tesão me chupa e me desmonta. — Ele me agarrou como se quisesse fundir os nossos corpos. Suas mãos capturaram as minhas, e Andrés prendeu os meus pulsos acima da minha cabeça. — Você me engole todo, Natalia. Agora, aperta essa boceta para mim.

Eu gemi quando a minha vagina o obedeceu.

— Quero te ter cada vez mais fundo, a cabeça do meu pau lá dentro. — Ele foi rápido para dentro de mim, estocando e voltando, me fazendo quase gozar. Seu grunhido veio do fundo da garganta quando ele soltou uma risada misturada ao seu prazer.

Ver Andrés com tesão era uma visão e tanto.

Sua boca aberta, o suor lambendo sua pele, a respiração cobrindo cada palavra ao final, como se criassem uma trilha sonora, o vinco entre suas sobrancelhas, o olhar lânguido e atento ao mesmo tempo. A maneira que ele viajava sua atenção por nossos corpos, como se a visão em si o deixasse maluco.

— Preciso de você empinada para mim, Natalia.

— Sim, por favor — concordei, e assim que Andrés saiu de mim, eu me ajoelhei. Me empinei para ele. Encostei a bochecha no colchonete, minhas mãos se estenderem acima da minha cabeça e espacei as pernas, toda aberta para ele me foder da melhor forma possível.

Andrés parou um minuto de falar, a respiração ofegante.

Espiei-o de onde estava.

Seus olhos brilhando ao me ver aberta, ele se tocando enquanto me olhava, o pau grande e todo molhado do nosso prazer, deslizando em seus dedos longos.

— Toca esse clitóris para mim — pediu, sabendo que estava sendo observado. — Leva esses dedos lindos para o seu clitóris e se esfrega para mim.

Fiz o que Andrés pediu, sentindo o choque de um tesão que estava sendo construído quase me levar ao limite. O instinto era fechar os olhos, mas Andrés se posicionou bem atrás da minha bunda e passou o pau duro e quente de cima a baixo da minha vagina, me deixando toda arrepiada. Andrés gemeu quando entrou só um pouco, a minha boceta o acomodando como se pedisse *por favor* a ele.

— Andrés...

— Eu amo quando você geme o meu nome. Me diz o que você quer.

— Agarra a minha bunda — pedi, entre gemidos e uma respiração que nem era mais minha. Rasa, luxuriosa, possuída pela vontade. — E bate nela. Entra em mim, Andrés.

Ele se abaixou por um segundo, tirando seu pau de dentro de mim para me lamber de baixo a cima. Então, se posicionou de novo. Eu não parei de tocar o meu clitóris, eu estava tão perigosamente perto que...

— Preciso que você faça isso agora — avisei.

Como se tivéssemos todo o tempo do mundo, centímetro a centímetro, Andrés entrou em mim, batendo até o fundo da minha boceta como se quisesse testar o quanto ele podia entrar. Me empinei ainda mais para ele, abrindo mais as pernas, meus seios colados no chão e a minha bunda direcionada para o alto. Tremi quando senti o quanto a minha boceta se alargava para recebê-lo, meu clitóris sendo engolido por seu pau quando Andrés foi ao limite.

Soltei a mão dali. Só o vai e vem...

Então, ele me deu um tapa.

De mão cheia.

A ponto de doer.

Mas a dor foi direto para onde Andrés começou a ir e vir, bem no clitóris.

Ele acelerou.

Foi rápido, mais rápido que as batidas frenéticas do meu coração. Cada vez que nossos corações pulsavam, Andrés estalava um tapa na minha bunda, e depois do outro lado, me apertando e me afundando em seus dedos quando queria correr contra o tempo, construindo o nosso orgasmo. Os tapas eram deliciosos, era uma sensação de estar entregando o controle do sexo para ele e já não tinha volta.

Andrés agarrou meus quadris e começou a se chocar contra eles. Seu pau me preenchia em cada parte, em cada maldito nervo, e a minha boceta começou a ser estimulada pelo próprio vai e vem. Senti o prazer se formar bem onde estávamos conectados, não havia mais volta, um orgasmo que parecia uma catástrofe ia me atingir.

— Sua boceta está apertada em volta do meu caralho. Natalia, porra, eu não vou aguentar, *pasión*. Goza comigo.

— Eu vou.

— Vai gozar comigo?

— Sim — gemi.

— Porra, sim. Sim. Tira cada parte de mim, cada maldita gota. Carajo, quero te ouvir gritar o meu nome enquanto gozo gemendo no seu ouvido.

Andrés se inclinou sobre mim, e eu perdi a força das minhas pernas, me abrindo toda enquanto ele colava o peito nas minhas costas. Agarrou o meu cabelo e eu comecei a tremer e convulsionar no momento em que meu corpo se entregou.

Essa onda, essa vontade sendo sanada e sendo arrancada de mim milésimo a milésimo de segundo, era devastadora.

Ele mordeu o lóbulo da minha orelha, seu pau sem parar de entrar e sair, com tanta força que precisei acompanhá-lo, enquanto vivia esse prazer que me dilacerava. Gozei longamente, puxando Andrés dentro de mim e sentindo que ele estava no limite. No meio do meu próprio orgasmo, senti ele bombeando e se entregando. Gozamos juntos, enquanto eu gritava por seu nome e ele gemia o meu, como se fosse a palavra favorita que escorregava de sua língua. Cerrei os olhos, sentindo essa conexão com Andrés se tornar mais forte a cada vez que gozávamos juntos e nos entregávamos assim. Com ele, minutos eram horas. Senti seu corpo desabar ao meu lado, e a minha respiração lutou para se normalizar quando seus braços me envolveram.

— Você, Natalia...

— O quê? — sussurrei, observando a lateral do seu rosto. O sorriso sacana e exausto na sua boca me fez morder meu lábio inferior.

— Eu estava todo inocente cortando a porra da madeira.

Gargalhei.

— Não posso me aproveitar de você a hora que eu quiser?

Havia uma coisa em Andrés que me deixava um pouco mais apaixonada por ele. Algo sobre sua personalidade que me instigava a querer passar o resto da minha vida descobrindo os seus antônimos. Havia algo sobre ele ir de melhor amante a melhor amigo em um piscar de olhos. Uma coisa sobre ele bater na minha bunda e gemer docemente o meu nome como se fosse a palavra mais preciosa. Havia traços seus que me confundiam, porque se completavam, como se ele fosse o melhor de dois mundos em um só.

— Pode, e deve me aproveitar sempre que quiser.

— Então por que você me fez passar por um strip-tease?

Ele voltou seu rosto para mim e abriu um sorriso sacana.

— Eu queria ser seduzido até perder a força das pernas e ficar de joelhos.

— Você perdeu? — Arregalei os olhos. — A força das pernas?

Andrés gargalhou.

— Por que você está tão surpresa?

— Eu fiz você, o mestre da sedução, a persona da safadeza, o dono do cabaré virtual...

A risada dele ficou ainda mais alta. Seu corpo balançou junto com o meu, e eu comecei a traçar o seu peito com a ponta do dedo. Andrés cobriu minha mão com a sua, parando em seu coração ainda acelerado.

— O que mais me assusta é que sinto que poderia passar o resto da minha vida te escutando, o resto da minha vida te conhecendo, sem ficar entediado nem por um segundo.

Sua declaração fez meu estômago dar um giro.

— Por que isso te assusta?

— Porque a vida real está esperando a gente lá fora. — Ele beijou a minha testa e me trouxe para mais perto. — Trabalhamos juntos, temos uma vida louca, Natalia. Eu nunca tive medo de fazer o que faço, de ser inspetor, mas agora tudo parece tão frágil.

— Já não disse que a paixão vai fortalecer a gente? — sussurrei.

Ele ergueu meu queixo, me fazendo encará-lo. Aquela vulnerabilidade que eu jamais pensei em ver em seus olhos existia. Por trás de um homem inabalável, havia alguém se apaixonando por mim, entregando partes do seu coração que fazia tempo estava fechado. Havia uma responsabilidade imensa nisso, mas, *Dios*... como eu amava ter o coração daquele homem junto do meu.

— Você disse — Andrés concordou. — E isso me faz pensar que o mundo pode se tornar um caos, tudo o que eu preciso está bem aqui.

— A gente vai resolver o caso.

— Eu sei.

— A gente vai pegar o desgraçado, Andrés.

— Vamos pegar muitos desgraçados pelo resto das nossas vidas — prometeu.

Ele me fez rir.

— Nossa, isso é tão romântico, amor...

Andrés me beijou, mas o que ecoou em meus pensamentos... Aquela era a primeira vez que um homem estava sendo tão vulnerável e sincero comigo. Sem vergonha de dizer seus medos, sem pavor de se mostrar sensível.

Isso me fez segurar a lateral do seu rosto e transformar a dança de nossas línguas em mil juras de amor.

Você se sente tão desesperadamente apaixonado quanto eu?

Capítulo 24

Eu vou te dar algo que você não está acostumada

Esqueça seu passado, isso é novo.

Barcenilla — Mira

Natalia

A vida é tão interessante, porque ela parece escutar todas as coisas que você diz que não quer e simplesmente prova que você não sabia o que precisava de verdade. Tudo o que negamos, de repente, acontece e nos mostra que precisamos viver a experiência.

Eu não queria me apaixonar, eu não queria um relacionamento com alguém que trabalhasse comigo, eu queria priorizar a carreira. Mas fomos de desconhecidos a colegas e então amantes em uma batida dos nossos corações.

Pensei que ficaria apavorada por me sentir tão apaixonada por alguém tão rápido, mas essa curta viagem com o Andrés para a casa de campo me fez entender que o medo só surge quando há algo que nos traz dúvidas. Com Andrés, tudo parecia tão certo que não havia nada que me fizesse ter um único pensamento duvidoso sobre nós dois.

Ainda que eu estivesse um pouco apavorada com a família De La Vega.

— Come mais, querida — tia Hilda, a mãe do Rhuan, disse.

— Eu estou bem. Muito obrigada.

— Nossa, eu ainda não acredito que você é de verdade! — María Fernanda, a mãe de Andrés, segurou as laterais do meu rosto enquanto sorria largo. — É tão bonita que chega a doer os olhos!

— Não é? — Tia Hilda suspirou. — Ah, se o Rhuan tomasse jeito...

— Ele vai! — Marifer, minha... sogra, garantiu. — Natalia, não se assuste com o tamanho da nossa família, viu? Nem com as cobranças sobre os nossos bebês se casarem.

Olhei para Andrés, Rhuan e Esteban tomando uísque com gelo. Três homens lindos, maravilhosos e poderosos. *Bebês?*

— Ah, sim... eu entendo essa expectativa...

— O que você acha do matrimônio? — Maria Isabel, a mãe de Esteban, piscou seus olhos verdes para mim. — Acha uma boa ideia?

— Eu... — Suspirei. — Não sei se eu acredito muito na instituição "casamento", mas gosto da ideia de dividir uma vida com alguém. Só não sonho com uma festa...

— Como não sonha? — Marifer ficou surpresa. — Ah, Natalia! Preciso ver você de noiva antes de morrer! Não há homens mais passionais do que os De La Vega, e o meu filho não vai ser a exceção. Andrés! — ela gritou.

Meu namorado se aproximou, um pouco surpreso.

— Vai pedir a menina em casamento quando? — sua mãe cobrou.

Ele engasgou com a bebida.

— Mãe, é a segunda vez na porra de toda a minha vida que eu te mostro uma namorada. Não pergunta nada de casamento. Eu já falei que é indelicado pra *carajo*.

— Ah, mas essa menina é um tesouro! — Marifer se aproximou de mim, envolvendo os meus ombros com os braços. — Imagine os bebês De La Vega!

— Olha, Marifer... eu... — comecei.

— Vou levar minha *mujer* para dançar. Licença. Tia Hilda, Maribel, mãe... — Ele suspirou e começou a me puxar para longe do grupo. — O que eu te disse sobre as três casamenteiras?

— Manter distância, não fazer contato visual, dar respostas evasivas — sussurrei.

— Perfeito, mas você não me ouviu.

— Mas elas são umas senhorinhas tão adoráveis, Andrés! Não consegui ficar muito tempo longe delas. Me seguiram e já foram... Enfim, amei a sua mãe. Apesar de ela olhar para mim e ver a descendência De La Vega com a mistura do meu DNA.

Andrés gargalhou.

— Ela quer ser avó. Todas querem. Mas o sonho dourado é o maldito casamento.

— Tem alguma explicação para esse desejo tão forte?

— A tia-avó Angelita, que já faleceu, disse que todos os De La Vega têm que se casar, ou a maldição se concretizará e ninguém mais vai encontrar o amor... É bobagem para deixar a gente apavorado. Nunca funcionou.

— Então, você, o Rhuan e o Esteban têm um pacto?

— É. A gente não tem vontade de oficializar as coisas na igreja. Queremos nos rebelar e quebrar esse padrão na família. — Ele fez uma pausa e me puxou pela cintura. — Mas eu quero morar com você.

Pisquei.

— O quê? *Já*?

— Não. — Andrés riu. — Quando chegar a hora certa... Quero as suas calcinhas na minha gaveta.

— Você sabe que a minha decoração é toda fofa, né?

— Vou deixar você mexer no que quiser na minha casa.

— Vocês vão morar juntos? — Rhuan se aproximou, como um gato, tão silencioso que cheguei a dar um pulo.

— Em algum momento — Andrés garantiu.

— Eu aprovo morar junto. — Rhuan sorriu com malícia.

— Não pedi aprovação, primo.

— Mas, *carajo*. Eu só estou dizendo que é melhor do que casar. — Rhuan estremeceu, como se a ideia lhe desse arrepios. — Para que fazer um contrato que pode acabar em divórcio depois?

— Não é? — Esteban se aproximou.

— Vocês têm só casos de sucesso na família — observei, vendo que todos que estavam casados pareciam tão apaixonados quanto adolescentes. — Então por que essa aversão toda?

— A gente odeia regras — Esteban sussurrou. — Gostamos de ser os solteirões da família. Quando chegamos numa festa, ficam nos encarando como se fôssemos a encarnação do Anjo Caído.

Gargalhei.

— E por que vocês gostam disso?

— Qual a graça de ser uma cópia escarrada de toda a família? Os De La Vega não podem fugir do amor, os De La Vega são passionais, os De La Vega se apaixonam uma vez por toda a vida... — Rhuan esnobou. — A gente cresceu ouvindo isso. Eu, que consigo administrar as minhas emoções como faço com as finanças, sou bem cético.

Pisquei, surpresa.

— Mas você é psicólogo. Como fica aí desdenhando das emoções?

— Não desdenho. — Ele sorriu por trás do copo de uísque. — Eu só as racionalizo e, por causa disso, consigo administrá-las.

— Ele tem blindagem — Esteban explicou. — E o meu escudo é a putaria.

Olhei para o meu namorado.

— Esteban tem a regra dos três encontros?

Andrés negou.

— Com ele é só um encontro. — Sorriu para mim.

— O quê? Sexo? Só uma vez. Três horinhas comigo e tchau.

— Ah, então não são três encontros. São três horas... — ponderei. — E você, Rhuan?

— Eu simplesmente não me envolvo.

Arregalei os olhos.

— O quê?

— Eu só transo com profissionais do sexo.

Madre de Dios.

— Isso é bem específico.

Rhuan estalou a língua no céu da boca.

— Andrés nunca gostou dessas coisas. Ele prefere mulheres reais, assim como o Esteban. Eu já gosto de uma mulher que só quer o dinheiro, com horário marcado e tchau.

— Isso é prático, mas assustadoramente frio.

Ele se aproximou e piscou para mim.

— Sou bonitinho, mas sei ser bem ordinário.

— Que nem eu. — Esteban abraçou o primo. — Os últimos a cair, Rhuan.

— Jamais cairemos — os dois brindaram e disseram juntos.

— Chega dessa *mierda*. Vou dançar com a minha *pasión*.

— Você sabe que isso só vai piorar a *fanfic* que a sua mãe está criando na cabeça dela, não é? — perguntei, sorrindo.

Andrés me observou com carinho, me puxando pela cintura. E quando fomos para o meio da pista, ele me beijou suavemente nos lábios.

— A dona Marifer terá que se acostumar, porque você será uma constante. Na minha vida, na vida da minha família e por todos os anos que você me permitir.

Hoje era o nosso último dia. Em algumas horas, Esteban voltaria para os Estados Unidos. Andrés e eu pegaríamos a estrada para Madrid. Rhuan voltaria com a gente, porque tinha negócios e trabalho na capital. Estávamos afastados da cidade, em um sítio da família De La Vega. O lugar era imenso, a família estava em peso, e os De La Vega eram maiores do que eu pensava. Uma família muito unida e carinhosa, que me passou uma energia que eu não estava mais habituada. Minha mãe no Canadá com o marido… nunca foi algo que fazia meu coração doer. Mas, enquanto estava rodeada daquelas pessoas incríveis, me peguei pensando no quanto eu sentia saudade dela.

— Quero que você conheça a minha mãe, Andrés. Quero que a gente possa ir ao Canadá nas férias.

O sorriso do meu namorado ficou largo.

— Sério?

— Sim, a minha mãe e o meu padrasto são especiais demais. Eles vão se apaixonar por você assim que…

Ele me roubou um beijo, o que me fez rir.

— O que foi? — sussurrei.

— Eu amo o jeito que você fala de mim.

— Como eu falo?

— Com orgulho, com certeza, com admiração.

— Eu te admiro, me orgulho e tenho certeza sobre nós dois.

— Dança comigo, *pasión*.

Ele me girou e nossos corpos se colaram. Bem ali, nos braços daquele homem, que era feito de proteção, amor e carinho, senti que tudo parecia tão certo. Isso vai além de estar apaixonada, é sobre entender o universo de alguém e desejar que a outra pessoa tenha acesso ao seu também. É sobre ter uma ligação energética que cala toda a razão. É sobre pertencer. Mas não porque você precisa disso, e sim porque cada pensamento seu simplesmente sabe que é *ele*. É uma entrega tão maior do que a paixão, tão maior do que as pequenas declarações, tão maior do que tudo o que já senti antes.

— Eu sinto você pensando em mim, mesmo que nem sempre fale em voz alta — sussurrou.

— Eu faço isso?

— Sim, consigo sentir.

— O que você acha que eu estou pensando agora?

— Sobre nós.

— É mesmo? — Fiquei surpresa, meu coração parou de bater por um segundo. Senti meus pulmões se encolhendo, sem ar. — Bem, sim, estou pensando sobre a gente.

Uma música calma começou a tocar e Andrés foi dançando suavemente comigo. Escutei Rhuan rindo com Esteban ao fundo, enquanto falavam com seus pais.

— Você acha que o amor é aleatório, *pasión*? Ou que fomos escolhidos?

— Depois de ter várias chances de entrar na sua vida, acho que fomos escolhidos.

— Bem, que bom.

— Por quê?

Andrés sorriu contra a minha testa.

— Porque você é a razão pela qual, hoje, eu acredito no destino dos De La Vega.

Parei de dançar.

Andrés tocou meu queixo, seus olhos escuros me medindo enquanto penetravam as minhas barreiras. Ele falava sobre sentimentos com a mesma segurança de um *dirty talker*, e isso sempre me chocava. A maneira direta e franca com que ele falava comigo me deixava sem ar. Era como arrancar o chão de qualquer mulher e lhe oferecer asas.

— Eu acredito em destino agora — completou.

— Você está me deixando ainda mais apaixonada. É melhor parar com isso.

Seus olhos sorriram junto com a sua boca. Algumas horas atrás, estávamos tomando banho juntos e rindo. Agora, era como se todo o peso do que vivemos se consolidasse. Esses poucos dias com Andrés na casa de Rhuan foram inesquecíveis.

— Mas é incrível você se apaixonar loucamente por mim. — Sua voz soou na minha orelha direita, então ele colou os lábios na esquerda. — Eu estou queimando por você, Natalia. Você é tudo o que eu sempre quis e não sabia de que precisava, até tê-la. Obrigado por conhecer o meu universo, mas, especialmente, obrigado por me permitir ficar no seu.

Minha garganta fechou porque era o que eu estava pensando, bem ali, colocado em palavras. Andrés segurou o meu rosto e se afogou nos meus lábios como quem precisava disso para ficar inteiro. Envolvi seus ombros, seus segredos, suas verdades e os seus sentimentos como se entendesse que não havia outro lugar para mim.

— Não consigo não transformar uma saída com você em declarações de amor.

Ri, enquanto ainda sentia o meu coração na boca.

— Isso é sobre o Esteban voltar para os Estados Unidos, não tem nada a ver com a gente mesmo.

— Pois é. — Ele me pegou pela mão e começou a sair da pista, caminhando devagar na direção da família. O sorriso em seu rosto, quase envergonhado, me fez morder o lábio inferior. — *Carajo*, que medo do Esteban voltando para os Estados Unidos depois dessas férias.

— É? — perguntei, curiosa. — Por quê?

— Ele tem uma atração fodida pela chefe dele.

— Ah... — Acabei rindo. — Como a gente?

— Não, não como a gente. Eles se odeiam.

Arregalei os olhos.

— Eles se querem, mas se odeiam?

— É, por aí. Só torço para o Diego ou o Hugo nunca precisarem ir lá tirá-lo da cadeia. Porque eu não vou estar lá para proteger a bunda do Esteban.

Sorri e, antes de Andrés avistar os primos, segurei sua mão com mais firmeza. Ele parou e se virou para mim. Estava tão lindo que era um ultraje. A camisa social branca, a calça social preta, o cabelo alinhado, brilhando à meia-luz do ambiente. A maneira que ele logo abria um sorriso cada vez que nossos olhos se encontravam dizia mais do que qualquer coisa que eu pudesse dizer. Ainda assim, as palavras saíram da minha boca antes que pudesse repensá-las.

— Eu te amo, Andrés.

Não houve dúvida em seu olhar, nem surpresa. Era como se ele tivesse entendido o que eu ia falar um segundo antes de eu dizer.

— E eu te amo, Natalia Ortiz.

Umedeci os lábios, meu estômago dando um giro.

— Vamos ver o Esteban.

— Eu? — Esteban gritou, mais bêbado do que cinco minutos atrás. Ele abriu um sorriso endiabrado e me entregou um copo de uísque assim que se aproximou. Me envolveu num meio abraço, me puxando pela cintura. — Beba, *mujer*. E se divirta. Porque, depois disso aqui, eu vou estar num inferno.

— Ouvi boatos.

— Não são só boatos.

— Seja paciente, Esteban.

— Difícil.

— Dá para você soltar a minha namorada, *hermano*?

— Claro, perdão. — Esteban me entregou para Andrés. Eu gargalhei de novo. — Ela é muito envolvente.

— Eu sei, obrigada — brinquei.

— E linda também. — Rhuan desceu os olhos por mim. — Linda pra *carajo*. Eu a vi antes que você, Andrés. Sabia disso?

— Como assim? — Andrés perguntou.

— Eu vi a Natalia no embarque com o cara. Eu não me aproximei, porque ela estava acompanhada.

— A *ela*, em questão, está bem aqui.

— Mas você faz o meu tipo. — Rhuan sorriu para mim.

— Rhuan, você quer morrer? — Andrés grunhiu.

— Hoje não. — O primo de Andrés piscou para mim e se sentou à mesa.

Esteban e Rhuan eram muito perigosos, mas eu sabia que, por trás de todo o flerte e sedução, havia dois homens passionais demais.

Meu namorado se sentou na imensa mesa familiar, de mãos dadas comigo sob a toalha.

Nós comemos, bebemos, conversamos e... Eu gargalhei com aquela família como não fazia em décadas. Apesar de tudo, entendi que estar no mundo do Andrés não era apenas amá-lo. Era se apaixonar por tudo o que o envolvia, sem que precisasse de nenhum esforço.

— Vamos fazer as malas depois e partir cedo — ele sussurrou na minha orelha, usando a voz de Secret, me seduzindo.

— Por que isso parece uma preliminar?

— Porque, enquanto você estiver fazendo as malas, estarei ocupado chupando todo o seu corpo e te desconcentrando.

— Andrés!

Todos na mesa me olharam quando gritei, e eu pigarreei.

— Desculpa — pedi.

— Se comporte, filho — Marifer resmungou.

— Sempre, mãe. — Ele piscou para mim e sorriu.

Com certeza... não havia uma pessoa que ainda estivesse respirando que não se apaixonaria por um De La Vega.

Capítulo 25

Eu sinto seu toque se comunicando comigo
E as minhas ansiedades desaparecendo.
Plested — Lost For Words

Andrés

— Já estamos liberados, Gutiérrez? — perguntei por telefone, enquanto Natalia dirigia. Já estávamos nas ruas de Madrid, e Rhuan já havia saído da cola do nosso carro e seguido o próprio caminho. — Estamos indo para a delegacia agora.

Viver um paraíso com Natalia por poucos dias me trouxe a sensação de que colocamos os nossos sentimentos nus e crus na frente um do outro. E que descansamos. Tinha deixado o site do Secret com áudios programados, mas avisei aos seguidores que não poderia respondê-los por um tempo. Natalia ficou offline de suas redes sociais. Nós nos dedicamos cem por cento um ao outro. Foi bom porque, tendo dois empregos, cara, não sei quando foi a última vez que me permiti ter um tempo só para mim.

Nem para sentir, como Natalia me permitiu. Nem para descansar.

— Temos mais uma vítima — Gutiérrez falou, naquele tom informativo.

— É, eu ouvi no rádio pela manhã. — Fiz uma pausa e lancei um olhar para Natalia. — Nos afastar desse caso foi um erro.

— Está bem, vingadores. Eu errei. De qualquer maneira, vocês não tinham um suspeito antes. O dr. Fuentes e os demais conseguiram comprovar o álibi. Não eram quem vocês pensaram. Nenhum deles.

— E agora? Vocês têm um suspeito? — Natalia perguntou a Gutiérrez, que estava no viva-voz.

— Quase. — Gutiérrez parecia estar correndo contra o tempo. — O perfilador está aqui, temos reunião em uma hora. Vocês conseguem chegar a tempo?

— Chegamos em cinco minutos — avisei.

— Ótimo. — Gutiérrez fez uma pausa. — Mais uma coisa.

— Sim?

— Estou recebendo uma pressão absurda dos superiores. Há novos desdobramentos no caso, novas pistas. Mas preciso que vocês se concentrem em resolvê-lo o mais rápido possível. Acham que podem fazer isso?

— Sim — respondemos juntos.

— Perfeito. E sobre o relacionamento de vocês... sejam discretos por um tempo. — Ela desligou antes que eu tivesse a chance de retrucar.

Olá, vida real.

— Até parece que a gente ia se agarrar em público — Natalia resmungou.

— Talvez eu te pegue em uma sala vazia. — Apertei sua coxa, mas ela não riu. — Vamos conseguir, *pasión*. Seja qual for o caos que estiver lá, vamos resolver o caso.

Nani estava ansiosa. Dava para perceber por sua respiração alterada, pela sua postura enquanto dirigia, os dedos tensos no volante.

— Amor, eu preciso que você pare — pedi a ela.

— Mas já estamos chegando.

— Só alguns minutos.

— Tudo bem. — Ela encostou o carro e me observou. Aqueles olhos dourados e verdes vertiam adrenalina. — O que foi?

— Sei o que está passando na sua cabeça. Que já estivemos muito tempo fora e que voltar agora vai parecer que estamos pegando um trem em movimento.

— É assustador o quanto você me conhece — sussurrou.

— Vamos ter uma palavra ou frase de fuga quando precisarmos sair da vida real e nos concentrarmos em nós dois?

Natalia pensou por um segundo.

— Como isso funciona?

— Se um de nós passar por algo duro demais e quiser sair mentalmente da delegacia ou se só precisarmos do apoio um do outro como namorados e não como inspetores, usamos essa frase. Então, a gente se encontra em uma das salas vazias.

— Para transar?

Acabei rindo.

— Conversar, *pasión*.

— Sim. — Natalia piscou, parecendo gostar da ideia. — Sim, é perfeito.

— Qual frase?

Ela ponderou por alguns minutos.

— Eu tenho um segredo?

— É? — Sorri.

— É, acho que... combina com a gente.

— Ok, então. Pode dirigir.

Ela respirou fundo, mas não engatou a marcha quando pedi. Ela apenas se inclinou na minha direção e me deu um beijo suave nos lábios.

— Obrigada, amor.

Assenti e beijei sua testa.

— De nada, *pasión*.

Minha subinspetora se recompôs e voltou a dirigir. Senti o ar entre nós dois mudando, senti a força voltando e o nosso foco também. Estávamos vestidos para o trabalho, o coldre com a arma, o distintivo no peito.

— Tudo bem, chegamos. — Natalia estacionou e nós saímos.

Envolvi o meu indicador com o dela, segurando a sua mão sem segurá-la por completo, só para que Natalia sentisse que estávamos juntos. Ela respirou fundo e, assim que as portas se abriram, a primeira coisa que vi foram os nossos quadros.

Adicionaram a foto da nova vítima. O corpo pendurado em uma árvore, numa floresta afastada da cidade, e o vestido de Branca de Neve fez o meu estômago embrulhar.

— Realmente, temos mais uma vítima. — Natalia prendeu a respiração ao meu lado.

— Cara, foi tão pouco tempo, mas parece que vocês demoraram uma vida. Olha só, o Ferraz e eu... — Miguel se aproximou, enquanto meus olhos ainda corriam pelos quadros.

De repente, como todas as coisas que acontecem em nossa vida para chocar, para desesperar, para que você reconheça o quão pequeno é diante do mundo, eu fui atropelado por um trem. Meu corpo inteiro ficou gelado, e senti o mindinho de Natalia se desconectar do meu, enquanto seus olhos liam exatamente a mesma coisa. Senti as minhas pernas perdendo a força, mas ainda me mantive em pé.

A minha existência, a minha verdade, o meu segundo mundo...

PRINCIPAL SUSPEITO: SECRET. DIRTY TALKER PROFISSIONAL. AS VÍTIMAS FORAM ENCONTRADAS EM UM FÓRUM DE DISCUSSÃO SOBRE O DESCONHECIDO.

Em vermelho, com letras garrafais ao lado: QUEM É SECRET?

— No celular da última vítima, Kaila Blanco, achamos uma visita a um fórum que... — Miguel continuou falando.

Meu coração parou de bater, para em seguida arrebentar no peito.

— Ela conversou com as outras vítimas sobre esse Secret, dizendo que o homem a ajudou a se sentir bem...

O logo do meu pseudônimo. O meu trabalho secundário. O segredo que eu não poderia deixar vir à tona. Exposto. Aos olhos de todos. Sem fazerem ideia de que o homem em questão era inspetor.

Eu, Secret, ligado às vítimas?

Senti minhas mãos tremendo, o sangue sumindo do meu rosto.

— Parece que todas as garotas ouviam os áudios desse cara. Ele faz sexo por voz. Não entendemos direito. E, na verdade, nem conseguimos acesso ao site dele muito menos localizá-lo ou saber quem é...

— Miguel, quero uma atualização completa em cinco minutos. — Ouvi a voz de Natalia. — O Andrés não acordou muito bem hoje, então, nos dê algum tempo, está bem?

— Claro, claro...

— Eu tenho um segredo para te contar — sussurrou.

Fui puxado por alguém e, de repente, eu estava em uma sala escura. Vi a silhueta da Natalia na minha frente, enquanto cada músculo tremia em desespero. Tentei respirar, estava tentando me lembrar de como fazia isso, na verdade.

Pânico.

Pavor.

O meu maior medo, pela segunda vez na minha vida, encontrou o meu destino.

— Andrés, eu preciso que me escute. Você está me escutando agora?

Senti suas mãos em mim, no meu rosto e então no meu peito. Os batimentos erráticos do meu coração. Eu era forte como um touro, como a porra de um tanque de guerra, mas me senti tão vulnerável como uma criança. Consegui olhar para Natalia, e seus polegares sustentando o meu rosto me fizeram entender que ela tinha me colocado sentado e que a minha *mujer* estava em meu colo.

— Você está aqui?

— Tentando ficar aqui.

— Tudo bem — ela sussurrou e me abraçou. Seu nariz delicado acariciou o meu pescoço, sua respiração tão desesperada quanto a minha. Os meus braços a envolveram como se eu quisesse ter certeza de que não estava sozinho.

O choque ainda circulava no meu sangue. Mil questionamentos pipocavam na minha cabeça. Talvez cinco minutos tenham se passado. Talvez uma hora. Eu estava tentando me concentrar em respirar quando me senti pronto para falar.

— Natalia...

— Vamos voltar para lá só quando você se acalmar. Estou tão chocada quanto você. Há uma ligação das vítimas com o seu pseudônimo? Vamos entender isso primeiro. Vamos racionalizar e...

Com as mãos trêmulas, segurei-a pelos ombros e a fiz me encarar.

— Eu vou me entregar.

— O quê?

— Eu vou dizer toda a verdade.

— Não, você não vai. Vão demitir você!

— Não tenho escolha. Eles vão chegar no Secret em algum momento. Eles podem me encontrar se acionarem os mecanismos certos.

— O seu site…

— É protegido o máximo possível, mas talvez não seja o suficiente. E não posso mentir para eles — falei, com calma. — Não posso correr atrás de mim mesmo, Natalia.

— Precisamos entender o que está acontecendo. Andrés, raciocine comigo. Sei que agora você não vai conseguir. — Suas mãos agarraram as laterais do meu rosto e, por um segundo, o seu carinho me deu uma vontade absurda de chorar, porque eu não me sentia sozinho. — Não foi você quem matou aquelas meninas. Nós dois sabemos disso. Por mais que todas as vítimas estejam ligadas ao Secret, por mais que todas sejam suas seguidoras…

— Eu preciso dizer para eles que sou eu. Preciso entregar o distintivo.

— Então você vai ser imediatamente afastado. Eles vão tirar o seu distintivo e te colocar sob vigilância. Você vai ser interrogado pela Gutiérrez, o Miguel e o Ferraz. Você quer mesmo passar por isso quando sabe que não matou aquelas garotas? — O desespero na voz de Natalia fez a bile subir para a minha garganta.

— Amor…

— Vamos pensar — ela repetiu. — Esse não é você, Andrés. Precisamos entender o que está acontecendo, e eu preciso do meu parceiro comigo. Sozinha, não vou conseguir. Você quer se sacrificar no meio de um tiroteio porque está se sentindo culpado. Isso não é você falando. É a sua culpa. Uma culpa que você nem tem. Escuta, amor. — Suas mãos tocaram meu rosto, lágrimas desceram por seu rosto, e eu as sequei com os polegares. — Você não é culpado por fazer bem a outras pessoas. Você não é o maldito Assassino do Fim.

— Ele está matando aquelas garotas — rosnei.

— Use a sua força, a sua raiva, a sua revolta para pegar esse *hijo de puta.*

Porque essa informação é mais do que tivemos em semanas. Nós prometemos que íamos pegá-lo, e eu não vou conseguir fazer isso sem você. Então, por favor, por favor, por favor...

A neblina que dominou a minha mente demorou a passar. Eu estava consciente de mim e de Natalia naquela sala, mas era como se eu estivesse me vendo em terceira pessoa. Como se a minha humanidade tivesse sido desligada, como se só o lado racional pudesse existir. O Andrés insensível, conhecido na delegacia por não perder um segundo com qualquer *mierda* emotiva, surgiu em mim como uma armadura. Pouco a pouco, senti meu corpo normalizando a temperatura, o meu coração se acalmando, as mãos de Natalia me trazendo para mim, para ela, para nós.

Eu ainda conseguia amá-la desesperadamente, mesmo quando o mundo me obrigava a ser um maldito sem coração.

— Quero falar com a Gutiérrez, o Miguel e o perfilador.

— Se você ainda sentir, no final de tudo, que precisa revelar quem é, eu vou estar do seu lado. Mas agora preciso do meu parceiro para cumprir a promessa.

Assenti uma única vez.

— *Yo te amo, pasión.*

— *Dios*, eu também. Mas segurar o touro que existe em você parece impossível.

Eu não conseguia rir. Natalia me abraçou por um tempo, a minha cabeça a mil por hora. Não consegui respirar com calma.

— Preciso de mais cinco minutos.

— Sim, cinco minutos — concordou. — Mas antes de irmos, preciso dizer que, como Secret, você sempre acreditou que tudo o que envolvia esse trabalho era um sonho. As suas seguidoras e suas fantasias, tudo parecia tão utópico. Você não tem que ter medo de quem é, abandonar o que permitiu essa nossa conexão seria doloroso. Eu amo o Secret, eu amo o Andrés, e vocês dois são a representação do verdadeiro homem dos meus sonhos. Por favor, nunca pense menos de nenhum dos seus universos, porque todos eles me levaram até você, *mi sueño*.

— Natalia... — Meu coração derreteu. Ela não queria que eu me abandonasse, nem uma coisa, nem outra. — Preciso que me abrace ainda mais forte.

— Com tudo o que eu conseguir — garantiu. — E um pouco além disso

— Natalia... — Meu coração derreteu. — Preciso que me abrace ainda mais forte.

— Com tudo o que eu conseguir — garantiu. — E um pouco além disso.

O problema dos momentos impactantes é que eles não vêm com um aviso nem com um sinal de que terá que enfrentá-los. Nem todo mundo tem uma Natalia que puxa você para uma sala vazia e lhe abraça, dizendo que está tudo bem desmoronar, desde que o racional fale mais alto depois e você não aja só por impulso. Eu não sei se teria sido capaz de lidar com essa *mierda* se não a tivesse ali. Seu calor, seu cheiro, sua humanidade, seu poder de raciocínio e sua intuição...

— Vou para aquela reunião como o inspetor De La Vega — prometi a ela.

— Eu só preciso dele agora, Andrés. Eu, as garotas que se foram... todos nós precisamos.

Capítulo 26

Se você cair, eu vou te pegar

E se eu não estiver lá

Bem, saiba que eu irei por você.

Ernest Noah — Never Let You Go

Andrés

O som das viaturas lá fora, saindo e entrando, criou uma sinfonia aterrorizadora. Eu nunca, em toda a porra da minha vida, precisei ir para uma reunião sentindo medo por ser quem eu era. Nunca fui a uma reunião me sentindo culpado pelo que fazia como *dirty talker*. Não pelo que eu criava no meu site, nunca por isso, mas sim pelo fato de as pessoas não entenderem que, por trás daquilo... havia um cara normal, não a porra de um...

— Ele tem o perfil de um assassino — Ferraz arrematou.

— Primeiro, precisamos explicar para o Andrés e a Natalia o que encontramos. — Gutiérrez suspirou. — Bem, no celular da última vítima, percebemos um login em um fórum comum da internet. Mas o último acesso dela havia sido em um fórum que falava sobre o prazer sexual através da audição e, bem, havia vários *dirty talkers* sendo mencionados, mas todas as vítimas citaram esse Secret. Tentamos encontrar algo relacionado ao site dele na internet, mas não conseguimos acesso. Estamos trabalhando nisso.

— Todas elas terem falado do cara é o único ponto em comum com as vítimas que encontramos até o momento — Ferraz ponderou.

— O anonimato faz sentido. Ele pode ser um assassino em série e pegar as vítimas através da vulnerabilidade que elas apresentaram no fórum — Miguel concordou.

Eu estava sendo atacado pelos meus colegas. Estava sendo julgado por ter um site que prezava pela liberdade e a intimidade feminina. Na verdade, estava sendo condenado porque elas estavam no mesmo fórum em que era discutido sobre vários *dirty talkers*. Mas o meu nome foi citado por todas elas.

Qual a porra da chance?

— Daniela, Clarissa, Lina, Maria, Lorena, Eva, Antonia, Joana e Kaila estavam falando do *dirty talker*, o Secret. Mas há pontos que vocês não estão vendo. Nesse fórum público, com mais de mil pessoas e milhares de comentários, essas garotas estavam se abrindo mais do que na vida pessoal, mais do que com os melhores amigos, namorados e pais. Os relatos abordam o quanto o Secret as ajudou a superar suas inseguranças e as fez relaxar em momentos tensos. O fórum é uma exposição individual, mas também é uma fonte de desabafo. "Secret tem me permitido ser eu mesma e lidar com a depressão." "Através do Secret, eu consegui relaxar e ter prazer pela primeira vez em toda a minha vida." "O Secret foi o meu ponto de paz durante todo esse tempo caótico." Vocês estão olhando apenas o fato de elas mencionarem ele, mas em nenhum momento estão enxergando o que é tão claro.

Natalia, como sempre, racionalizou. Eu queria abraçá-la e beijá-la pelo resto da minha vida. E na próxima também. Particularmente, eu não estava conseguindo debater. Era como se só o meu corpo estivesse ali, e a minha mente não parava de rodar.

— O que é óbvio? — Tavares, o perfilador, questionou.

Senti os olhos de Gutiérrez em mim e na Natalia. Eu costumava a ser mais participativo nas reuniões, e minha chefe sabia que havia algo errado.

— Esse é um fórum público, qualquer pessoa pode ter acesso. É tão fácil para o assassino escolher as suas vítimas na internet porque é mais cômodo. A questão é que um homem que faz tão bem para as pessoas, mesmo através do anonimato, seria capaz de matar como um assassino frio e calculista? Quero dizer... nós perfilamos o maldito assassino. E pela forma como falam bem do Secret...

— Elas poderiam estar sendo enganadas por ele — Ferraz pontuou. — Podem ter se apaixonado. E casa com o fato de que elas permitiram uma última transa antes da morte.

— O assassino não é o Secret. — Natalia estremeceu.

E foi então que eu me levantei. Coloquei as mãos sobre a mesa, consciente de que cada pessoa ali estaria com os ouvidos abertos para o investigador principal de um caso polêmico, do qual havia sido afastado, mas que ainda tinha tino e confiança de julgamento.

— O assassino encontra as vítimas através do fórum público. Ele as encontra virtualmente porque é fácil achá-las. Através da internet, as pessoas sempre dizem o que querem. Esse é o primeiro ponto. O segundo é que o tempo que elas conversam on-line com ele, os horários que se disponibilizam... talvez, videochamadas. O *dirty talker* não mostraria o rosto dele nunca, o que já refuta a ideia de que é ele. O assassino conversa com essas garotas em um bate-papo criptografado que nunca vamos ter acesso, o aplicativo russo.

Gutiérrez franziu o cenho.

— Continue, Andrés.

Respirei fundo e senti a mão de Natalia na parte de trás da minha coxa, gentilmente me apoiando e me incentivando a continuar.

— A minha análise é de que estamos falando de um psicólogo ou um estudante de Psicologia. Ele deve se aproximar virtualmente, dizendo que vai ajudá-las, mas não fazendo isso de verdade. Ele empurra as garotas que estão com depressão para a beira do abismo, dizendo que a morte é a única saída. E o único encontro que ele tem com elas presencial é só na hora do assassinato. Elas ficam encantadas com o cara que se dispôs a livrá-las da dor, se sentem sexualmente atraídas por ele. E, então, ele as mata.

— Está dizendo que o *dirty talker* não pode ser um estudante de Psicologia? Que ele não se encaixa no perfil? Mas como ele teria um perfil, na verdade, se não sabemos quem ele é? — Ferraz instigou.

— Como ter tanta certeza de que não é o cara? Quer dizer, a parte sexual em que elas querem dormir com ele apenas uma vez antes de morrerem... Porra, isso faz todo sentido! — Miguel argumentou.

Travei o maxilar. Não ia conseguir anular Secret tão fácil. O meu nome, o meu trabalho, ainda estariam nos quadros brancos. Eles ainda me investigariam. Eles me encontrariam. E eu ainda perderia tudo pelo que lutei desde o início da minha carreira.

— Proponho criarmos um perfil falso no fórum e começarmos a postar desabafos como uma garota faria. Vou precisar do Tavares para elaborarmos um perfil convincente para que o assassino acredite que...

— Andrés, não — Natalia alertou. — Isso vai levar tempo demais.

Olhei para a minha namorada.

— O que você tem em mente?

— Com base nas vítimas, temos o perfil delas, certo? Sabemos o que elas postaram no fórum. Vamos procurar garotas que desabafaram da mesma maneira. Vamos procurar garotas que já estão na lista dele. O Assassino do Fim vai continuar a matar e não vai parar. Os assassinatos estão cada vez mais frequentes e, enquanto conversamos, ele deve estar falando com alguma garota. Ele pode estar falando com alguém *agora*.

A decisão final era da Gutiérrez. Ferraz poderia ter uma opinião sobre o Secret, Miguel também. Mas o que Natalia propôs era bom o bastante. Se pegássemos o assassino a tempo, teríamos uma chance de salvarmos vidas. E o meu rabo.

Ainda assim, eu não gostava disso. Não gostava da maneira que me senti exposto na delegacia, não gostava nem um pouco de ver o preconceito no olhar das pessoas. Eu não gostava de ter que me esconder. Não sob uma situação dessas.

Senti os olhos da Gutiérrez em mim. Analisando o meu comportamento, decifrando o meu nervosismo. Natalia ainda manteve a ponta dos dedos na parte de trás da minha coxa, e eu senti todos os meus músculos vibrarem pela adrenalina. Ainda não tinha processado *mierda* nenhuma do que havia acontecido e teria que falar com o Hugo caso montassem o caso em cima de mim. O meu primo viajaria para qualquer lugar se eu precisasse, mas não queria ter que chegar a isso.

Eu poderia simplesmente dizer que era o Secret e acabar com tudo.

Mas a Natalia...

Sua mão subiu pouca coisa, acariciando, me garantindo que ela estava ali e que eu não poderia agir por impulso.

— O plano da subinspetora Ortiz parece bom para mim. — Gutiérrez se levantou. Soltei um ar que nem sabia que estava prendendo nos meus pulmões. — Ferraz e Miguel, voltem para os outros casos que vocês já estavam cuidando. O Assassino do Fim é do Andrés e da Natalia. A propósito, não quero nem uma palavra com a imprensa. Eles estão em polvorosa desde que tudo começou e não duvido que o assassino esteja acompanhando as manchetes como quem precisa disso para nutrir o narcisismo. Nem uma palavra! — A comandante reforçou e exalou fundo. — Ao trabalho.

Natalia se levantou também, assim como o resto da equipe.

— Ainda acho que o suspeito mais provável é o Secret — Ferraz resmungou.

— Se for ele, vamos saber — garanti, o sangue circulando mais depressa pelo meu corpo. Eu era excelente em omitir. Mas mentir? Isso era fora da minha realidade, não combinava com a minha personalidade. — Se for ele, vamos pegá-lo da mesma maneira.

— Espero que o plano dê certo, Andrés. — Miguel bateu duas vezes nas minhas costas antes de sair da sala.

Ficamos Natalia e eu.

O oxigênio retornou para o meu corpo e fez meu cérebro voltar a girar.

— Andrés, você foi excelente.

— Excelente não é a palavra que eu usaria, *mi amor*.

— Você foi implacável. Vamos olhar os perfis das garotas, vamos encontrá-las.

— Não é só para livrar a minha bunda. Eu quero que você entenda isso.

— Eu sei.

Encarei seus olhos exóticos, lindos e que carregavam um mundo próprio. Nunca, em toda a minha vida, eu seria capaz de lidar com essa demanda *jodida* se não tivesse a Natalia ali. Então, por mais que estivéssemos em uma sala de vidro, por mais que todos os olhos estivessem em nós e Gutiérrez tivesse me implorado para sermos discretos, segurei as laterais do rosto dela. *Pasión* levou suas mãos até as minhas, agarrando meus dedos que sustentavam sua beleza como se também precisasse de mim ali.

Minha altura sobrepôs a sua, meu corpo pairando sobre o seu; tão pequena perto de mim. Sua pele me aqueceu desde a palma da minha mão até o meu estômago, que girou apenas pelo fato de ela estar ali. Eu amava como a gente se encarava, dizendo tanto sem precisar de uma palavra.

— Eu estou com você, *mi sueño.*

— Não me deixe.

— Não vou deixar — Natalia prometeu e me abraçou como se me garantisse que não havia nenhum outro lugar no mundo que ela queria estar.

Natalia e eu não almoçamos, não tomamos café da tarde, apenas reviramos todos os comentários um a um. Encontramos um perfil suspeito, respondendo aos comentários das garotas, um tal de Dreamm31. O usuário não tinha foto, nem perfil, nem idade, mas suspeitamos que o 31 se referia à idade dele ou a um número da sorte. Seus comentários eram estranhos, íntimos, e ele tinha falado com todas as vítimas, respondendo aos comentários.

Mas isso não foi o bastante, porque o fórum era livre, não conseguíamos rastrear um perfil. Não éramos a porra do FBI, mesmo sendo a polícia da Espanha e tendo recursos. Éramos limitados em algumas coisas.

Então, uma garota saltou aos meus olhos e aos da Natalia. Procuramos a garota na internet e achamos que ela se encaixaria no perfil. Era da alta sociedade, bonita, com uma vida aparentemente perfeita. Ela reclamou no fórum sobre a opressão da sociedade no dia a dia, e também na sua opção sexual, que ela ainda não teve coragem de se abrir para o mundo sobre ser bissexual. Dreamm31 respondeu ao comentário dela há uma semana: "Você quer conversar?". Parecia um jeito efetivo de fazer essas garotas se abrirem, parecia o começo de uma cilada mortal.

Natalia e eu saltamos da cadeira quando Miguel nos trouxe o endereço de Milena. No caminho, comemos um lanche qualquer, tomamos um refrigerante e partimos para a casa de uma garota que poderia ser a próxima vítima do Assassino do Fim.

Ela não era.

Milena não havia aceitado conversar com o Dreamm31.

Então, fomos vasculhar mais.

Achamos um total de onze garotas, e quando já havia passado das nove da noite, e Natalia e eu já tínhamos conversado com quatro delas, a última acendeu a nossa intuição.

Sofia.

— Inspetor De La Vega, e essa é a subinspetora Ortiz, você tem um minuto para conversar com a gente, Sofia? — disse, assim que a garota abriu a porta.

Ela arregalou os olhos e tirou uma mecha do cabelo loiro do rosto. As olheiras estavam profundas, e ela parecia ter acabado de chorar. Seu corpo era magro, mas, além disso, ela parecia pequena. Não por sua estatura, mas por sua existência.

Natalia me lançou um olhar.

— Claro — concordou. Mas, ao invés de nos deixar entrar, fechou a porta de casa e cruzou os braços na altura dos seios. — Em que posso ajudá-los?

— Estamos investigando um caso e ele está diretamente relacionado ao fórum *EncuentraTodo*. A senhorita...

— Você — ela disse, me corrigindo.

— Ok, você conhece esse fórum?

— Sim, eu posto algumas coisas e acompanho alguns assuntos por lá.

— Certo, vimos que você comentou em um tópico sobre indicação de *dirty talkers*.

Sofia arregalou os olhos.

— Isso é errado?

— Não, de modo algum. — Abri um sorriso, desconfortável. *Porque, porra, né?* — Só queríamos entender se você conversou com algumas garotas sobre o Secret?

— Ah, sim. Conversei com muitas garotas sobre ele. O Secret é um fenômeno na internet. Eu consegui um convite para o site dele há poucos dias, mas ainda não tive tempo de acessá-lo.

— Certo, mas... — Eu nunca tinha encontrado uma seguidora pessoalmente. Ninguém além de Natalia.

— Talvez seja melhor entrarmos — Natalia sugeriu, reconhecendo meu desconforto. — Se não se importar, Sofia. Está tarde e frio...

— Desculpa, é que a minha casa está uma bagunça.

— Não vamos nos importar, só precisamos conversar um pouco.

— Tudo bem. — Sofia suspirou quando Natalia garantiu, além das palavras, mas com o olhar, que não íamos julgá-la. — Claro, parece melhor, de qualquer forma.

Pensei que iríamos encontrar uma casa que não via luz do dia havia meses, mas, ao contrário, parecia impecável. Assim como as casas de todas as vítimas até agora, com exceção da Branca de Neve, que foi assassinada em uma floresta sombria. Percebi que o cabelo de Sofia era bem grande, em um loiro vivo e dourado, como a Rapunzel.

— Sua casa é linda — Nani elogiou.

— Os meus amigos acham que preciso arrumar mais. — Ela pareceu desconfortável. — Posso servir algo para vocês?

— Estamos bem — garanti, observando ao redor. Nada de fotos de familiares, nada de objetos muito pessoais. Sofia já estava se despedindo da vida.

Natalia sentiu a mesma coisa quando delicadamente se sentou e sorriu para Sofia. O acolhimento em seu olhar, a mudança em seu comportamento.

Natalia tinha compreendido que estávamos frente a frente com a próxima vítima daquele *hijo de puta*. Droga, eu queria ter o discernimento e o conhecimento do Rhuan para ser capaz de lidar com uma situação assim, tão imprevisível, com uma garota que já havia aceitado a morte. Talvez, eu devesse ligar para ele mais tarde.

— Você tem muitos amigos, Sofia? — Natalia perguntou.

— Alguns, mas, dos mais próximos, só um.

— Você o conheceu pela internet? — Tirei os olhos das paredes brancas e imaculadas, da decoração simplista, da ausência de personalidade e encarei Sofia.

— Sim.

— O Dreamm31? — arrematei.

— Como vocês sabem sobre ele?

— Bem, você tem ligado a TV, Sofia?

— Eu tenho me mantido ausente do mundo externo. Estou fazendo escolhas importantes para mim e ficando mais on-line... digo, eu fico ausente das notícias, só falo com o meu amigo e algumas vezes vou para o fórum.

— Parece solitário — Natalia pontuou.

— Não é quando já aceitei que a minha existência é insignificante.

Porra.

— Você faz tratamento, Sofia? — perguntei e peguei o celular para gravar a conversa.

— Faço. Com o meu amigo.

— O Dreamm31?

Ela franziu a testa.

— Ele está em apuros? — Sofia torceu as mãos. — Ele é uma boa pessoa, sabe? Ele me escuta quando preciso, apoia a minha decisão. Ele é um psicólogo exemplar.

— Ele cobra pelos serviços?

— Não, ele... vocês podem me explicar o que está acontecendo com o Eduardo?

Eduardo. Temos o primeiro nome do filho da puta.

— Sofia, precisamos ser sinceros com você, tudo bem? — Natalia saiu do sofá. Ela se ajoelhou em frente a Sofia, pegou as mãos da garota, que não deveria ter mais de vinte e três anos, e respirou fundo. — Temos razões para acreditar que o Eduardo se aproveita da fragilidade de algumas garotas.

— Como assim se aproveita? Ele ajuda muitas garotas a aceitarem o seu destino.

— Pode me explicar? — Natalia perguntou gentilmente.

Eu me forcei a me recostar no sofá ou sairia por aí atrás de todos os Eduardos da porra da Espanha até que achasse o *hijo de puta*.

— O Eduardo percebeu pelos meus comentários que havia algo errado comigo. Quer dizer, eu perdi o meu namorado há um ano e, desde então, não tive forças para viver. O meu namorado era a minha alma gêmea. E, então, ele se foi. O Eduardo passou pelo mesmo e a gente trocou algumas experiências do luto, conversamos por telefone e, sem querer, começamos a nos dedicar um ao outro por mais tempo. Ele me acolheu. O Eduardo entendeu a minha dor. E quando eu disse que pensei em tirar a minha vida, ele disse que... disse que também já tentou fazer isso diversas vezes, e acha que a morte é um presente. O Eduardo me ajudou a entender que a morte não é algo negativo, mas sim um evento natural.

— Certo, e vocês conversam há quanto tempo?

— Três meses, talvez mais. — Sofia olhou para mim. — Ele está com problemas?

— Sim, está. — Apoiei os cotovelos nas coxas e me inclinei. — Sofia, você é a única pessoa no mundo que pode ajudá-lo. Acha que pode fazer algo por nós?

— Vocês vão ajudá-lo?

Sofia estava apaixonada. Cega. Doutrinada por algo que ele disse, como se fosse uma lavagem cerebral. Ela não via o comportamento destrutivo, não estava enxergando que caminho estava acolhendo. Eduardo, ou seja lá qual fosse o nome verdadeiro dele... fazia o contrário do que o meu primo Rhuan.

Porra, ele não queria salvar as pessoas. Ele queria destruí-las.

— Vamos ajudá-lo, se você nos ajudar também.

— Do que vocês precisam? — Sofia me perguntou.

— Precisamos dos meios com os quais você conversa com ele, os bate-papos e todo o histórico — Natalia disse. — Posso conseguir um mandado ou você pode nos dar essas informações. Neste momento, preciso que você venha com a gente para a delegacia e diga tudo o que sabe sobre o Dreamm31. Sua aparência...

— Eu nunca o vi.

— Tudo bem. Precisamos das informações, dos seus logins e senhas e talvez precisemos que você converse com ele, ok?

Sofia piscou.

— Ele é uma pessoa má? — ela perguntou para Natalia.

Vi Natalia tremer. Sua mão foi para o rosto de Sofia.

— Você vai ter que confiar na gente, Sofia. Acha que pode fazer isso?

Ela assentiu.

— Você quer ligar para os seus pais? — perguntei.

— Não, prefiro fazer isso sozinha.

— Ok — respondi. — Nos acompanhe, Sofia. Por favor.

— Eu devo levar o meu laptop e o celular?

— Sim. — Natalia assentiu. — E um casaco também. Está frio lá fora.

— Não me importo com o frio. — Ela sorriu, mas vi o quanto Sofia parecia não se importar… com mais nada.

Capítulo 27

Eu posso estar com medo, mas não tenho medo de nós

Posso não ter fé, mas tenho fé em nós.

Minke — Something Better

Natalia

Colher o depoimento da Sofia demorou cerca de duas horas. Eu estava me sentindo destruída depois de ter mostrado para aquela garota a verdade sobre o Assassino do Fim. Conforme Sofia foi nos contando sua interação com Eduardo, mais fundo fomos. Cada minuto daquele depoimento só reforçou a certeza de que Dreamm31 era o maldito assassino. Nós o tínhamos. Agora, só precisávamos fazê-lo chegar até nós.

— Natalia, preciso de você e do Andrés. — Flora se aproximou, apressada. — Agora.

— Andrés está falando com a Sofia.

— Eu fico com ela — Miguel ofereceu.

Minutos mais tarde, Andrés estava com a mão na base das minhas costas e na frente de Flora. Eu mal tinha processado tudo o que havia acontecido; o choque e o susto ao ver a segunda vida do meu namorado sendo exposta em um quadro da polícia como se ele fosse um criminoso. Na verdade, nem eu nem o Andrés tínhamos parado para absorver nada. Apenas ligamos o lado racional e deixamos toda a bagunça pessoal para trás.

— O Eduardo está on-line — Flora soltou junto da respiração. — Ele não mandou nenhuma mensagem ainda. Precisamos saber como vamos fazer isso.

— Eu não quero colocar a Sofia no meio. — Olhei para Andrés. — Ela não tem experiência e muito menos está pronta para conseguir voltar a falar com ele.

O depoimento de Sofia foi dilacerador. Conforme ela foi saindo da névoa de encantamento do Assassino do Fim e foi percebendo quais eram os objetivos dele, seus olhos voltaram a ter vida. Ela entendeu que os pensamentos que estava tendo sobre morte e suicídio não vieram dela, mas sim foram ideias pouco a pouco colocadas por ele. Flora analisou, nas últimas três horas, todas as conversas de Eduardo e Sofia, e pelos relatórios que ela nos passou... Eduardo era um manipulador, possivelmente um sociopata, mas ele parecia mesmo acreditar que a morte era a única solução. Era assustador ver o quanto ele validava as próprias mentiras que contava.

— Eu concordo. Vamos falar com ele nós dois. Tudo bem, Flora. Qual é o padrão de comportamento? — Andrés questionou.

— Ele costuma mandar mensagens primeiro. Vamos aguardar. — Flora suspirou. — Vocês querem cuidar pessoalmente disso?

— É melhor. — Andrés puxou a cadeira para mim.

— Estarei lá fora, se precisarem de mim.

Minutos mais tarde, estávamos Andrés e eu olhando para a tela do laptop de Sofia. Eduardo estava on-line, provavelmente conversando com outras vítimas, o que fez a minha perna começar a subir e descer em ansiedade. Andrés tocou a minha coxa e aproximou seu rosto da lateral do meu. Sua testa se colou na minha têmpora e sua respiração bateu na minha bochecha quando ele fechou os olhos. Levei a mão até seus cabelos, acariciando aqueles fios densos, sentindo-o relaxar junto comigo.

— A gente foi do paraíso ao inferno — ele sussurrou. — E conseguimos sair tão rápido quanto um foguete sai da órbita da Terra.

Sorri, meus olhos fixos na tela do laptop.

— A gente vai resolver isso.

— Ainda estou assustado — Andrés confidenciou.

Havia algo incrivelmente lindo em ter um homem daquele tamanho, um inspetor respeitado em uma delegacia, dizendo que estava assustado. Havia algo íntimo em sua confissão para mim. Tirei seu rosto da lateral do meu e segurei cada lado daquela cara rígida, máscula e com traços fortes, igual a sua personalidade. Em seus olhos, vi a vulnerabilidade de um menino.

— Eu também, mas está tudo bem, *mi sueño*. Sabe por quê?

— Porque temos um ao outro. — Ele deixou sua testa cair na minha, e eu respirei seu ar, seu perfume, seu cansaço, sua exaustão emocional. — Não sei o que eu faria se não tivesse você aqui comigo, Natalia. Obrigado. *Puta madre*, obrigado por ter segurado as pontas até eu ter forças para falar por mim mesmo.

— Você...

— Não, amor. — Ele tocou meu rosto e nos afastou. — *Madre de Dios*, Natalia. Eu não teria força alguma se não fosse por você. Nunca vou me esquecer do que fez por mim. Naquela sala vazia, então antes dela. E até na reunião. Como o seu raciocínio foi rápido ao perceber que talvez pudéssemos pegar o assassino pelo fórum. Você é uma mulher que não corre do perigo, que sabe enfrentar o que quer que esteja na sua frente, você tem intuição e é uma subinspetora. Nas suas veias, na sua personalidade, no seu coração. Se um dia alguém te fez duvidar da carreira que escolheu, por favor, não acredite. Você nasceu para isso. Mas... — Ele abriu um sorriso torto. — Você também nasceu para ser minha, *pasión*.

Pisquei, sentindo a emoção do dia, o peso de tudo o que enfrentamos, ir direto para a minha garganta.

Ele acariciou meu cabelo, sussurrando que tudo estava bem, assim como Secret fazia tarde da noite quando a ansiedade parecia dançar nas minhas veias. Eu estava com os dois lados de Andrés naquele momento, e era tudo o que eu precisava para ficar inteira de novo.

— Estou melhor agora.

Ele sorriu para mim. Seus olhos mais tranquilos.

— Bem, *pasión*?

— Bem.

— Ótimo. — Ele piscou. — Vamos conversar com esse *hijo de puta*.

— Ele mandou mensagem? — Olhei imediatamente para a tela do computador.

— Está digitando.

E, em um segundo, o som da notificação ecoou.

Eduardo: Sofia, Sofia... senti saudades.

— Vamos pensar no que…

— Não. Pode deixar que eu digito. — Me posicionei na frente do computador. — Sei exatamente o que falar para ele.

— Sabe?

— Sei. — Lancei um olhar para Andrés. — Confia em mim?

Ele se recostou na cadeira, espaçou mais as pernas, e eu tirei um segundo para olhar aquele inspetor. As íris ônix do meu namorado cintilaram para mim.

— Com a minha vida, subinspetora Ortiz.

— Então, vamos lá.

Sofia: Eu também senti saudades. Hoje foi um dia estranho.

Eduardo: É? O que aconteceu?

Sofia: Não sei se consigo aguentar todos os meus sentimentos. Tem sido sufocante olhar para a minha casa. Mesmo eu tirando todos os pertences dele, não sei…

Eduardo: Conversamos sobre o luto por um tempo, e eu te disse que ele vai e vem conforme experimentamos o sentimento. Aconteceu algo que te fez lembrar dele?

— Ele parece um ótimo amigo, não? — perguntei para Andrés.

— É, sabe fingir bem.

Sofia: Não, nada. Eu só não estou conseguindo mais lidar com isso. Não do jeito que estou me sentindo agora. Acho que é culpa, Eduardo.

Eduardo: Culpa? Pelo quê?

Sofia: Estou me apaixonando por você.

— Natalia...

— Acredite, eu sei o que estou fazendo.

Eduardo demorou a digitar. Na verdade, ele digitou e apagou diversas vezes. Falar sobre sentimentos com uma pessoa que é incapaz de senti-los ou, se os sente, apenas os reproduz de uma forma deturpada, era exatamente o ponto que eu queria. Se eu conhecia bem o tipo de comportamento que as garotas estavam apresentando, e a lavagem cerebral que ele fazia nelas, nunca uma das meninas teria espaço emocional para deixar a paixão entrar. Elas o admiravam e, provavelmente, se sentiam atraídas por ele em um último momento. Sofia ainda não estava pronta para aceitar a proposta dele de "livrá-la da dor", o que Eduardo devia fazer sempre que conquistava cem por cento essas vítimas.

Eduardo: Sofia, você tem certeza?

Sofia: Sim. E por saber que nunca vou poder viver isso com você, decidi fazer algo por mim.

Eduardo: Sofia, precisamos conversar. Posso te ligar?

Sofia: Prefiro não ouvir a sua voz agora.

Eduardo: Por quê?

— Ele vai suspeitar se a Sofia não falar com ele.

— Eu não quero inseri-la, Andrés.

— Não é uma opção. — Ele pegou o telefone e ligou para Miguel. — Traga a Sofia para a sala de T.I. agora.

Sofia: Só me dê um minuto para eu parar de chorar.

Eduardo: Tudo bem, então.

— Frio como o Ártico — Andrés notou.

— Ele não sente nada por essas meninas. Ele simplesmente...

A porta se abriu e Miguel chegou com Sofia. Ela parecia assustada. Não, apavorada seria a palavra certa. Sofia se sentou ao meu lado e quando viu o nome do Eduardo na tela do seu notebook, estremeceu.

— Querida, vamos precisar de uma última coisa de você. Sei que é pedir demais, acredite, eu preferiria não ter que fazer isso.

Sofia prendeu a respiração.

— Vamos precisar que você fale com ele ao telefone — Andrés adicionou.

— Em nenhum momento você estará sozinha — completei. — Eu, Miguel e Andrés estaremos aqui com você. Preciso saber se você pode fazer isso para a gente. É importante a ponto de ser o que nos fará pegá-lo. Sofia, nos ajude a prendê-lo para que a gente livre as ruas de homens como ele. Por favor?

Ela ponderou por alguns minutos. A mensagem de Eduardo surgiu: "Você está aí?". E ela soltou um suspiro exasperado e decidido. Os olhos claros e úmidos de lágrimas miraram em mim, e Sofia assentiu uma única vez.

— Ótimo, ótimo. — Olhei para Miguel. — Peça para a Flora rastrear a chamada, peça para toda a equipe de T.I estar atenta nessa ligação. Agora, Sofia... — Respirei fundo. — Meu plano: eu falei para o Eduardo que você está apaixonada por ele e não está sabendo lidar com a culpa, que isso está te sobrecarregando. O Eduardo mata as meninas que não são capazes de se matarem sozinhas, esse é o perfil dele, e eu quero que você fuja do roteiro que ele está acostumado. Quero que se despeça dele como quem vai cometer uma loucura, mas como quem vai cometer uma loucura ciente do que está fazendo. Quero que se despeça, mas que diga que quer as coisas do seu jeito. Isso o fará improvisar e é assim que vamos pegá-lo, entendeu?

— Dizer que estou apaixonada, soar desesperada por isso, então ser mais fria e dizer que já me decidi sobre cometer o suicídio?

— É um jeito de colocar as coisas — Andrés elogiou.

— Tudo bem, eu fiz aula de teatro na escola. Deve servir para alguma coisa, não é? — Ela tentou sorrir, mas pude ver o pânico em seus olhos.

— Sei que é muita coisa, Sofia...

— Eu posso fazer isso. — Ela me encarou. — Eu posso mesmo.

— Tudo bem, então.

Andrés se levantou e foi até a porta. Eu sabia o comando que ele iria dar antes mesmo que pudesse abrir a boca.

— Eu quero uma equipe comigo, parecendo vizinhos despreocupados fazendo um churrasco do lado de fora, quero a porra de alguém passeando com um cachorro, quero os melhores homens nisso. O Assassino do Fim vai se desesperar e é aí que a gente vai pegar o desgraçado. — Andrés respirou fundo. — *Vámonos!*

— Espera! — Gutiérrez se aproximou. — Apesar de termos conseguido o mandado de prisão, não consigo montar uma ação tão rápido assim.

— Você quer o cara? — Ele encarou a comandante. — Então coloque uma equipe preparada para prendê-lo.

— Preciso de duas horas.

— Então, eu vou.

— Sozinho? Como o maldito Rambo?

— Vou com a Natalia. Eu só preciso dela comigo.

— Não autorizo.

— Você não tem que autorizar. — Andrés deu um passo à frente. — Estou dizendo que o cara vai se desesperar. Não vamos ter uma equipe? Ótimo, eu pego esse cara com as minhas próprias mãos.

— Andrés...

— Não temos tempo. — Ele apontou para a tela do computador. — O cara não para de digitar e está suspeitando de que tem algo acontecendo com a Sofia. Eu te garanto, Gutiérrez. Se eu não prender esse *hijo de puta*, entrego a *mierda* do meu distintivo.

Gutiérrez trincou o maxilar.

— A responsabilidade vai ser minha se a operação falhar — ele reiterou.

A comandante respirou fundo.

— Então, não falhe, porque não vou ter alternativa além de demiti-lo. É precipitado, você está despreparado, e uma ação impulsiva na polícia... se isso der errado, não vou conseguir te defender dos superiores de novo.

— Maravilha.

— Estou falando sério, Andrés. Não falhe.

Meu namorado sequer hesitou.

— Não vou falhar. Se tiver um carro da polícia próximo à casa da Sofia, eu quero que o tirem de lá. O primeiro lugar que ele vai verificar é a casa dela.

A comandante saiu e só voltou quando nos garantiu que não havia nenhuma patrulha perto da casa. Eduardo parecia impaciente, não era burro.

— Faça a ligação, *pasión*. — Andrés não esperou um segundo a mais depois que Gutiérrez notificou.

— *Pasión*? — Miguel perguntou, confuso.

— Estamos juntos — explicamos ao mesmo tempo.

— Ah! — Miguel pareceu surpreso. — Ótimo. Isso está ficando melhor a cada minuto.

— Sofia, você está pronta? — perguntei para a garota.

Ela assentiu.

— Flora, rastreie — Andrés ordenou.

— Ok.

Silêncio absoluto na sala. Depois de todos os procedimentos técnicos e conexões para rastrearmos a chamada, entregamos o telefone para Sofia e ela fez a ligação.

— Oi, Eduardo — ela disse, a voz tão calma que eu diria que Sofia era uma excelente atriz. — Desculpa, eu precisei me recompor antes de falar com você.

— Oi, Sofia. — A voz dele era tão bonita. Melodiosa, envolvente, sedutora. Quem diria que um assassino consegue parecer tão atraente ao telefone? — O que está acontecendo?

Sofia nos olhou em busca de aprovação.

— Eu estava chorando muito, foi tudo tão difícil. Descobrir o meu sentimento por você e então ter a certeza de que não estamos prontos para isso. Eu me sinto culpada por estar me apaixonando quando sei que no meu coração ainda existe o Javier.

— Precisamos entender de onde vem essa culpa.

— Eu estou apaixonada por você! Consegue me ouvir? — Ela se exaltou. Sofia parecia mesmo uma atriz. — Não aguento mais sentir isso. Dor e amor, tudo ao mesmo tempo!

— Mas...

— Essa é a última vez que você vai falar comigo, Eduardo. Obrigada por ter cuidado de mim, mas preciso resolver as coisas. Preciso estar junto do Javier.

Houve uma mudança. Uma mudança em Eduardo, na sua movimentação, na sua respiração. Era como se a máscara que ele usava, de repente, fosse caindo.

— Você não pode se matar. — A voz dele soou bruta, ríspida, controlada. — Não pode se entregar a isso, não sem mim.

— O que você quer dizer com isso?

— Eu posso te ajudar — Eduardo sussurrou. — Posso fazer isso por você. Posso fazer toda a dor passar.

— Como?

Eduardo respirou fundo. Ele estava caminhando tão devagar. Fechei os olhos por um segundo. Coturnos, com certeza não eram sapatos sociais. Ou tênis. Estava ventando, Eduardo estava em movimento.

— Está em casa, Sofia?

Toquei no ombro dela.

— Não minta — sussurrei.

— Não, não estou em casa — ela disse. — Eu saí para dar uma volta.

Eduardo riu do outro lado.

— Que bom que não está mentindo para mim.

Andrés pegou um papel e uma caneta e escreveu para mim:

> *Ele está lá.*

Nós teríamos que agir. Teríamos que agir rápido. Andrés queria sair e ir atrás dele, mas não... Precisávamos ter calma.

Fiz um sinal para Andrés parar e respirei fundo.

— Marque um encontro com ele — pedi a Sofia assim que mutei a chamada. — No café Goulart. Fica vinte e quatro horas aberto.

Tirei o mudo da conversa e Sofia continuou o diálogo:

— Você quer me encontrar antes de... antes que...?

— Eu não faço isso, sabe? — o assassino disse, interrompendo-a. — Eu não fico visitando a casa das minhas princesas antes que o momento chegue, mas existe algo em você, Sofia, a sua urgência, que me incomoda. Você me amar. Isso não estava nos planos.

— Sinto muito — Sofia sussurrou.

— Não sinta. Como você poderia conter a admiração, não é? — Eduardo riu. — É até irônico. Quer uma noite de amor antes de ir? Acha que pode lidar com essa culpa?

Assenti para Sofia. Meus nervos estavam à flor da pele. Eu nunca tinha me deparado com nada parecido em toda a minha vida.

— Posso, mas você precisa entender que não é negociável. Eu quero partir, Eduardo. Eu preciso partir.

— Você vai partir. — Ele se remexeu. — Do meu jeito.

— Eu preciso que isso seja feito logo ou posso perder a coragem.

— Que bom que você ficou pronta antes da hora. — Eduardo pareceu falar consigo mesmo. Antes da hora... *havia outras garotas nos planos dele? Outras... antes dela?* — Quer se encontrar comigo amanhã?

— Amanhã não. Ele pode ter planos para hoje. — Andrés apertou o mudo antes de falar, percebendo o mesmo que eu. Liberou a chamada logo em seguida e Sofia pressionou:

— Hoje, no café Goulart.

— Hoje eu não posso.

— É hoje, Eduardo. — Sofia estremeceu e começou a chorar. — É hoje ou amanhã não estarei mais aqui.

Ele ponderou por alguns segundos.

— Vamos do café para a sua casa.

— Tudo bem.

— Então, tudo estará terminado — Eduardo garantiu.

— Te vejo em uma hora?

Eduardo pareceu pensar por um tempo.

— Meia hora, pode ser?

— Sim. Te vejo lá.

Encerramos a chamada e imediatamente Sofia disse que queria nos ajudar. No entanto, marcar um encontro de Sofia com Eduardo no café parecia gerar todo o risco que essa operação não precisava.

— Mas eu quero ir.

— Sofia, não é seguro. Arriscar a vida de um civil não é o tipo de coisa que precisamos nesse momento. Sinto muito.

— Vamos? — Andrés tocou a base das minhas costas.

Eu verifiquei se a minha 9mm estava carregada, enquanto Miguel nos estendia coletes à prova de bala. Valendo a vida de mais garotas, valendo a justiça pelas que já se foram e valendo o distintivo do meu namorado – e possivelmente o meu também. Era uma aposta muito alta em cima de uma única operação. Não havia espaço para erros.

Antes de sairmos, Gutiérrez nos parou.

— Tudo o que vocês estão fazendo até agora é com base em suposições. Eu espero que o homem que vocês trouxerem aqui confesse. Sem a confissão, não teremos nada. Só quero lembrá-los disso. — Gutiérrez fez uma pausa. — Estou mandando duas equipes atrás de vocês e isso é o máximo que posso fazer. Coloquem os pontos e se comuniquem com o Miguel o tempo inteiro. Quero comunicação com as outras equipes também. Não vou arriscar a vida de vocês dois sem ter um plano B. É isso. Ao trabalho.

Andrés e eu suspiramos e saímos antes que a Gutiérrez pudesse pedir uma segunda vez.

Capítulo 28

Não se importe, apenas saia do meu caminho
Saia do meu caminho.
Leroy Sanchez — Out My Way

Andrés

— Um *macchiato*, por favor — pedi, enquanto Natalia fazia o seu papel. Eu era capaz de ouvir a sua respiração tranquila bem no meu ouvido enquanto a observava na cafeteria e também podia ouvir o Miguel na delegacia, acompanhando nós dois.

Éramos uma operação. Natalia e eu. Por ser a nossa primeira ação em campo juntos, ainda mais depois de termos nos envolvido tanto emocionalmente, pensei que estaria nervoso, irracional e preocupado com ela. Mas... *ay*, Natalia. Aquela *mujer* era feita de determinação. Eu confiava nela em campo da mesma maneira que confiava cada um dos meus segredos. Eu simplesmente soube que daria certo.

— Estou enviando a foto do Eduardo para o seu celular — Miguel me disse no ponto.

Não respondi, não precisava. Natalia também recebeu a atualização, percebi pela movimentação dela ao pegar o celular. E quando finalmente olhei para a foto de Eduardo, *carajo*, o cara parecia um modelo internacional. Olhos azuis, cabelo escuro, pele branca. Era uma puta contradição o Assassino do Fim ter uma aparência quase angelical, enquanto por dentro o cara era um demônio encarnado.

— Ele chegou — Natalia avisou no ponto.

— Seguimos com o plano. Vou ficar sentado e acompanhar. Natalia, pareça interessada. Vamos pegá-lo juntos.

— *Juntos, mi amor* — ela prometeu.

Eduardo estava de calça jeans e camiseta preta. Seus olhos varreram o ambiente em busca de Sofia, e antes que ele pudesse pensar, Natalia se aproximou.

— Me desculpa, mas você pode me ajudar?

— Estou meio ocupado agora.

— Só vai levar uns cinco segundos. — Natalia abriu um dos seus sorrisos que fariam dois homens duelarem até a morte por ela. Eduardo relaxou os ombros. — Por favor.

— Que tipo de ajuda?

— É a minha primeira vez na cidade, eu não... falo espanhol muito bem. — Natalia usou o seu inglês para misturar um sotaque que pareceu tão perfeito como se ela estivesse confusa sobre a língua. — Preciso ir até um bar no bairro *La Latina* e me disseram que não consigo chegar de carro. Você sabe qual seria a melhor rota para o GPS?

— As ruas são antigas e estreitas, seria melhor ir de metrô. Deixou o seu carro aqui ou no hotel?

— Prestativo — resmunguei no ponto, tomando um gole do meu *macchiato*.

— Deixei aqui mesmo, eu... não sabia.

— Olha, estou meio ocupado agora. — Ele olhou ao redor, buscando Sofia, sem achá-la. — Preciso encontrar alguém.

— Tudo bem, agradeço o seu tempo.

Eduardo franziu a testa para Natalia. Ele a observou, seu corpo, suas curvas.

— O que te fez viajar para Madrid sozinha?

— Um amor... que não deu certo.

— Ah, é? — Eduardo pareceu interessado. — Então, está aproveitando o coração partido para conhecer a cidade?

— Eu o conheci pela internet, você sabe, o cara — ela disse. — E quando cheguei aqui, ele não era bem quem eu achava que fosse.

Meio mentira, meio verdade. Mas era tudo o que o Eduardo precisava para conversar um pouco mais com ela.

— Vou te deixar o meu telefone. — Ele estendeu um cartão para Natalia. — Me liga se precisar de ajuda na cidade e estiver sozinha. A propósito, deixe o seu carro no hotel e pegue a linha La Latina, 5.

Ele deu a informação correta.

Eduardo era mesmo a porra de um manipulador do *carajo*.

— Prendam ele e consigam uma confissão — Miguel demandou. — Se ele correr, há pessoas lá fora para pegá-lo.

— Eu não quero *um* tiro.

— Não terá.

— Vou conduzi-lo daqui mesmo — prometi a Miguel.

— Eduardo Salvador — Natalia reparou em seu sobrenome assim que pegou o cartão. — Você é terapeuta!

— Sim... — Ele sorriu e passou as mãos pelo cabelo liso, lançando, mais uma vez, um olhar para o corpo da minha *mujer*.

Chega dessa *mierda*.

— Pronta, *pasión*? — perguntei no ponto.

Ela levou a mão até a cintura, nosso código.

Em meio segundo, eu me levantei. Meu sangue estava fervendo, eu não estava irracional nem emocional, mas pude sentir a adrenalina dançando sob a pele. Em questão de segundos, a minha mão foi parar em seu pulso e o cara grunhiu de dor assim que o virei. Empurrei-o até que meu joelho estivesse no centro das suas costas e o tivesse rendido no chão. Eduardo não resistiu à prisão. Pelo contrário, ele pareceu surpreso.

— Isso é um mal-entendido!

Natalia ficou de cócoras e mostrou o distintivo.

— Mal-entendido? Não. Tudo aqui foi bem proposital.

— Você está sendo levado pela Polícia Nacional como suspeito no caso Assassino do Fim. Tem o direito de permanecer calado. Qualquer coisa que disser pode e será utilizada contra você no tribunal. Você tem o direito a um advogado durante o seu interrogatório. Entendeu? — perguntei, algemando-o.

— Isso é um erro.

— Entendeu? Sim ou não?

— Sim.

— E sobre ser um erro, sr. Salvador. Acredite, não é — afirmei. Tirei meu joelho de suas costas e o ergui pela nuca. — Pronto para o primeiro dia do resto de sua vida?

Seus olhos ficaram sombrios quando me encararam.

— Vocês não têm nada contra mim.

Abri um sorriso.

— Me explica como eu estou aqui agora.

— Sofia.

— É? — Estalei a língua no céu da boca. — Estranho. Porque a Sofia está desaparecida e você é o único que pode encontrá-la.

Seu semblante se alterou. Confusão. Imprevisibilidade. Eu o arrastei com Natalia para fora da cafeteria, saquei uma nota de dez euros do bolso, entregando para a primeira garçonete que encontrei.

— Desculpe o incômodo, tenha uma boa noite.

Eduardo Salvador foi colocado no banco de trás da viatura. Natalia e eu trocamos de carro para uma das viaturas que nos seguiram porque assim seria mais seguro. Ele ficou em silêncio por um longo tempo, rondamos a cidade, e Miguel no ponto me questionou o motivo de não o estar levando direto para a delegacia.

— Notícias da Sofia, subinspetora?

— Não. Desde a última ligação com o Salvador, não temos o paradeiro dela.

Mentiras, mentiras, mentiras.

Tudo parte do plano.

Senti os olhos de Eduardo no espelho do carro, direto em mim.

— Vamos tentar rastrear uma chamada? — questionei a Natalia.

— O celular está desligado.

— Como encontraremos essa garota, então? Ela pode estar morta.

Eduardo se remexeu desconfortavelmente.

— Tudo bem aí? — Lancei um olhar para o espelho.

— Sofia não se mataria sem antes me conhecer.

— É? — perguntei. — Não sei. Você pode ter perdido a importância.

— Não em minutos.

— Ela pode ter decidido fazer isso sem você.

— Ela não tem coragem.

— Nenhuma delas têm, não é? — Natalia se virou no assento, olhando-o diretamente. — É por isso que você faz o que faz. Finaliza o que elas não conseguem.

Eduardo se manteve em silêncio.

— Mas eu acho interessante, inspetor De La Vega, a respeito da Sofia. Por que ela foi diferente? — Natalia se virou para mim.

— Talvez o nosso *santo* aqui não tenha conseguido convencê-la.

Iríamos pelo ego.

— Será? — ela especulou.

— É, ele nem é um psicólogo de verdade. Ainda está se formando. Não tem capacidade para convencer todas elas. Sofia já estava depressiva quando o conheceu...

— Eu não fiz nada disso — ele grunhiu.

— Ah, é? — Natalia pegou uma papelada em branco de dentro do porta-luvas. Porque, na real, não tínhamos mesmo porra nenhuma. Era um jogo de pôquer, só que não havia nada que pudéssemos apostar, a não ser a nossa incrível capacidade de manipulação. Mas manipular um sociopata não é tão fácil quanto parece. — Uma pegada que coincide com o número que você calça, também temos um resquício da saliva do assassino e, portanto, quando chegar na delegacia e nos der o seu DNA, tendo em vista que não é o culpado, isso será bem esclarecedor e você poderá sair pela porta da frente. Mas acho bem difícil, Salvador, sabe por quê? Hackeamos o seu computador e temos todas as conversas com as vítimas, do primeiro oi ao último tchau. O que você acha, inspetor De La Vega?

— Acho que é bastante coisa. Se ele confessar, talvez a gente consiga um acordo para aliviar a pena. Para cada assassinato são quantos anos, trinta?

— De qualquer forma, vai ser muito triste para ele. Vai passar o tempo preso pensando que, com a Sofia, ele falhou. Não conseguiu matá-la, não conseguiu colocar as mãos nela. A garota resolveu sozinha, sem precisar ver o rosto dele, sem precisar se entregar no fim. Ele falhou. — Natalia se virou para ele. — É triste tê-la tão perto e tão longe ao mesmo tempo, não é? Não conseguir concluir. Para alguém tão controlador quanto você, parece bem perturbador.

Ele grunhiu no banco de trás.

Teve um acesso de raiva.

E bateu a testa na grade, enquanto gritava.

Há um engano muito comum a respeito dos assassinos em série. Ouvimos o tempo todo que eles são incapazes de sentir emoção. Mas eles sentem. Alguns não têm as emoções sociais como compaixão e empatia. Mas raiva, desejo; eles são movidos por isso. É primitivo e instintivo.

— Ficou nervoso? — questionei quando ele ofegou. — Por que acha que a subinspetora e eu estamos circulando com o carro, Salvador?

— O que vocês querem de mim?

— Queremos saber a versão deturpada que você conta para si mesmo à noite. A historinha que te faz dormir tranquilo — falei, calmo.

— Só falo com a presença do meu advogado.

— Vamos ficar aqui a noite inteira, subinspetora.

— Eu sei dos meus direitos. — A voz do Assassino do Fim engrossou.

— Você perdeu o seu direito quando colocou uma corda no pescoço daquelas garotas. — Natalia o encarou. — Você não nos conhece, Salvador. Isso aqui não é um filme de Hollywood. E estamos longe de sermos os policiais bonzinhos. Estamos exaustos do seu joguinho, da sua fuga. Já temos tudo sobre você. Podemos condená-lo mesmo sem uma confissão. Queremos justiça.

— Vão me matar a sangue frio? — Riu.

— É uma ótima ideia — ponderei. — Não percebeu que não há sequer uma viatura com a gente? Podemos falar o que quisermos. Que você resistiu, que saiu correndo, que tivemos que atirar para nos proteger.

— Estou algemado. — Ele estava tentando ir pelo racional, mas nós iríamos quebrá-lo, nem que tivéssemos que rodar a noite inteira.

— Não é só você que sabe fazer um crime perfeito. — Natalia sorriu. — Está surpreso? Achou que iria daqui para uma delegacia, ficaria quietinho e assim se safaria, saindo pela porta da frente? Não, Salvador.

— Vocês querem a Sofia? Posso dá-la a vocês.

Ele diria qualquer coisa para se salvar. Era a única coisa que importava.

— Não.

— O que vocês querem, *carajo*?

— A verdade.

— Prefiro ser preso.

— Prefere? — Olhei-o pelo espelho.

— Tudo isso porque eu estava fazendo o bem. Como vocês são burros! — Eduardo gritou. — Odeio pessoas ignorantes. Vocês, putos, são tão burros!

— Somos? Então fale o que não sabemos — Natalia jogou.

Ele voltou a ficar em silêncio. Duas horas se passaram. Miguel estava gravando a conversa inteira e, apesar de não poder ser usada em um tribunal, porque não era o padrão de interrogatório, seria o suficiente para o perfilador analisar e conseguirmos uma confissão completa e nos conformes.

— Você se importa com a Sofia? — Natalia perguntou.

Os olhos de Eduardo brilharam.

— Ela precisa da minha ajuda.

Estávamos começando a quebrá-lo.

— Mas você é incapaz, Salvador. Não consegue nem lidar com você mesmo nesse momento. Olha que patético! — Ela riu. — Você está no banco de trás de uma viatura, algemado, sendo levado por dois inspetores que não se importam de jogá-lo em uma vala.

— Eu fiz o que tive que fazer! — gritou. — E consegui com todas!

— Conseguiu? — Natalia seguiu.

— Consegui. — Seus olhos verteram raiva. Raiva e desejo. Meu estômago ficou embrulhado e meu maxilar, travado. — Dei um final digno para cada uma delas, como as porras das princesas inúteis. Todas elas deveriam estar mortas. Viveram vidas de merda e a morte era a única opção. A morte é sempre a única opção. A morte acolhe as vidas desnecessárias e tira da existência pessoas fracas. Elas não estavam mais satisfeitas com as próprias vidas, então eu as fiz enxergar que não havia mais nada além daquilo as esperando. Fiz o trabalho sujo, porque elas eram tão inúteis que não conseguiam fazer por si mesmas. Como a minha mãe... minha mãe também não conseguiu fazer por si mesma.

— O que aconteceu com a sua mãe? — Natalia perguntou.

— Ela dizia que ia se matar todos os dias, mas nunca conseguia. Falava sobre os contos de fadas e que todos deveriam ter seu felizes para sempre. Bem, chegou uma hora que eu decidi fazer o que ela não teve coragem.

Engoli em seco, e Natalia prendeu a respiração.

— Então, foi um favor? — Natalia voltou para o ponto principal. — Com as garotas e a sua mãe?

— Claro que foi! — ele gritou. — Elas estavam infelizes! Elas queriam morrer! Então, eu as matei. Fui o fim que elas nunca poderiam se dar. Fui o "felizes para sempre".

Dios.

— Elas queriam isso mesmo? Ou você as manipulou até que elas acreditassem que precisavam da morte? — Natalia o empurrou mais.

— Foda-se essa merda! Porra! — ele gritou e bateu a cabeça na grade de novo. Dessa vez, uma, duas vezes, até que sua testa começasse a sangrar. Saquei a arma e apontei para o meio da sua testa, sem parar de dirigir. A mão esquerda empunhando a arma, a direita no volante, cruzando o braço esquerdo sobre o peito, meu punho sendo apoiado pelo ombro, sem nem precisar olhar para ele.

Freei o carro com tudo, e o tranco fez a sua testa ir de encontro ao cano da minha arma por uma pequena fresta da grade policial.

Meus olhos prenderam os dele.

— Você as matou porque isso era prazeroso para você, não para elas. Você fez isso por você, por ninguém mais.

— Eu sentia tesão fazendo isso. — Ele sorriu e inclinou a cabeça para o lado. Meu sangue circulou mais depressa. — Eu as queria mortas. Amo ver a vida saindo dos olhos delas. E mesmo que vocês me prendam, vou ter para sempre na memória a vida se esvaindo, pouco a pouco, enquanto eu as matava, enquanto o ar saía dos pulmões delas, enquanto o oxigênio não podia entrar porque era a minha força, a minha vitalidade, a minha superioridade sobre elas. Fiz porque posso fazer. Dei o final feliz que elas nunca teriam com outra pessoa. E repito... eu fui o "para sempre".

— Você é um assassino.

— Eu sou um propósito.

Trinquei o maxilar.

— Andrés. — Natalia tocou meu braço.

— Ah, ela gosta de você — Eduardo observou. — Que bonitinho.

— Andrés — ela repetiu.

— Vocês e suas emoções patéticas.

— Andrés, dirija.

— Eu vou — garanti a ela, minha mão sequer oscilando no gatilho. — Olhe bem para mim, Salvador.

Ele arqueou as sobrancelhas.

— Quer ficar até o fim da sua vida relembrando as merdas que fez e se masturbando na cadeia? Faça isso. Mas eu não tenho medo de puxar esse gatilho agora e explodir a sua cabeça por toda a porra desse carro. Você, que vê o medo, consegue ver o meu?

Seu sorriso morreu.

— Não.

— Assume as suas merdas quando chegar na delegacia.

— Eu não tenho vergonha do que fiz.

— Não tem. Você não tem nem consciência, Salvador. Vai ter culpa?

Entreguei a arma para Natalia e voltei a dirigir.

Respirei fundo quando avistei a delegacia no outro quarteirão.

Capítulo 29

Porque eu não posso acreditar
Que eu tenho você por perto
Estou levitando agora
Type Machines feat Eyre — Lucid Dreams

Andrés

— Tudo o que a gente precisa para fazê-lo confessar está com o Miguel. Ele já confessou para mim e a Natalia. Vamos fazer os relatórios.

— Não foi nada correto o que você disse para ele no carro, inspetor. Eu ouvi.

— Não pude seguir as regras.

— É, não pôde. — Gutiérrez se recostou na cadeira. — Mas isso não serve no tribunal.

— O que tirarem do Salvador naquela sala vai servir. Prometo. Natalia vai fazer um excelente trabalho. O problema que ele teve com a mãe é o ponto de partida. A Natalia vai arrancar dele o que você precisar.

— A Natalia, não você?

Prendi a respiração.

— Precisamos conversar, comandante.

Ela indicou a cadeira e eu me sentei.

Havia tomado essa decisão e conversei com Natalia um pouco sobre como eu iria fazer isso. Ela disse que, se fosse importante para mim, então era capaz de entender, embora não concordasse. Ponderei muito a respeito disso, mas agora, com o caso do Assassino do Fim resolvido, eu só... eu tinha que fazer isso.

— Você me conhece. Conhece o meu caráter. Conhece o cara que veio trabalhar nesta delegacia e que foi moldado para se tornar um homem digno do cargo de inspetor. Um sonho que acabou chegando antes do que eu previa. Acredite, Consuelo, eu sou muito grato. — Chamei-a pelo primeiro nome e ela percebeu que o que eu queria dizer era sério.

Apoiou os cotovelos sobre a mesa e entrelaçou os dedos sob o queixo.

— Mas...

— *Mas*... há algo sobre a minha vida particular que sei que fere as normativas éticas e morais da Polícia Nacional. Por isso, vou deixar a verdade nessa mesa. Com isso, a decisão a respeito do que formos fazer estará nas suas mãos.

Gutiérrez me analisou. Viu além. Interpretou o meu comportamento antes que eu pudesse dar um sinal físico. Peguei a corrente que estava em volta do meu pescoço e, lentamente, tirei o distintivo do peito. A dor de ter que fazer isso era maior do que eu poderia suportar naquele momento, depois de ouvir a crueldade de um assassino em série, depois da adrenalina. Mas se eu não fizesse naquele instante, nunca faria.

Entreguei a minha 9mm.

Coloquei as algemas ao lado dela.

Tirei o coldre das minhas costas e cintura.

Coloquei cada item sobre a mesa da Gutiérrez, lado a lado.

Ela me observou, apenas esperando que eu dissesse alguma coisa.

Apontei para o quadro que ainda havia o nome de Secret em letras maiúsculas. Gutiérrez seguiu o que eu estava apontando e, quando seus olhos se voltaram para mim, peguei o meu celular e acessei o site do Secret. Gutiérrez pareceu surpresa e, quando apertei o play no último áudio, seus olhos me encontraram.

— Aquele cara? — Apontei para o quadro novamente. — Sou eu. Essa voz? É minha. Eu faço áudios eróticos para mulheres e homens que precisam de liberdade na cama, para se sentirem confiantes, para curarem seus traumas, para se darem prazer e também viverem uma fantasia, se precisarem. Gosto demais do que faço, tenho orgulho disso, e sei que ajudo aquelas pessoas. Não considero um fetiche, mas acho que pode ser... interpretado dessa forma. Sim, eu ganho dinheiro e, por causa disso, talvez essa seja a coisa mais "imoral" a respeito. Não, não há fotos do meu rosto. A única coisa que eles recebem de mim é a minha voz e a minha criatividade. — Fiz uma pausa, sustentando nosso olhar. — Agora, preciso saber se você vai querer assinar a minha demissão, comandante.

Gutiérrez cruzou os braços na frente dos seios. Me observou por longos minutos, analisando meu corpo, meu rosto, meus traços, minha personalidade, como se tudo voltasse para a sua memória.

— Você é o *dirty talker*? O Secret?

— Sou. — Pausei o áudio antes que eu começasse a gemer e aí seria mesmo complicado encarar a minha chefe.

Silêncio. Mais silêncio. Ela olhou para os papéis sobre a mesa e começou a organizar os documentos.

— É só isso que tem para me dizer, inspetor De La Vega?

— Sim.

— Pegue suas coisas e saia dessa sala. Você tem trabalho a fazer. Tem a confissão daquele cretino para arrancar. Te darei férias para você colocar a sua vida no lugar.

— Gutiérrez, não sei se entendeu, mas eu não vou parar o *dirty talk*.

— Não estou pedindo isso. — Ela abaixou os papéis. — Eu não me importo com o que você faz fora daqui, Andrés. Me importo com os resultados que você traz. Em poucas horas, você e Natalia prenderam o assassino em série mais complexo com o qual esta delegacia já teve que lidar. Você me trouxe o cara todo arrebentado e quebrado, mas pronto para falar, pronto para confessar. Seja um *dirty talker*, ajude as pessoas da forma que quiser, ganhe dinheiro com isso... faça o que quiser da sua vida pessoal. Eu preciso de *você* nesta delegacia. Eu preciso do inspetor De La Vega. Então, vou fingir que nunca escutei isso e nós vamos seguir a vida normalmente.

Meu cérebro deu uma virada louca. Ela estava mesmo dizendo que eu poderia continuar como um *dirty talker* e ainda ser o inspetor?

— Você confia em mim a esse ponto, Consuelo?

Seus olhos suavizaram enquanto me observavam.

— Sim, porque todas as vezes que você errou foi tentando acertar. Agora saia do meu escritório, Andrés, e vá falar com o Salvador.

— Tem certeza?

— Quer que eu repense?

— Não. — Peguei minhas coisas e me levantei. Não pude evitar. Um sorriso largo se abriu na minha boca. — Não, eu só precisava ter certeza. Gutiérrez, obrig...

— Me agradeça comprando um café.

— E as minhas férias?

— Só no próximo mês. Darei a você e a Natalia. Sei que há um romance acontecendo entre vocês dois e espero que me convidem para o casamento.

— Provavelmente não vamos nos casar, apenas morar juntos.

— Jovens. — Ela rolou os olhos. — Se forem morar juntos, me avisem para fazermos uma pequena confraternização.

— Mas você nunca nos encontra fora da delegacia.

Gutiérrez bufou.

— Você não percebeu que eu tenho um carinho por você e pela Natalia?

— Ah, sim.

— Saia daqui, Andrés.

— Obrigado, comandante.

— Deixe o Salvador sozinho e repensando por um tempo nas escolhas que ele fez e, quando ele estiver cansado, pegue aquela confissão.

— Vou conseguir — prometi.

Saí da sala da Gutiérrez completamente aéreo. Nunca, em toda a minha vida, imaginei que teria o apoio incondicional da Gutiérrez. Isso era...

— Aquele lance do segredo — Natalia disse às pressas.

— O quê, *mi amor*?

— Vem. — Ela me puxou. *Ah, o nosso código.*

Passamos por uma sala, outra, então outra, até pararmos nos fundos da delegacia, nos casos arquivados. A sala escura, completamente vazia, tinha inúmeras prateleiras com caixas, arquivos e algumas mesas. Natalia ofegou assim que fechou a porta e suas mãos foram para o meu peito, seus olhos dançando por mim.

— O que ela disse?

— Que não vai me demitir e vai fingir que eu não disse nada.

Natalia congelou.

— *O quê?*

— Ela garantiu que não se importa com o que faço fora daqui.

Vi seus lábios se abrirem em choque.

— Você ainda é um inspetor e um *dirty talker*?

— *Si*, amor. Os dois lados da minha vida podem oficialmente coexistir.

Acho que foi a adrenalina, a nossa ausência de sono, a loucura de ter pegado Salvador ou apenas a emoção de nos ver livres desse segredo. Mas Natalia chorou profundamente. Foi uma explosão emocional tão forte que meu coração se partiu um pouco ao vê-la ali, tão frágil e vulnerável, a menos de quinze centímetros de mim. Coloquei a minha arma, o coldre e o distintivo sobre uma mesa e quando estava com as mãos livres, segurei as laterais do seu rosto, sequei suas lágrimas com meus polegares e a trouxe para o meu peito, abraçando-a.

Naquele segundo, o meu coração como Secret abraçou a Anônima. A garota que, do outro lado da tela, torcia para que eu pudesse viver em paz por ser quem era, a garota que não me julgava, a garota que me entendia. Por alguns instantes, não éramos Andrés e Natalia, éramos um casal que tinha se conhecido pela internet e agora...

Estávamos livres.

Não sei se fui eu, ela ou se nós simplesmente nos encontramos no caminho, mas nossos lábios se chocaram e não foi com calma. O beijo pareceu desesperado, do tipo que você daria se um meteoro estivesse prestes a colidir com a Terra, mas ao mesmo tempo, o tipo que desarma exércitos e faz uma guerra parar. Minha língua encontrou a de Natalia, a minha paixão platônica no trabalho e no meio virtual, a mulher que meus olhos não precisaram ver para tê-la em meu coração. Quando nos misturamos em sentimento, essência e no movimento de nossas línguas, eu soube que entregaria a minha vida, a minha felicidade e todo o tempo que me restava para a minha subinspetora. Tudo o que ela quisesse de mim, teria, porque toda vez que meus pensamentos iam para Natalia, eu entendia que nunca mais ia precisar de outra *mujer*.

— Você é deslumbrante, Natalia Ortiz — sussurrei contra sua boca.

Seus olhos me encontraram quando descolei nossas bocas e aquele momento transcendeu a explicação. Nenhuma palavra que eu poderia pensar chegava aos pés. Natalia não cabia na palavra *amor*, na palavra *paixão*, na palavra *relacionamento*. Eram pequenas demais.

Nunca pensei que *desejaria* pertencer a alguém; em mente, espírito, corpo e essência. Mas eu queria ser o Andrés da Natalia, o Secret da Anônima. Eu amava ser dela.

— Não tivemos tempo para viver a nossa vida desde que nos conhecemos — sussurrei. — Mas eu quero tudo com você, *pasión*. Quero os passeios com seus melhores amigos, quero te levar para sair com os meus primos. Quero você na minha casa, acordando descabelada e tendo sonhos eróticos comigo. Quero rir com você e te levar a todos os jantares com música ao vivo que você merecer. Quero o *nós*, como nunca quis mais nada nessa vida.

— Eu também, amor. Quero tudo isso com você. E eu te amo — ela sussurrou, tocando com a ponta dos dedos a minha boca.

— Um pouco mais do que amor, *pasión* — prometi.

Capítulo 30

Paixão em seus olhos
Eu posso notar
Queimando como fogo neste momento
O seu olhar me acelera.

Chiara King — Papi

Natalia

Dois dias se passaram desde a prisão de Eduardo Salvador e de conseguirmos a maldita confissão dentro da lei. O problema era que a confissão dele e as provas circunstanciais não seriam o suficiente para uma condenação, foram essas as palavras do promotor quando veio nos falar do caso. Então, Andrés e eu passamos os dois últimos dias coletando provas e o que conseguimos foi o suficiente para Eduardo ser condenado. O motivo? Eduardo havia gravado os assassinatos. Conseguimos a lista das suas futuras vítimas e todas as conversas com as garotas. Tivemos acesso às chamadas telefônicas. Em quarenta e oito horas, Andrés e eu cochilamos por apenas três horas na delegacia. Ainda tivemos que dar coletivas de imprensa ao lado da Gutiérrez.

O caso foi enviado para a justiça apenas quando Andrés e eu entregamos o último relatório.

— Preciso de uma massagem. — Andrés gemeu e jogou a cabeça para trás, fechando os olhos.

— Podemos ir para um SPA.

— Se trabalhamos dois dias, isso significa que temos dois dias de folga. E, porra, a minha cabeça... eu estou morrendo de dor de cabeça.

— Amor, talvez a gente deveria...

— Vocês estão mesmo juntos e eu acho isso tão bonito — Miguel disse, sentado na nossa frente. — Vocês são um casal de verdade. Não sei como aconteceu, mas estou orgulhoso, porque o Andrés era uma porta.

— Eu não era a porra de uma porta.

— Você não sentia nada por ninguém.

— Miguel…

— Estou falando sério. Você agia como se conseguisse passar por qualquer coisa, qualquer mulher, sem sentir nada.

— Eu não sentia nada.

— Mas a Natalia…

Cruzei os braços na frente dos seios.

— Eu sou maravilhosa e tenho uma personalidade incrível.

Andrés me lançou um olhar.

— Parece até que estou ouvindo o Esteban falando.

Acabei rindo.

— Vamos para a minha casa, *mi sueño*. A gente precisa descansar.

— É, eu não aguento mais olhar para a cara bonita de vocês. Vão embora. — Miguel piscou para mim.

Andrés e eu fomos para a minha casa. Encontramos meus melhores amigos no corredor, que estavam tão preocupados comigo e com o caso nos últimos tempos que me senti mal por ter conseguido apenas conversar com eles por mensagens nem ter tido um tempo de tomar um drinque ou relaxar, como pensei que faríamos várias vezes em Madrid. Acabamos combinando de fazer algo quando Andrés e eu estivéssemos recuperados e bem…

Eu só não fazia ideia de que dormiríamos por mais de vinte e quatro horas.

Acordamos desnorteados, Andrés enroscado comigo e sua perna grande em cima da minha, a sua respiração batendo em algum lugar do meu pescoço.

— Bom dia, *pasión*.

— Acho que é boa noite.

— A gente dormiu muito?

— Passamos um dia dormindo. No meu relógio está marcando que já estamos na noite do dia seguinte.

— *Carajo*, sério?

— É.

— Preciso comer. — Ele se espreguiçou e me abraçou apertado em seguida. — Vou fazer o café da manhã.

— Acha que podemos sair com o Pablo e o Daniel hoje?

— Claro, *pasión*. Eu já disse, vamos viver agora. Sei que você se culpa pelo trabalho ter te consumido. Na verdade, eu estou me sentindo um pouco culpado também em relação ao meu site.

— Por quê?

— Eu coloquei os áudios programados, mas agora estou atrasado no processo criativo. Preciso criar vários áudios para ter uma sobra, caso a vida fique intensa. Preciso também responder aos comentários.

— Você quer fazer isso primeiro? Depois a gente pode sair com o Pablo e o Daniel.

— Vamos priorizar você e os seus amigos. Aí, vamos para a minha casa e eu trabalho, ok?

— Andrés, sei o quanto os seus seguidores são importantes para você.

— Eu preciso de um botão ejetar dos meus dois empregos, amor. Pode acreditar, eu preciso sair com o Pablo e o Daniel tanto quanto você.

— Tem certeza?

— Sim. — Ele beijou suavemente a minha têmpora. — O que quer de café da manhã?

— Um jantar, eu prefiro. Estou faminta.

— Ok, vou fazer uma massa para a gente.

Um tempo mais tarde, eu estava de banho tomado e braços cruzados na frente dos seios, observando Andrés na minha cozinha, tão à vontade que meu coração saltou um pouco. Meu estômago roncou com o cheiro do molho caseiro que ele estava preparando. Eu não conseguia parar de olhar para a sua movimentação na minha cozinha, quando meu telefone vibrou.

— Amor, a minha mãe me mandou mensagem, perguntando se podemos fazer uma videochamada. Ela meio que... eu contei que você está aqui.

— Faça, *pasión*.

— Você quer aparecer para ela?

Andrés me lançou um olhar sobre o ombro.

— Eu quero que vocês se conheçam, mas não sei se você está à vontade com isso — adicionei.

Andrés pegou o pano de prato e secou as mãos, jogando-o em cima do ombro nu ao se virar para mim. Ele estava sem camisa, apenas com uma calça de pijama do Pablo, que ainda estava no meu apartamento. O cabelo bagunçado e o sorriso preguiçoso fizeram meu estômago dar um giro.

— Eu te levei para uma festa com toda a minha família. Você acha que eu ia me sentir estranho ao falar com a sua mãe? Vamos fazer isso, *pasión*. Eu quero.

Vi o desejo genuíno em seus olhos.

— Ok, vou ligar para ela, então. — Sorri.

Senti um nervosismo enorme abraçar o meu estômago. Havia a fome, mas também... fazia tempo que meus pais não conheciam alguém que eu *quisesse* que eles aprovassem. Eu queria que a minha mãe se apaixonasse pelo Andrés e o meu padrasto também. Queria que eles fossem capazes de vê-lo além da aparência dura de inspetor, queria que eles fossem capazes de olhá-lo com a visão do meu coração.

Nervosa, segurei o celular com as mãos trêmulas. Andrés desligou o fogo e parou de montar a massa quando viu que eu iniciaria a chamada. Ele se posicionou atrás de mim, me abraçando, pairando seu rosto ao lado do meu e me tranquilizando. Consciente da minha ansiedade, suas mãos seguraram o meu celular, envolvendo-o junto com as minhas, e eu respirei fundo.

Os olhos da minha mãe, tão parecidos com os meus, se arregalaram assim que viram Andrés e eu juntos. Levou apenas um segundo para ela abrir o mesmo sorriso que Andrés ofereceu para ela. Vendo-nos assim, juntos, na tela de um celular, fez uma emoção estranha surgir na garganta. Meu padrasto se juntou e quando vi os amores da minha vida reunidos, meu coração deu um pulinho.

— Filha, Andrés! — mamãe disse, incrédula. — Ah, como vocês são lindos! Não são lindos, amor?

— São perfeitos. Como vocês estão? Que prazer conhecê-lo, Andrés.

— Obrigado. É um prazer conhecer vocês dois. Sendo bem sincero, vi a foto dos dois na mesa da Natalia, mas é muito mais emocionante ver vocês ao vivo. — Meu namorado abriu um sorriso tão largo que foi inevitável não sorrir com ele. — Como está o Canadá?

— Ah, aqui é maravilhoso. Somos muito felizes. Mas estávamos loucos para conhecer você! Desde o começo, eu disse para a Natalia que vocês foram unidos pelo acaso, pelo destino, mas ela não quis me ouvir.

— A sua filha é um pouco teimosa.

— É, a nossa Natalia é sim. — Meu padrasto piscou.

Eu não disse uma palavra, porque nem precisei. Andrés teve uma comunicação tão aberta com meus pais que eu não queria estragar a conexão que vi sendo formada. Minha mãe nunca teve seus olhos brilhando por nenhum dos meus envolvimentos, e quando ela focou em mim através da pequena tela, com seu rosto cheio de certeza, enquanto meu namorado conversava com meu padrasto, soube que ela estava dizendo que eu finalmente havia encontrado o mesmo amor que ela achou com Ronald.

— Vocês podem vir para cá quando quiserem, a nossa casa é imensa, e agora eu consigo falar espanhol fluentemente — Ronald brincou.

— Ah, não tem problema. Eu falo inglês com fluência — Andrés garantiu. — Podemos nos comunicar como acharem melhor. Mas, sim... eu vou levar a filha de vocês para casa. Espero que a gente possa aproveitar muito o Canadá. Me contem, o que vocês gostam de fazer aí em Ottawa?

Andrés sabia que eu não era filha de Ronald, mas ele também sabia que eu me considerava assim. *Dios*, ter alguém ao meu lado que sabia como eu me sentia era o melhor presente que o universo poderia ter me dado.

— Venham, mas venham mesmo, hein! Quero cozinhar e mimar vocês como filhos — mamãe garantiu. — E como está o trabalho? Muito puxado?

Meu namorado fez um resumo sobre o que tivemos nas últimas semanas e como eu me saí bem em cada desafio.

— Vocês não precisam se preocupar com a Natalia. Mesmo se eu não estivesse aqui para tomar um tiro por ela, se fosse necessário, ela é capaz de se defender como ninguém e ainda é capaz de enxergar o coração das pessoas. Então, ela está na carreira certa.

— Eu estava preocupada... — mamãe confessou.

— Ela e eu estamos juntos em todos os momentos. Podem confiar na Natalia, mas, se quiserem, podem confiar em mim também. Eu jamais deixaria algo acontecer com a *pasión*.

— Vocês são lindos — Ronald disse, emocionado.

— Está chorando, pai?

— Estou! — Ele riu, secando as lágrimas. — Desculpem. Sonhei com um amor para a minha filha há mais tempo do que posso dizer. Eu sempre quis te ver feliz assim, Nat.

Andrés me deu um beijo na bochecha e, depois de mais algumas conversas, desligamos. No entanto, Andrés não saiu de perto de mim. Ele envolveu minha cintura, seus grandes braços me apertando, sua respiração no meu pescoço, até que ele desse um beijo suave no ponto entre meu ombro e pescoço, me arrepiando.

— Estou apaixonado por eles.

— Eles também estão apaixonados por você.

— Obrigado por me inserir na parte mais importante da sua vida, Natalia.

Me virei para ele, envolvendo seus ombros e ficando na ponta dos pés para dar um beijo na ponta do seu nariz. Ele sorriu e passou a mão no cabelo bagunçado, erguendo apenas uma sobrancelha para mim.

— E esse beijo?

— Não precisa me agradecer por isso, é um prazer ter você na minha vida.

— Não vou sair dela, amor — prometeu, baixinho, circulando meu nariz com o seu.

— Não saia.

— Vou estar sempre aqui, entregando a você todo o meu amor. — Sua voz ficou rouca. — E se eu não puder entregá-lo pessoalmente, farei através da minha voz. E se a minha voz não te alcançar, será a nossa conexão. E se a nossa conexão estiver enfraquecida, ainda assim você vai me sentir no seu coração. E sabe por quê?

Neguei suavemente.

— Porque foi o destino que nos uniu, Natalia.

— Você vai me fazer te agarrar aqui e agora e não vamos comer antes de a gente sair com o Pablo e o Daniel.

Andrés beijou o meio da minha testa.

— Vou cozinhar.

Quando ele foi se concentrar nas panelas, percebi que ele era o tipo de homem que pegava a minha vulnerabilidade e mostrava a sua. Ele sabia o quanto havia sido importante para mim esse contato com meus pais. Então, Andrés expôs seus sentimentos, sempre se deixando a olhos vistos para mim. Sempre me mostrando quem era, como se não houvesse ressalvas.

Que tipo de homem faria isso, senão um De La Vega?

Não há homens mais passionais do que os De La Vega, Marifer havia dito.

Ela estava tão certa.

— Comigo, você vai ter tudo o que sempre se privou de sentir, Andrés — falei para ele.

Ele não se virou para mim, apenas continuou a cozinhar. Mesmo de costas, eu sabia que Andrés estava sorrindo. Porque eu sabia quando Secret estava sorrindo mesmo quando eu não era capaz de vê-lo.

— É porque você é a *mujer de mi vida* — garantiu, me fazendo flutuar mesmo que eu fosse incapaz de voar.

Definitivamente passional. Único.

Que sorte a minha.

Capítulo 31

Ooh, eu amo quando você faz assim
E quando você está perto, me dá arrepios
Oh, amor, você quer dançar até a luz do sol raiar?
Ed Sheeran — Shivers

Natalia

Saímos com Pablo e Daniel e, nas primeiras duas horas, dançamos como se o mundo fosse acabar, como se a rotina não fosse nos alcançar. Eu ri tanto com meus melhores amigos e ainda escutei Andrés gargalhando com eles. Não ouvia sua risada o tempo inteiro, então foi um prazer ver o meu namorado se divertindo com as pessoas que eu mais amava.

Me sentia culpada por não poder compartilhar com eles a verdade sobre o Secret, mas eu sabia que era um segredo do Andrés, não meu. Aceitei esconder de todo mundo o seu lado *dirty talker*. Esse era um pequeno preço a pagar.

— Vocês precisam sair e relaxar mais vezes. Sei que é corrido — Pablo disse, nos observando quando já estávamos sentados, tomando um belo *tinto de verano*.

— Eu sei, Pablo. Na verdade, nós dois sabemos, mas esse caso... — Suspirei e parei de falar. O caso do Assassino do Fim sugou muito de nós.

— Está tudo resolvido? — Daniel questionou.

— Sim, agora é com a justiça — Andrés garantiu. — Ele será sentenciado e condenado, então...

— E como vocês estão? — Pablo se acomodou no sofá largo e levou seu drinque à boca, seus olhos sorrindo. — Transando loucamente e apaixonados?

— É, meio que isso. — Andrés riu.

— Ah, se ela não aproveitasse você, querido. Seria difícil defendê-la. — Pablo ergueu uma sobrancelha.

— Você sabe que você é um gostoso, né? A gente nem precisa dizer — Daniel adicionou.

— Ele tem o mesmo ego dos primos dele, meninos.

— Eu não tenho um ego tão grande assim. — Andrés abriu os braços sobre o encosto do sofá, levando a ponta da sua língua deliciosa para o lábio superior. Em seguida, um sorriso escorregou naquela boca. — Ou tenho?

— Pouca coisa, amor.

— Falando em primos, quando vamos ver ao menos um deles de perto? — Daniel disse, sorrindo. — A gente viu no aeroporto, mas não foi o suficiente. Vocês são bonitos demais. Precisamos admirar com calma, não é, Pablo querido?

— Com certeza — seu marido concordou.

— O Rhuan está vindo para cá agora, e o meu primo Hugo está com ele. Houve uma escala na viagem com a Victoria, e o Rhuan foi buscá-los. Eles decidiram parar aqui para ver a mim e o Rhuan, então...

— Eu vou conhecer o Hugo e a Victoria? — Senti um sorriso se formar no meu rosto. Eu veria a lenda dos De La Vega casado! Ao menos, um deles, já que havia Diego também. Mas, de qualquer forma, era como se eu fosse ver um unicórnio no mundo daqueles primos.

— Vai. — Andrés sorriu. — Daqui a pouco eles estão chegando.

No momento em que Andrés falou, seu celular vibrou e ele buscou com os olhos a entrada da boate. Então, minha atenção foi primeiro para a mulher deslumbrante nos braços de um homem alto, forte e sexy. Jesus, Victoria era lindíssima! Aí, havia Hugo De La Vega. Uma espécie de pecado encarnado em uma camisa social branca e calça preta. Ele abriu um sorriso assim que nos viu. E eu fiquei pensando se todos os De La Vega tinham aquele mesmo sorriso sacana. Ah, sim. Tinham. Porque Rhuan sorriu e seus olhos verdes, na cor de uvas italianas, cintilou em pura diversão e malícia. Precisei respirar fundo, porque, apesar de eu amar e muito o Andrés e ainda achá-lo o mais bonito, era um pouco difícil não admirar a genética daquela família.

Nos levantamos e Andrés colocou a mão na base das minhas costas assim que Hugo, Victoria e Rhuan se aproximaram.

— Conheçam a Natalia, *la mujer de mi vida*. E esses são o Pablo e o Daniel, o combo de melhores amigos que ganhei por ter me apaixonado por ela.

— Somos os melhores! — Pablo disse, estendendo a mão. — E somos gays. Então, se elogiarmos vocês a noite inteira é porque somos genuínos.

— Meu Deus, que gente linda — Daniel elogiou.

— Prazer conhecer vocês — eu disse, e Hugo me deu um sorriso carinhoso, intenso e amigável. Seus olhos pareceram brilhar um pouco assim que se voltaram para Andrés.

— Ela é linda, *hermano*.

— É sim — Andrés concordou.

— Eu sou a recém-De La Vega — Victoria falou em um espanhol cheio de sotaque, rindo. — Estou me acostumando com o sobrenome, mas é mais sexy do que Foster.

— Ainda estou processando o casamento de vocês, me deem um espaço emocional. — Rhuan bufou e se aproximou para me dar um beijo no rosto. — *Hola, cariño*.

— Não use apelidos românticos com a minha mulher, Rhuan. *Puta madre!*

— É força do hábito. — Rhuan riu.

— Nossa, você é linda, Natalia. Deixe-me ver você. — Victoria tocou meus ombros e me fez girar antes de se sentar ao meu lado. — Você é subinspetora? Poderia ser modelo.

— Eu não teria paciência para usar saltos o dia inteiro.

Andrés sorriu e tocou minha coxa.

— Na verdade, na segunda vez que vi a Natalia, ela estava caindo nos meus braços justamente por causa dos saltos altos.

— Preciso saber tudo da história de vocês! — Victoria disse, tão alegre que sua energia me contagiou. — Amo saber como o amor começa.

— Nossa história é longa — Andrés garantiu.

— Temos tempo. — Hugo piscou.

Estar ao lado dos familiares do Andrés e dos meus melhores amigos foi a melhor combinação possível. Depois de contarmos um pouco da nossa história, omitindo a parte virtual, descobri como tudo com Hugo e Victoria também foi por acaso. Também fiquei sabendo um pouco mais sobre o trabalho dos dois, e como agora, após a lua de mel, Victoria ainda estaria em viagem; Hugo pareceu adaptar um pouco da sua agenda para acompanhá-la.

— Será como uma lua de mel parte dois, mas ainda assim... a trabalho — Vick explicou.

— Vocês são muito companheiros — falei para ela. — É muito bonito ver o quanto prezam a liberdade um do outro, mas estão sempre juntos.

— A distância não é nada, nunca foi. Mas eu quis estar com ela ao menos depois da nossa lua de mel.

Eles eram lindos. Em aparência, em essência, em sintonia. Andrés buscou a minha mão, como se sentisse a mesma coisa que eu. Talvez os De La Vega só conseguissem se apaixonar através de conexões mais profundas.

— Mas e você, Rhuan? — Pablo perguntou. — É solteiro?

— Convicto. Nunca vou me casar.

— Nossa, isso é sério — Daniel brincou.

— Não, é só uma decisão. Eu entendo tudo sobre o cérebro humano, desenvolvi uma capacidade incrível de me autoconhecer e, nesse processo... bem, fica fácil pra *carajo* não me render ao amor.

— Mas você acha que nunca vai viver o sentimento?

— Não acho, tenho certeza. — Rhuan riu.

— Ele e o Esteban são iguais — Hugo pontuou. — Andrés também era, mas caiu na mesma coisa que o Diego e eu.

— Em algum momento, o Rhuan e o Esteban também vão — Andrés garantiu.

— Vira essa boca para lá. — Rhuan gargalhou. — Mais bebidas?

— Por favor — dissemos todos.

Era divertido misturar os mundos. Os De La Vega eram maravilhosos. Victoria parecia ter uma sintonia com Hugo bem parecida com a que eu tinha com Andrés. E Rhuan era bonito demais e solteiro demais para qualquer mulher. Eu jamais o apresentaria a uma amiga, porque ele com certeza saía por aí partindo corações.

— Vou ligar para o Esteban — Andrés disse, pegando o celular. — Ele vai se sentir traído se a gente não ligar.

— E eu vou ligar para o meu irmão. Vamos fazer uma pequena videochamada — Hugo adicionou.

— Parece perfeito. — Victoria beijou o marido na bochecha.

Se misturar apenas Hugo, Victoria e Rhuan na receita já era fantástico, nada se comparava a Esteban e Diego juntos. Os dois eram terríveis! Esteban, que eu já conhecia, não perdia um momento de fazer piada, embora eu percebesse que sua relação com a chefe estava complicada.

Os meninos desligaram a chamada e Victoria pareceu preocupada.

— O que eu faço sobre o Esteban e a Laura, *mi vida*? — perguntou ao marido.

— Deixa os dois se resolverem. Em algum momento, vai dar certo. A melhor saída é ficar de fora, Victoria. Com essas viagens que você fará a trabalho, talvez dê tempo de eles se acertarem.

— Eu não entendo. Eles se deram tão bem no começo.

— A convivência muda tudo — o marido sussurrou.

— Mas eles ainda se sentem atraídos um pelo outro — Victoria ponderou.

— Talvez eles só briguem porque não querem ceder. — Rhuan se recostou confortavelmente. — Eles estão usando as discussões como barreira emocional. Uma hora, vai explodir. Como todos que não sabem lidar com as emoções. — Então, ele fez uma pausa, e o copo de *tinto de verano* na mão quase estremeceu. — *Mierda*, vou ser o único solteiro dessa família.

Andrés, Hugo e Rhuan riram, assim como os meus amigos. Por um tempo, ficamos apenas ali, conversando, exceto Andrés, que chamou Hugo para um canto e depois meu namorado voltou com um brilho nos olhos. Quando Andrés se sentou ao meu lado novamente, já era outra música, uma que aparentemente os meninos conheciam, percebi pela maneira que os primos se entreolharam. Eles abriram um sorriso malicioso.

— Vocês não vão fazer isso! — Victoria tremeu visivelmente.

— Ah, vamos sim. — Rhuan se levantou. — Estamos sem o Esteban e o Diego, mas precisamos mostrar para a Natalia o que ela ainda não viu.

— O que eu não vi? — Pisquei.

— Ah, isso parece interessante. — Pablo abriu um sorriso quando Rhuan começou a tirar a camisa.

— Vamos. — Rhuan puxou Andrés e Hugo assim que jogou a camisa onde estava sentado antes. — *Muévete.*

Andrés me procurou com o olhar assim que se levantou, me deu uma piscadinha como um adeus e foi para a pista de dança com os primos. Fiquei petrificada quando o inspetor De La Vega começou a abrir os botões da camisa, exibindo seu tórax perfeito e a barriga musculosa.

— Eles dançaram uma parte dessa música no casamento da Elisa e no meu. Se eles quiserem dançar inteira para você, Natalia... Meu Deus, esteja preparada.

— Para o quê, exatamente?

— Para ter um ataque cardíaco. — Victoria riu.

Rhuan subiu alguns degraus e conversou com o DJ, que tirou os fones para ouvi-lo e pausou a música. As pessoas, sentindo que alguma coisa estava acontecendo, começaram a dar espaço para os três homens mais bonitos da Espanha.

Meu coração, por alguma razão estranha, começou a acelerar, me dizendo que o que quer que fosse aquela dança, eu não estava *mesmo* preparada. Rhuan saiu da mesa do DJ e entregou para Andrés o microfone, falando algo no ouvido do meu namorado, até que seus olhos me procuraram.

Ele colou o microfone na boca e abriu um sorriso.

— Natalia, está pronta para a primeira apresentação dos De La Vega? — Aquela voz de *dirty talker*, que faria até uma pessoa à beira da morte voltar à vida, soou pelos alto-falantes. Engoli em seco. — Você sabe que eu te amo, mas você ainda não viu a minha melhor qualidade. E isso só acontece quando estou com esses caras aqui. Juntos, somos incríveis e fica quase impossível tirar os olhos. Então, presta bem atenção em mim, *mi amor*.

As mulheres começaram a gritar.

Meus joelhos tremeram mesmo que eu estivesse sentada.

— Meu Deus, eles vão fazer isso de novo.

— Victoria... — murmurei.

— Amiga, você precisa de uma água? — Pablo indicou.

— Eu não sei do que eu...

As luzes se apagaram.

— Mas que porra? — Ouvi Daniel murmurando. — Vou gravar isso.

— Grava, marido.

— Eu não estou pronta.

— Ninguém está — Victoria garantiu.

Tienes un cuerpo brutal.

A iluminação se acendeu e foi em cima de todos os primos assim que *Sexy Movimiento*, de Wisin & Wandel, começou a tocar.

Rhuan brincou com seu cabelo, como se soubesse exatamente o que fazer para enlouquecer uma mulher, então um sorriso despontou em sua boca. O chão começou a tremer sob os meus pés, a balada se tornou um show privado dos De La Vega, e eu só sabia surtar por dentro enquanto me dava conta disso. Não queria sequer piscar. Pablo, Daniel e Victoria gritaram incentivando, mas eu estava completamente congelada.

Que todo hombre desaria tocar

Andrés. O meu Andrés. O homem que me fazia gemer quando eu colocava os fones de ouvido, o mesmo homem que me consumia em sua cama como se não pudesse esperar um segundo para me ter profundamente. O homem que eu amava rebolou, mostrando o quanto era bom de dança, não que eu não tivesse sentido contra o meu corpo quando ele me puxou para dançar. Mas vê-lo assim, sob a atenção das pessoas, era absurdo e sensacional ao mesmo tempo. A risada que ele soltou foi obscena, mas seus olhos estavam em mim, como se ele quisesse garantir que, apesar de haver mil mulheres gritando por ele, era a mim que buscava.

— Eu te amo, Andrés! — gritei, sem conseguir me conter.

Ele sorriu e piscou, como se soubesse o que estava causando na minha calcinha.

Me remexi, desconfortável.

— Temos os melhores homens — Victoria confidenciou.

— Ah, temos mesmo.

— Quem eu tenho que pagar para termos um só para a gente? — Pablo brincou.

— Infelizmente, amor, essa sorte não vamos ter. — Daniel riu.

Sexy movimiento.

Hugo brincou com seu corpo e segurou o membro por trás da calça em um movimento sexy e quente. Victoria gritou a plenos pulmões, sendo a fã número um do marido, e seus olhos também buscaram a esposa quando sua parte acabou.

A música se tornou uma batida sensual demais, e quando o *tum tum tum* começou a retumbar, os meninos vieram para perto de nós pulando. Eu não poderia descrever de outra forma. Eles deram micro pulos, rebolando os quadris até estarem bem perto de nós. Andrés e Hugo arrancaram suas camisas e jogaram para Vick e mim. Não tive tempo de processar. Eles começaram a rebolar com mais intensidade e então... desceram até o chão. Os joelhos estirados para cada lado apoiados no piso, a palma da mão no chão, e Andrés me deu uma última piscadela antes de começar um vai e vem de quadris.

— *Magic Mike* — sussurrei, meu coração alcançando o paraíso. — Victoria, por que não me avisou?

— Eu disse para você se preparar.

Andrés rebolou o quadril do mesmo jeito que fazia quando estava dentro de mim. Comecei a suar, minha calcinha pedindo misericórdia, e meus olhos não saíram do meu namorado quando ele se levantou e foi rebolando o quadril de um lado para o outro, dançando, seduzindo, se divertindo com seus primos. Eles começaram a rir quando as mulheres gritaram mais, Rhuan balançou os braços de baixo para cima, as palmas viradas para o alto, pedindo que elas gritassem mais.

Então, os passos de hip hop começaram. Sincronizados, perfeitos, misturando a um *reggaeton* raiz, aquele tipo de rebolado que faz você querer arrancar um pedaço de pelo menos um De La Vega. Tremi, vibrei, quando Andrés virou de costas e começou a estalar os dedos na batida da música, curtindo o som, esperando o *timing* certo para...

Ele caiu de costas, assim como Hugo e Rhuan. Seus quadris começaram a subir e descer, sem parar de fazer aquele círculo indecente. Arfei.

— Nunca os tinha visto dançando essa música inteira! — Victoria gritou. — Gostosos!

— Maravilhosos! — Pablo urrou.

— Perfeitos! — Daniel elogiou.

— Eu vou morrer — gemi.

Quando a música estava quase no fim e eles tinham feito todas as sensualidades que podiam, proibidas demais para qualquer pessoa com problemas cardíacos, Rhuan puxou a mulher mais bonita da boate para seus braços, Hugo arrastou sua esposa para a pista de dança e, em meio segundo, me vi sendo levada por Andrés. Bati contra o seu corpo forte, musculoso e suado. Ele continuou fazendo aquela brincadeira sexy com o quadril, mas rebolando em *mim*. Suas duas mãos na minha bunda, enquanto ele escorregava o suficiente para seus lábios sorrirem contra os meus. Joguei os braços ao redor do seu pescoço, aqueles olhos ônix cintilando de tesão e euforia.

Que mulher seria louca de não se apaixonar por esse homem?

— *Oye, baby* — sussurrou para mim.

A rebolada foi ficando mais suave, fechei os olhos e sussurrei na sua boca, rebolando junto com ele.

— Quer me matar?

— Quero.

— Quero montar em você. Talvez eu possa te levar para casa e te devorar.

— *Ay, dale* — gemeu. — Eu ia gostar pra *carajo* disso.

Fiz uma pausa, minha mão em sua nuca, seu cabelo completamente molhado de suor. Minhas pálpebras se abriram, e Andrés estava ali, só me esperando, reconhecendo o exato instante em que meu coração se expandia para amá-lo.

— Obrigada.

— Você não estava na minha vida quando eu dancei, então nada mais justo do que você viver um pouco disso agora.

— Quero fazer um áudio com você.

Andrés parou, abrindo um sorriso.

— Um áudio?

— Quero fazer o Secret gemer — sussurrei em seu ouvido.

Ele estremeceu.

— É? Quer gravar um áudio comigo?

— Quero fazer um pouco mais do que isso. — Estalei a língua no céu da boca. — Mas você vai ter que me levar para o seu pequeno estúdio, Andrés.

— É?

— Uhum. Quero te beijar lá bem assim...

Minha boca se colou na dele, sentindo seus lábios quentes e salgados em um fundo de tesão misturado ao seu próprio sabor. Suas mãos subiram para minha cintura e Andrés me consumiu, a língua invadindo entre meus lábios. Fiquei tonta, mas ele me manteve em pé, me beijando como se o mundo dedicasse todo o seu tempo para nós.

Quando se afastou, ofegante, Andrés abriu um sorriso de canto de boca, e eu beijei seu queixo.

— Depois que a gente sair daqui, você vai fazer tudo comigo, *pasión*.

— Vou.

— Promete?

— Prometo.

Para sempre? Eu quis dizer. Porque eu ficaria o resto da minha vida ao lado daquele homem, se ele permitisse.

Capítulo 32

Eu vou fazer isso durar para sempre
Não me diga que é impossível
Porque eu te amo até o infinito.
Jaymes Young — Infinity

Andrés

— As luzes vão ficar assim — Natalia explicou. Estreitei as pálpebras enquanto observava a minha *mujer* cuidando do meu espaço como Secret. Ela tinha colocado uma meia-luz por todo o estúdio, na área com o sofá e os quadros. Natalia tinha pegado um tripé e a minha câmera. — E você pode se sentar nessa cadeira.

— Certo — falei. — E posso saber para que isso tudo?

— Depois de te ver dançando, Andrés, me veio uma ideia. Quero que você faça uma coisa para os seus seguidores que nunca ousou antes.

— O quê?

Seus olhos brilharam.

— Quero que mostre a sua sombra.

Espera, espera, espera. Por um segundo, achei que Natalia queria fazer uma gravação nossa, mas que seria apenas para nós dois. Fiquei um tempo parado, congelado, observando-a corar enquanto me dava uma ideia nova para o meu espaço de trabalho. Meu coração bateu com força na porra do peito, não por medo de mostrar a minha sombra, mas por ter encontrado alguém que...

— Você não pode mostrar o seu rosto ou o seu corpo, mas quero gravar a sua sombra. Quero que as pessoas que te escutam vejam ao menos um pouco do homem que está por trás do microfone. Você é gostoso demais para ficar escondido. — Seus olhos cintilaram. — Eu ia gostar de ver isso se não tivesse, você sabe, o Secret todo para mim.

— Natalia Ortiz.

— É loucura? — Ela riu. — Se for, me fala. Eu só achei que...

Cruzei o espaço entre nós em duas passadas largas. Natalia arfou quando minhas mãos tomaram seu rosto e eu a beijei. Apaixonadamente. Aquele tipo de beijo que faz o seu mundo colidir em outro, que faz o seu coração se dissolver para caber em outro peito. Natalia me beijou de volta, surpresa, deu para perceber, porque sua língua estremeceu em volta da minha como se, de repente, ela tivesse desaprendido a beijar. Me afastei um pouco, colando a testa na sua.

— Ainda é estranho para mim o quanto você abraça esse mundo. Nunca imaginei encontrar alguém que pudesse me apoiar nisso, que pudesse me dar ideias. Eu só... me desculpa. Estou um pouco apaixonado demais por você nesse instante.

— Andrés, eu sempre disse que te aceitava como você é. Eu nunca...

— Eu sei, amor. Mas ainda assim é estranho.

— Tenho tantas ideias para te dar.

— É mesmo? — sussurrei.

— É, mas hoje quero que você possa se soltar como homem, mostrar como se toca, narrar isso para mim, enquanto eu apenas gravo você. Parece bom?

Meu pau deu um salto atrás da calça, e eu estremeci.

— Você vai me assistir?

— Eu não perderia esses bastidores por nada no mundo. Preciso movimentar a câmera de acordo com a sua sombra, para mostrar todos os detalhes.

— Como você... me explica de novo como você me aceita sendo assim, Natalia.

Seus olhos dançaram pelos meus.

— Se eu tivesse conhecido o Andrés primeiro e depois o Secret, talvez fosse difícil entender. Mas eu conheci os seus dois lados e me apaixonei pelas suas duas facetas. Mas mais importante que isso... o seu coração é meu. — Natalia me deu um beijo suave na linha do maxilar. — Não há por que ter insegurança. Agora, tira essas roupas, Secret. A gente vai fazer acontecer.

Eu nunca tinha improvisado. Havia feito apenas um áudio com Natalia, do encontro às cegas, que precisei editar algumas partes e regravar outras por causa da sua voz, mas era um dos favoritos dos meus seguidores. Pelo visto, eles percebiam quando eu estava emocionalmente envolvido com a história. No caso, emocionalmente envolvido *pela Natalia*. E agora, eu estava sentado no sofá, com uma câmera mirando a minha sombra, para que pudessem ver cada detalhe do meu corpo à meia-luz. Natalia estava em pé bem ali, regulando o tripé.

— Quando você estiver pronto, eu aperto o play. E depois, vou me movimentar para que nada seja perdido.

Eu estava nu, vulnerável, sendo observado pela mulher que eu amava. Não fazia ideia de que isso ia me excitar, mas meu corpo ficou arrepiado com a ideia de eu me tocar, enquanto Natalia só me assistia.

Umedeci os lábios.

— Tira a roupa, *pasión*.

— Eu? — Ela piscou.

— Não preciso te ver nua para ter você na minha imaginação, mas seria bom não precisar imaginar.

— Sua musa, Secret?

Abri um sorriso.

— Sempre, Anônima.

Ela tirou cada peça de roupa, sua pele avelã sendo beijada pelas luzes. Seria uma tortura não me levantar do sofá e simplesmente tomá-la em meus braços, mas a minha respiração ficou mais curta assim que Natalia me observou, sua pele se arrepiando e os mamilos ficando pontudos enquanto descia sua atenção pelo meu corpo e via a ereção.

— Isso vai ser mais difícil do que eu imaginava — Natalia sussurrou.

— Quero beijar você agora.

— Vamos fazer esse vídeo logo.

Eu ri.

— Pronto?

Assenti.

— Aperta o play, Nani.

A luz vermelha se acendeu e o meu inglês fluiu.

— Oi, garota dos sonhos. Você sabe que eu nunca fiz nada parecido. Esta é a primeira vez e provavelmente não será a última — falei, e Natalia tremeu. Ela amava o Secret. — Estou aqui, sentado no meu estúdio, pensando em você. E por mais que isso sempre tenha sido sobre o seu prazer, acho que está na hora de você entender o que *me* dá prazer. Não parece uma troca justa? Já somos íntimos o bastante, não acha?

A respiração de Natalia se alterou, e eu abri um sorriso.

— Então, estou aqui sentado, apenas a silhueta do meu corpo esperando o seu toque. Completamente vulnerável, esperando por você, as suas mãos, a sua boca, a sua respiração na minha pele. — Encarei a minha *mujer*. — Vamos começar assim.

Toquei meu pescoço devagar e com a ponta dos dedos. Natalia foi brincando com o zoom da câmera, filmando partes do meu corpo através da sombra. Os arrepios na minha pele vieram com força e o meu pau deu um leve espasmo enquanto crescia. A minha voz já estava mais rouca pelo tesão.

— Você pode começar a me beijar aqui, seguindo o caminho dos meus dedos. Não parece bom? Sentir a minha pele? Estou quente agora, garota dos sonhos. E se você continuar me beijando, vai sentir a minha pulsação acelerada. — Sorri. — Vamos descer mais um pouco. Eu gosto do toque da sua boca bem aqui, causa arrepios e o meu sangue começa a circular depressa, me preparando para você. — Toquei meu mamilo. — Pode usar a língua também, devagar. Ou talvez nem tão devagar e gentil. Não sou tão sensível. Você pode descer pela minha barriga, seguindo a trilha suave de pelos e usando as mãos para me tocar enquanto faz isso — gemi conforme meu corpo respondia ao meu próprio toque, porque, na minha mente, era Natalia trilhando a minha pele. — Você pode começar a sugar, deixando suaves e pequenas marcas, me tornando seu.

Natalia mordeu o lábio, e seus olhos cheios de luxúria percorriam o meu corpo como se quisessem me sugar.

— Não importa se as suas unhas estiverem curtas ou longas, eu gosto de senti-las em mim. Você pode me arranhar. — Desci a mão e indiquei como seria, com a ponta dos dedos. Descendo em ziguezague, fazendo meu pau pulsar. — Esse seu toque e a sua boca me deixam louco, mas eu adoraria sentir o seu beijo. Acha que pode subir aqui e me beijar agora?

Tirei a mão do osso da pélvis e subi até a garganta, apertando suavemente meu pescoço e jogando a cabeça para trás. Tracei meus lábios com a ponta dos dedos, lambendo-os devagar, como faria dentro da boca da Natalia. Fechei os olhos por um instante e movi meus quadris para frente, imaginando como seria tê-la em meu colo.

— Se você estivesse nessa cadeira comigo, estaria sentando em mim agora, mas eu quero que a gente faça isso com calma. Quero sentir as suas mãos em mim, vou te mostrar como. — Olhei diretamente para a Natalia enquanto pegava o lubrificante de cima da mesa de canto e passava na mão. — Seus dedos são pequenos e macios, você vai provocar as minhas bolas primeiro. Sem apertar, mas conhecendo o meu corpo. Como se tivéssemos todo o tempo do mundo.

Espacei as coxas e segurei as minhas bolas, molhando-as com o lubrificante. Natalia lambeu os lábios e moveu a câmera.

— Você vai subir delicadamente quando me vir gemendo por você e vai usar esses dedos para segurar a base do meu pau. — Fiz uma pausa quando minha respiração saiu entrecortada. — Sou eu me tocando agora, mas queria que fosse você. A maneira que você me seguraria com força na base, então subiria suavemente para a cabeça. — Olhei para a sombra, que mostrava exatamente o tamanho grande do meu caralho e o quanto ele estava inchado. — Estou tão duro por você, garota dos sonhos. Me toca assim, forte na base, suave na ponta. Vamos fazer esse ritmo juntos. Enquanto isso, acha que pode se tocar me assistindo? Você fica excitada ao ver o quão louco estou por você?

Natalia me filmou, gravando a cena por longos minutos, e quando comecei a me masturbar e a narrar exatamente como eu queria uma mulher sentada no meu pau, vi a minha *mujer* perdendo a cabeça. Ela deixou a câmera no tripé e começou a se tocar. Arfei quando a vi sentada em outra cadeira, abrindo as pernas, mostrando a sua linda boceta para mim.

— Senta no meu colo, uma perna de cada lado — pedi na filmagem. — Você sabe que meus quadris vão te ajudar a descer e subir? — Gemi. — Vou segurar a sua linda cintura, então te fazer descer e subir no meu caralho a cada batida do seu coração, enquanto você me molha com o seu prazer. — Movi meu quadril para cima e comecei a circulá-lo enquanto me masturbava. Vai e vem. Joguei a cabeça para trás e cerrei os dentes. — Eu sou a sua fantasia favorita. Me diz, consegue sentir como eu fodo gostoso dentro de você? Então, acelera o movimento desse clitóris, você precisa gozar para mim. Vamos, amor. Estou quase lá.

Acelerei o movimento do meu pau e fingi que gozei para a câmera, encerrando depois de mais cinco minutos naquele vai e vem e mais toda a putaria deliciosa que eu conseguia pronunciar.

Fingi porque eu queria gozar dentro da Natalia.

A minha mulher não precisou de comando. Ela se levantou em meio segundo e pausou o vídeo. Achei que eu teria que ir até ela, mas a *pasión* simplesmente voou até mim. Suas mãos alcançaram minha nuca, uma perna de cada lado dos meus quadris, afundando as unhas na minha carne, puxando meu rosto em direção ao seu enquanto ela me beijava.

Desesperada.

Com tesão.

A minha Anônima.

Ajeitei o meu pau, desesperado para senti-la de verdade, e não mais naquela fantasia. A glande deslizou por seus lábios, de baixo a cima, misturando o lubrificante ao seu próprio prazer, me deixando completamente louco. Gemi com a sua língua dentro da minha boca, apertei a sua bunda e dei uma leve palmada.

— Senta nesse pau, Natalia.

— Eu não aguentava mais.

— Desce — implorei.

Mas ela ficou ali, só com a cabeça do meu caralho nos seus lábios, afundando apenas o suficiente para a glande ser engolida por seu calor molhado. Segurei sua bunda com as duas mãos, o desespero me fazendo querer sentá-la com força em mim. De repente, não era sobre isso. Sobre a pressa do tesão desenfreado que sentimos um pelo outro. Eram aqueles olhos no meu e o suave rebolado que Natalia começou a fazer, como se não quisesse gozar rápido, como se quisesse me mostrar que ela era a dona do tempo, dona de mim e dona do meu orgasmo.

Natalia mordeu meu lábio inferior e, quando sua voz soou na minha orelha, meu corpo inteiro foi beijado por arrepios.

— Você estava louco para me ter aqui sentada em você? — ela gemeu. — Como parece agora que eu estou só rebolando na cabeça do seu pau, Andrés? É gostoso?

— *Carajo, mujer.*

— Você gosta do calor da minha boceta? Gosta do quanto ela está aberta para te receber? — Ela desceu um pouco mais, me fazendo grunhir. — Gosta de como eu também sei falar sujo com você?

— Natalia...

— Você me provocou por vinte e cinco minutos de vídeo. — Ela desceu as mãos para o meu peito. — Você gosta de ser arranhado? E ser beijado bem aqui?

Suas mãos me arranharam, sua boca puxou a pele do meu pescoço em um estalo, e ela me lambeu até chegar ao lóbulo da minha orelha. Meu pau escapou de dentro dela, e Natalia simplesmente se sentou no comprimento, brincando de abraçar o meu caralho com seus lábios, indo e vindo. Ela gemeu, estava louca para sentar e gozar comigo, mas queria me provocar um pouco mais.

Ficamos naqueles beijos, naquela loucura, eu apertando cada pedaço da sua pele como se estivesse sem tocá-la há meses. Lambi e fui lambido, beijei e fui beijado. E a cada tapa que eu dava na sua bunda, ela afundava mais as unhas em mim. Levei uma das mãos até seus peitos e o coloquei na boca, enquanto Natalia arqueava a coluna para trás.

— Não me chupa assim, Andrés. — Ela tirou a minha boca do seu mamilo e me beijou com tanta pressa que eu soube que aquele jogo ia acabar. — Isso me quebra.

— *Pasión.*

— Preciso de você. Preciso agora.

— Então quica nesse pau e rebola, amor. Me fode de volta. Me faz gozar nessa boceta.

Ela ergueu os quadris, agarrou o meu pau e sentou nele devagar. Trememos juntos assim que seu calor molhado me sugou. Estar dentro daquela boceta era melhor do que qualquer *mierda* que eu pudesse dizer em voz alta. O jeito que ela pulsava, me sugava lá dentro, me tendo tão fundo. Eu podia sentir o seu limite, mas Natalia me acomodava como nenhuma outra. Meu pau cabia todinho nela. E quando Natalia sentava, porra, era quando eu me sentia completamente dela.

Nossos olhares se encontraram.

— Eu vou gozar rápido — ela disse. — Estou com muito tesão.

— Efeito dominó, amor. Se você começar a tremer e pulsar, vai me levar junto.

— Vou sentar com força.

Sorri e toquei seu rosto, franzindo o nariz por um segundo e a provocando.

— *Dale*, Natalia.

Suas mãos agarram meus ombros e sua bunda veio para cima e para baixo, enquanto suas pernas trabalhavam ao redor de mim. Agarrei sua cintura e a ajudei a subir e descer, tão depressa que começamos a arfar na mesma batida, na mesma sincronia. Natalia estava tão perto de gozar, mas o suor começou a escorrer pelo seu corpo e sua expressão de tesão era a mais linda do mundo.

Segurei a linha do seu maxilar, e ela começou a ir e vir só com a bunda.

— Me deixa te foder para sempre, Natalia.

— Deixo. — Ela tremeu. — Por favor.

— Goza nesse caralho, amor. Mostra para mim como eu te enlouqueço. Pulsa essa boceta linda para mim — sussurrei no seu ouvido. — Me dá tudo o que você tem. Me deixa estar dentro de você. Faz amor comigo e fode gostoso como só você consegue. Goza e grita o meu nome.

Afundei os dedos na carne, trazendo-a e a afastando de mim. Seus olhos se arregalaram e vi seus arrepios quando minha mulher foi se entregando à onda do tesão. Pulsando sem parar e com força, chupando meu pau como se quisesse levá-lo junto. Ela gritou meu nome, do jeitinho que eu queria, e foi o suficiente para me fazer quebrar junto com ela. Uma onda fodida fez as minhas bolas se encolherem, meu pau tão quente e febril, o sangue circulando depressa quando o orgasmo começou a vir. Longo, gozando loucamente dentro da minha mulher, que continuou a ir e vir, prolongando o nosso prazer. Deixei os jatos virem, Natalia me beijou com calma no fim da nossa bagunça, nós dois sem conseguir respirar direito enquanto nos recuperávamos do desespero de sentir um ao outro.

— Se toda vez que eu acompanhar os bastidores for assim, não vou sobreviver.

Sorri contra sua boca.

— Você pode participar de todos os meus áudios, *pasión*.

Ela se afastou de mim.

— Posso mesmo?

— Pode.

Natalia respirou fundo. Ela deitou no meu ombro, ainda com meu pau dentro dela. Me envolveu num abraço, tão pequena em meu colo.

— Adoro o seu mundo, Andrés.

— Eu amo você.

Ela tocou o meu rosto depois de ficarmos alguns minutos assim, parados, apenas recuperando a nossa respiração.

Conversei com o Hugo na festa sobre o desejo que eu tinha de morar com a Natalia. Cara, ele ficou emocionado. Meu *hermano* disse para eu seguir o coração, porque não se arrependeu nem por um momento em seguir o dele. O sonho de dividir o mesmo espaço com a Natalia todos os dias, desde nossas folgas até a rotina, seria incrível pra *carajo*.

Se desse certo, eu teria a chance de construir mil sonhos e fantasias ao lado da *mujer* que escolhi para ser minha.

Dios, como eu queria isso.

Porra, mas espera. Por que eu estava tão nervoso? Nem era um pedido de casamento.

Mesmo assim...

Natalia, diga sim para mim. Só mais uma vez.

Capítulo 33

A única razão pela qual
Deus me deu ouvidos foi para eu ouvir sua voz.
JP Cooper — The Only Reason

Alguns dias depois

Natalia

— O que você acha que é? — Daniel questionou.

— Sei lá.

Pablo inclinou a cabeça para o lado.

— É do Andrés, não é?

— Por que você está com medo de abrir, *bebé*? — Daniel riu.

— Ele nunca mandou uma caixa. É estranho, não é?

— Para de ser desconfiada e abre logo! — Pablo instigou. — Mas acho melhor fazer isso sozinha. Por mais que a gente te ame... vamos, Dani. Vai que é uma sessão de fotos sem roupa.

Os dois saíram, rindo, e me deixaram sozinha.

Andrés estava na delegacia, eu não. Trocamos um pouco os nossos turnos para conseguirmos descansar. A carga do trabalho estava bem mais leve, mas não precisávamos ficar tão loucos com os horários, passarmos dias sem dormir... como na época em que estávamos trabalhando no caso do Assassino do Fim.

Respirei fundo e abri a caixa.

A primeira coisa que vi foi uma cartinha, então várias fitas antigas que costumavam ser usadas para interrogatório anos atrás. Havia um gravador também, que eu poderia usar para tocá-las. Eram tantas fitas que decidi ler primeiro a carta. A letra masculina e nada perfeita me fez sorrir.

Pasión.

Uma parte minha queria que você pudesse me ouvir mesmo quando não estou com você. Eu sei, parece estranho, mas você vai me entender.

O Secret e o Andrés amam você, esses dois caras que existem dentro de mim são perdidamente apaixonados pela mulher que você é, e eu queria poder unir os dois de alguma forma, para que você sempre me tivesse ao seu lado.

Eu sei, estamos sempre juntos. Mas eu queria nos eternizar e também eternizar tudo o que eu sinto por você nessas fitas. Fazer isso por nós dois.

Separei algumas emoções que você pode enfrentar. Sejam elas boas ou ruins, estarei conversando com você. Então, coloque a fita "Me escute primeiro" no gravador.

Você pode ouvir todas agora ou pode deixar para os momentos em que estiver precisando da minha voz. Mas é importante que você ouça a primeira, está bem?

Eu sempre estarei aqui, amor.

Seu,

Andrés

A emoção cobriu a minha garganta e o meu coração acelerou como um louco. Fui olhando as fitas e os títulos de cada uma.

Me escute primeiro;

Me escute quando você estiver feliz;

Me escute quando você estiver triste;

Me escute quando houver algo para comemorar;

Me escute quando precisar de um escape da vida real;

Me escute quando precisar se sentir amada;

Me escute quando estiver estressada.

Havia mais de vinte fitas. Andrés deve ter passado dias preparando isso. Escrevendo e narrando. Meu coração ficou tão apertado e imenso ao mesmo tempo. Peguei a fita *Me escute primeiro*.

Respirei fundo quando encaixei a fita e apertei o play.

A voz de Andrés ecoou pela pequena caixa de som.

— Oi, *pasión* — ele disse, se remexendo nos lençóis. Pude ouvir a sua voz de sono, como se tivesse acabado de acordar ou prestes a dormir. — Então, esta é a nossa primeira fita. Eu poderia apenas te dizer tudo pessoalmente, mas não é sobre te tocar e te beijar. É sobre o que as minhas palavras podem fazer por você. Por isso, preciso que você esteja apenas com elas e não aqui comigo.

Dios.

— Quando te conheci, me senti extremamente incomodado. O tipo de coisa que acontece quando estamos prestes a conhecer alguém que vai mudar a sua vida. Eu não sabia, jamais iria imaginar que os nossos caminhos iriam se cruzar de novo, mas eu sou grato a isso, porque desde que os meus olhos viram você, o meu coração só soube bater. E bater. E bater mais um pouco. — Ele riu, rouco. — Em outro ritmo, um ritmo que precisa de companhia, como uma dança a dois.

— Ah, Andrés... — sussurrei.

— É difícil identificar quando o amor começa. É quando você escuta a risada da pessoa pela primeira vez por causa de uma idiotice que você contou? É depois do primeiro beijo? É quando a sintonia acontece? É simplesmente pela conversa fluida que você pode ter, como se nunca fosse acabar? O Secret amou a sua personalidade. O Andrés amou você por inteiro. Eu não sei quando o nosso amor começou, Natalia. Mas eu amo a sua risada. Amo o tom da sua pele sob os primeiros raios do sol. Amo como você parece emburrada pela manhã. Amo o quanto você olha para a alma das pessoas além da aparência. Amo o quanto você pôde se apaixonar pelo Secret antes mesmo de ver o rosto dele. Amo o fato de você amar o que eu faço. Amo o quanto tenho o seu apoio. — Ele respirou fundo. — Amo a relação que você tem com a sua mãe e o seu pai de coração. Ou como adora os meus primos como se fossem seus. Amo até o jeito que você geme o meu nome. Mas amo ainda mais aqueles momentos em que trocamos olhares. Eu sou apaixonado por cada pedacinho que você me mostrou nesse tempo e não tenho dúvidas de que a cada dia que passar, a cada instante que eu respirar tendo você no meu coração, eu só vou te amar mais e mais. Só que não dá para fazer isso dançando sozinho, *pasión*. Quero que você aceite dançar comigo.

Pisquei, sem conseguir administrar a tempestade de emoções dentro do peito.

— Na caixa, há três objetos. Dois envelopes e uma pequena caixa de madeira. Você pode abrir o envelope azul e a caixa em seguida? — Respirou fundo. — Enquanto faz isso, eu vou estar aqui. Abra quando estiver pronta.

Abri o envelope azul com toda a pressa do mundo.

Natalia Ortiz, você quer morar comigo?

Dividir uma vida com o homem que fazia da minha uma felicidade completa.

Abri a caixa de madeira, com as mãos trêmulas.

Era a chave da casa dele.

— Preciso ir até a delegacia. — Me levantei do sofá, falando sozinha. — Eu preciso...

A mesma impulsividade que me fez sair de casa na velocidade da luz e bater na porta de Andrés surgiu em mim agora. Eu estava malvestida. Com uma calça de moletom e uma regata branca, o cabelo bagunçado e amarrado de qualquer jeito. Mas não me importei. Era a delegacia, todos já tinham me visto sem dormir por dias, e Andrés...

Eu só precisava abraçá-lo.

Quando peguei o carro, senti meu coração na boca por todo o percurso, pensando na resposta que estava na ponta da minha língua, e como eu nunca havia me sentido tão certa sobre algo na vida quanto a amar Andrés. Ele era tudo o que eu poderia querer, além do que eu poderia pedir para o universo. Andrés era tudo de mais profundo e maravilhoso que eu poderia sonhar. *Ele queria morar comigo.* Sem casamento no papel, só nós dois vivendo o resto de nossas vidas juntos. Era perfeito. *Meu Deus, eu o amava tanto.*

Assim que avistei a delegacia, peguei a caixa e saí do carro. Atravessei a rua correndo, até as portas de vidro se abrirem para mim.

Andrés estava distraído, sentado na sua mesa, enquanto conversava com Miguel sobre algum caso. Estava com uma camisa social azul, a calça preta e o cinto. Pude ver o coldre com a arma carregada pairando em sua cintura, do lado direito. Ele jogou o cabelo lentamente para longe do rosto. Analisei aqueles traços, o maxilar forte, o nariz torto, a boca sexy e a presença daquele homem. Então, ele franziu o cenho para algo que Miguel disse, e seus olhos me buscaram.

E se iluminaram.

— Natalia — sussurrou.

Corri até ele, ciente de que todos da delegacia estavam nos vendo, inclusive Gutiérrez. Coloquei a caixa sobre a mesa e me joguei em seus braços, envolvendo-o como se não pudesse viver sem aquilo. *Dios, seu calor, seu perfume, sua força.* Ele afundou o rosto no vão entre meu ombro e pescoço e riu, balançando-nos pela incredulidade.

— O que foi?

— Eu quero, Andrés. Eu quero morar com você.

Suas mãos estremeceram quando tocaram cada lado do meu rosto.

— *Dios*, sim?

— Sim, eu quero. — Peguei a chave e a coloquei entre nós. — Eu quero muito acordar e dormir todos os dias olhando para a sua linda carinha sexy.

Meu namorado riu.

— Porra, jura?

— Juro.

— *Dios*, como eu te amo, Natalia.

Ele me puxou e me beijou. Escutei os aplausos dos nossos colegas, emocionados com a demonstração do nosso amor. Mas não era por isso. Eu só precisei dizer sim para ele o mais rápido possível. Sua boca, enquanto estava colada à minha, sussurrou mais uma vez o quanto me amava. As lágrimas escorreram pelos meus olhos e, quando me afastei, percebi que os olhos do Andrés também carregavam emoção.

— Você... — Ele engoliu em seco. — Não abriu o envelope amarelo?

— Não... — murmurei.

— Bem. — Andrés abriu a caixa e tirou o envelope de lá. — Eu conversei com a Gutiérrez sobre as nossas férias.

— É, ele conversou — Gutiérrez garantiu de algum lugar da delegacia.

— E eu organizei isso para a gente. Quer dizer, se você estiver disposta.

— O que é?

— Abra, *pasión.* — Ele sorriu, acariciando meu rosto com o polegar.

Assim que tirei o que havia dentro do envelope, meus olhos correram por cada palavrinha que estava escrita, cada detalhe...

— Passagens para o Canadá?

— Eu sei o quanto você sente falta dos seus pais, então achei que seria...

Não o deixei terminar de falar. Beijei-o com força na boca. E então dei beijinhos rápidos em seus lábios. Um, dois, três, quatro, infinitas vezes, até ele começar a rir nos meus lábios.

— Obrigada, obrigada, obrigada — sussurrei entre os beijos. — Droga, por que você fez tudo isso e não me avisou?

— Era para ser surpresa.

— Eu vou ver os meus pais!

— Vamos juntos.

— Sabe o quanto significa isso para mim? — Envolvi os braços ao redor dele. — Sabe, Andrés?

— Pela maneira que você me beijou, deve significar muito.

— É tudo, Andrés. Morar com você e visitar os meus pais. É tudo...

— Que você queria? — ele sussurrou. — Eu nunca dividi a minha vida com alguém, Natalia. Mas quero tudo com você. Quero montar a árvore no Natal, quero fazer jantares aos domingos, quero as madrugadas em claro estudando os casos, quero ver você crescer na carreira, quero crescer ao seu lado. Esse convite para morar comigo não é só isso. Você sabe? Esse convite é o nosso para sempre.

— Como nos livros de romance? — perguntei, engasgando. — É?

— Sim, como nos livros de romance. — Ele beijou a minha testa. Sua voz vibrou na minha pele. — E você sabe como terminamos?

— Como?

— Sem nenhum fim, *pasión*. O próximo capítulo é só o nosso começo.

Capítulo 34

E eu não acredito na existência de anjos
Mas ao te olhar, me pergunto se não é verdade.
Nick Cave — Into My Arms

Andrés

Morar com a Natalia. Dividir uma vida com ela. Em poucos dias, todas as suas coisas doces e cor-de-rosa estavam na minha casa. Suas almofadas, os pratos coloridos, as suas calcinhas na minha gaveta e a sua alegria aquecendo meus dias. O furacão Natalia Ortiz coloriu tudo o que era sem graça. Eu gostava da minha decoração, mas foi especial ver pequenos toques *dela*. Quadros na parede, retratos de nós dois, sua arma e o seu coldre onde eu deixava os meus, nossos distintivos lado a lado. Complementamos um ao outro como se nunca fôssemos viver mais uma vida separados, eu simplesmente sabia que isso seria para sempre.

— Estou tão orgulhosa de você — ela disse, se aconchegando nos meus braços enquanto assistíamos a um filme. — Todos os comentários que você recebeu no site, Andrés. As mulheres estão enlouquecendo.

A sombra de Secret foi um sucesso absoluto. Ganhei mais dez mil seguidores só por causa disso. Elogios sobre o meu corpo, sobre a criatividade e a maneira que guiei as coisas. Era tudo pela Natalia.

Beijei sua testa e a trouxe para mais perto.

— Eu vi o seu comentário como Anônima.

— E você respondeu.

— Claro que respondi. — Acabei rindo. — Por que não?

— Você responde todo mundo, mas poderia ter me deixado de fora. Quer dizer, eu já tenho você todo para mim.

— Amor, você levou um tempo comentando sobre... o que foi que você disse mesmo? Sobre o movimento da minha sombra ser mais sexy do que qualquer outro homem que existe? E que o meu corpo é feito para uma mulher pecar? E que o movimento das minhas mãos...

Natalia corou e bateu no meu peito.

Gargalhei.

— Você é gostoso demais e eu sou fã do Secret! Eu *tive* que comentar.

— Você ama o Secret.

— Eu amo você.

— Eu também, *pasión*. Eu também.

Ficamos em silêncio por um tempo, embora eu ainda estivesse sorrindo.

— Nossa primeira semana morando juntos, como está se sentindo?

— No céu. — Nani riu e virou seu rostinho lindo para mim. Toquei sua mandíbula, apoiando o polegar na maçã do seu rosto, encarando seus lábios. — Tomar café da manhã com você é espetacular, mas estou sentindo falta do Pablo e do Daniel.

— Você sabe que a casa ao lado está para alugar e também vender, não é? E como eles comentaram sobre filhos no nosso último jantar… a casa tem quatro quartos.

Pasión se empertigou.

— Sério?

— Sim, se eles quiserem. Eu conheço o proprietário. É amigo da minha família.

— Ah, Andrés! Vou falar com eles na segunda-feira.

— Vai ser ótimo ter os dois por perto — garanti a Natalia, e ela me apertou mais forte. — Sabe, eu estava pensando. A gente estava com tanto medo da realidade e ela não parece tão assustadora agora, não é?

Natalia ponderou por um segundo.

— Não parece. Quer dizer, agora a gente tem o apoio da Gutiérrez sobre o nosso relacionamento, a delegacia está tranquila. Haverá mais casos, eu sei. Mas estamos bem. — Ela tocou o meu peito nu. — E vamos visitar os meus pais no próximo mês.

Sorri contra seus cabelos.

— Mal posso esperar para conhecer mais do seu mundo.

— Você já é parte de tudo isso — Natalia garantiu, seus olhos marejados. — Você faz parte do meu dia, da minha noite, dos meus sonhos e da minha realidade. O que mais eu poderia querer?

— Bebês? — Ergui uma sobrancelha.

Natalia riu.

— Acho que eu só vou querer ter um bebê quando virar inspetora. Assim consigo fazer melhor os meus horários e então vou poder me sentir mais segura na carreira e... — Natalia parou de falar. — Espera, você quer ter bebês?

— Claro que quero. Parece perfeito para mim. Posso te ajudar em todo o processo de se tornar inspetora, quando a hora chegar. Sobre os filhos, sei que a minha família é complicada, amor. Mas com certeza quero um filho ou vários com você. Estarei pronto quando você estiver.

Natalia me olhou.

— A gente nunca conversou sobre isso, sobre o futuro. Me desculpa, eu estou...

— Agora a realidade parece mais assustadora? — Sorri, de repente me sentindo inseguro por um momento.

Eu queria ter filhos com os olhos da Natalia e aquele rosto lindo, eu queria a mistura de nós dois, eu queria trocar fraldas e ensinar as primeiras palavras. Imaginava o resto da minha vida com aquela mulher e meu coração bateu como um louco enquanto observava sua expressão, com medo do que ela iria dizer. Mas Natalia me observou com carinho e começou a traçar meu peito com a ponta do dedo, arrepiando os lugares certos.

— Eu quero as noites em claro, os choros e o desespero de pais de primeira viagem. Eu só... eu só não sabia que você também queria.

— *Mi amor*, olha a minha casa.

Ela passou os olhos ao redor pela decoração.

— Você colidiu em mim no avião e na rua. Na internet com as suas palavras sobre responsabilidade afetiva. Eu despi a minha alma para você como o Secret e deixei o Andrés nu na frente dos seus olhos, colocando o meu maior medo na palma das suas mãos. Trabalhamos lado a lado para resolver um dos crimes mais terríveis da Espanha. Você me abraçou e me sustentou quando eu não tinha forças emocionais para dar conta. Eu me apaixonei por você à primeira vista, à segunda vista e sei que vou te amar cada vez mais. — Fiz uma pausa. — Sei que os outros homens falam isso e, depois, as coisas mudam, os sonhos também, mas eu sou um *carajo* de um De La Vega. Amo para sempre a mesma mulher. Quando eu me apaixono, é com tudo o que há em mim. E se alguma parte sua ainda duvida disso...

Natalia se inclinou e colou a boca na minha. As lágrimas que ela derramou cobriram o nosso beijo como se estivéssemos no mar. Sua língua dançou, nossos lábios se encaixando em um toque quente, molhado, nosso. Arrepios dançaram na minha pele e tudo o que fiz foi apenas permitir que Natalia sentisse, naquele beijo, o quanto era bom ser amada. Quando se afastou, estava ofegante, ainda chorando e com o rosto inchado.

— Você é mais romântico do que deveria ser.

— Eu nunca consegui te enganar. Os áudios que fiz eram românticos. Eu li *Kyland*, por *Dios*.

Natalia sorriu em meio ao choro.

— Podemos ler *Selvagem* agora. Podemos ler juntos.

— Sim — sussurrei para ela, pausando o filme. — Pelo resto da vida seremos eu e você, Natalia. Jura para mim que entende isso?

— Eu entendo, porque o meu coração descobriu o que é eternidade assim que te sentiu pela primeira vez. Eu só não sabia se você queria o mesmo que eu.

Minha garganta formou um bolo, e precisei respirar bem fundo.

— Eu quero. Quero tanto que parece que nem sei lidar.

— Não vou sair do seu lado — Natalia prometeu.

— Não saia. E também nunca tire os seus fones de ouvido. — Sorri contra sua boca.

Meu celular vibrou em cima da mesa de centro.

— Atende, pode ser da delegacia.

Olhei o visor.

— É o Esteban.

— Atende, amor. Pode ser importante.

— É madrugada nos Estados Unidos — falei para mim mesmo e franzi a testa, atendendo ao celular. — Oi, *hermano*.

— Se eu cometer um crime e matar a Laura, você me ajuda?

— Não.

— Eu não aguento mais. Porra, eu não aguento mais. Ela é louca.

— Você não pode pedir demissão — expliquei, paciente. — Precisa do emprego e a Laura precisa de você.

— Ah, eu sei. Eu só... — Esteban começou a rir. — Ela está vindo mesmo bater na minha porta.

— O que aconteceu? Ela está indo na sua casa de madrugada?

— É, foda-se. Preciso lidar com um caos chamado Laura, o que mais poderia ser? Desculpa, *hermano*. Depois a gente conversa.

— Não cometa um assassinato.

— Você sabe que eu não mato nem uma formiga. Depois a gente conversa. — Ele respirou fundo antes de desligar.

Natalia ficou me encarando com um semblante preocupado.

— O que houve?

— Eles estão brigando, como sempre.

— Quem aguenta esses dois?

Eu ri.

— Eles vão se apaixonar, é como sempre acontece. Só não estão prontos para admitirem isso.

— Já passamos por isso. — Natalia suspirou.

— Pois é. — Beijei sua boca e comecei a cobrir seu corpo com o meu no sofá. — Agora, a gente está na parte boa, amor. E se fôssemos um áudio, eu estaria começando a falar bem sujo com você a partir de agora.

— Ah, é? O que você quer fazer comigo? — resfolegou.

— Tudo o que for capaz de te arrepiar, *pasión*. — Sorri.

— Ah, sim. Faça isso sempre.

— Sempre — prometi, beijando-a com carinho. Então, a minha voz foi para um inglês perfeito, o timbre que eu sabia que a faria estremecer. — Oi, garota dos sonhos.

FIM

LEIA A HISTÓRIA DE ESTEBAN E LAURA EM

NOIVO POR *Acaso*

SONY

AGRADECIMENTOS

Desta vez, há muitas pessoas para agradecer e há muito o que falar. Vem comigo!

Primeiro, os dois anjos que entraram e permanecem na minha vida até hoje, Veronica e Ingrid, que me auxiliaram em cada etapa deste projeto com a empolgação dos meus primeiros livros. Vê, eu nunca vou me esquecer da nossa ligação de madrugada quando eu te disse: "Veronica, quero escrever sobre um *dirty talker* que eu conheci". Me lembro do surto e das nossas risadas e do quanto você pirou com este livro a ponto de me pedir para eu largar tudo e ir escrevê-lo. Não só isso, você sustentou este roteiro a cada capítulo e me ouviu desabafar sobre todas as cenas, sempre me instigando com ideias e me fazendo saltar ainda mais longe. Ingrid, você parou tudo o que estava fazendo para me ensinar, ouviu meus áudios de três minutos sobre o Assassino do Fim e a parte policial. Sem dúvida alguma, este livro não teria a essência que teve sem seus podcasts e conhecimento, sem sua paciência para me explicar o que eu não compreendia. Você segurou a minha mão. Muito mais do que isso, você acreditou que eu seria capaz de escrever esta história. Agradeço às duas infinitamente por me apoiarem. Amo vocês.

Editora Charme, obrigada por ter abraçado os De La Vega comigo com tanto amor e carinho. Vocês acreditaram nesses primos quando eles ainda eram apenas um sonho e esperaram eu estar no momento certo para escrevê-los. Viajamos com Rockstars por tantos anos, mas vocês quiseram abraçar esta série também e acreditaram no meu potencial. Vocês são muito mais do que a minha editora, são o meu lar.

À minha família, que foi ouvindo os meus surtos a cada capítulo e que me lembraram de que sou uma pessoa enquanto eu me esquecia de mim mesma para dar vida a Andrés e Natalia. "Aline, vamos almoçar?"; "Aline, que tal fazer uma pausa?"; "Aline, descansa um pouquinho?". Vocês são as mulheres mais inspiradoras que eu já conheci e se não fosse por vocês, eu não seria como sou e, provavelmente, já teria desmaiado com a cabeça no teclado. Obrigada por terem me dado todo o conforto do mundo, enquanto eu mergulhava neste enredo. Amo muito vocês!

Um obrigada muito especial ao meu querido amigo Pedro, que me guiou em todos os processos, inclusive me deu aulas sobre posição de corpos, leis e todos os meios necessários para que eu trouxesse a verdadeira essência do trabalho de um inspetor. Tive que assistir a aulas que nunca imaginei e foi uma das coisas mais malucas que já fiz na vida. Obrigada, amigo, por todos os nossos cafés recheados de compreensão e por me emprestar um pouquinho do seu mundo. Além do Pedro, também recebi ajuda da Almudena, uma espanhola incrível que tem amigos na Polícia Nacional da Espanha, que sanou cada uma das minhas dúvidas com paciência e carinho.

Na parte psicológica, Patrícia foi o meu suporte — tanto para a minha vida quanto para este livro. Paty construiu a essência do Assassino do Fim junto comigo e me guiou com o Andrés e a Natalia. Paty, obrigada por me apoiar durante a criação deste enredo desafiador. Sem o seu suporte, não haveria essa magia e você sabe disso. A verdade é que a autora teria colapsado antes de chegar ao fim. Déborah, obrigada por ter me auxiliado com as leis também e com toda a pesquisa e o suporte, por ter lido os primeiros capítulos e sido um termômetro de qualidade. Bruna, minha amiga, obrigada por ter me dado um toque sobre a importância da responsabilidade afetiva do Secret, o que me fez ir conversar a respeito disso com o Matthew, que inspirou a conexão da Natalia com o Secret, e trouxe todo o elemento responsável por este enredo. Além, claro, de toda a estrutura emocional e psicológica por trás disso. Você me guiou nos bastidores de forma excepcional, amiga. Obrigada, meninas. Izabela Lopes, minha querida, obrigada por ter dito sim a Amante Por Acaso e por ter lido esse lindo antes que todas as minhas leitoras. Você foi magnífica e me deu toda a confiança para que eu pudesse liberar as asas do Andrés e da Natalia e soltá-los para o mundo. Vocês são mulherões incríveis!

Eu preciso agradecer aos meus leitores, os Santinhos, as pessoas mais especiais do mundo, saber que vocês estiveram comigo desde a ideia, desde quando comentei que escreveria os De La Vega, até aqui é, sem dúvida, um dos relacionamentos mais deliciosos que já tive. Vocês acompanharam o diário de escrita, mesmo sem fazerem ideia do que este livro se tratava, e acreditaram que eu seria a autora certa para trazê-lo, sem nem imaginarem tudo o que eu estava aprontando. Amo vocês de forma que as palavras me faltam. Então, vou roubar a frase do Andrés... "Um pouquinho mais do que amor." E eu não poderia deixar de lado o nosso lema: Ninguém solta a mão de ninguém!

Aos blogs, *booktokers*, *instagramers*. O que vocês fazem é trabalhar por amor à literatura e também pelo amor que sentem por seus autores do coração. Fico feliz e honrada por fazer parte da vida de vocês e fico ainda mais feliz em saber que a cada loucura minha, vocês me apoiam. Obrigada por me divulgarem e por torcerem a cada projeto.

Agora, sem dúvida, o agradecimento que fez este livro ter a essência que teve, a alma desta história. Quem me acompanhou nas redes sociais viu que me inspirei em um homem real para criar o nosso De La Vega, certo? É, pela primeira vez não escrevi um personagem só da minha criatividade maluca, mas sim vindo da inspiração de uma pessoa real. O personagem é, em essência, o *dirty talker* profissional, Matthew Tower. Eu o conheci através do maior acaso possível e, quando me aproximei dizendo que queria escrever um livro sobre ele, Matt foi gentil o suficiente para me responder todas as perguntas sobre seu relacionamento com suas seguidoras, os bastidores, seu processo de criação e estruturação dos áudios. Não falamos só disso, como também de responsabilidade afetiva, conexões emocionais e mentais, basicamente muito do que os personagens conversaram aqui. Estou feliz que essa conversa chegou até vocês e espero que faça todo mundo refletir um pouquinho.

Para a pesquisa, entrei no mundo do Matthew e passei meses ouvindo seus áudios, interagindo, entendendo a verdadeira essência do que é esse trabalho. Seus áudios são muito mais do que roteiros eróticos, são obras artísticas e ressoam de verdade nos nossos corações. Matthew, nunca vou encontrar palavras para te agradecer por ter dito sim à nossa entrevista, mas, muito além disso, por ter deixado uma autora do outro lado do mundo se inspirar em você! Obrigada pelo carinho com este livro e por amá-lo junto comigo. Andrés teria sido preto e branco sem você.

Bem, amores. Todo mundo deveria seguir o Matt nas redes sociais! Tenho certeza de que vocês vão amá-lo. Instagram: @tower_audios. O site para ouvir os áudios, Patreon: https://www.patreon.com/toweraudios.

E a você que leu até aqui, obrigada por SER TÃO INCRÍVEL! Obrigada por viver essa aventura ao meu lado. Agora, vamos para um *enemies to lovers* bem comédia romântica e levezinho! Podem chegar, Esteban e Laura!

Com amor,